外國文學珍品系列 2

盲音樂家

（俄）柯羅連科◎著
臧傳真◎譯

《外國文學珍品系列》
出版前言

　　前蘇聯詩人阿赫瑪托娃（1889-1966）有一首短詩，談到詩人這一行業，說：

　　我們的神聖行業

　　歷史久長……

　　世界有了它，沒有光也明亮

　　這裡的詩，可以擴大其意義，指所有的文學。表面看起來，文學是最沒有實用價值的，然而，奇怪的是，自古至今所有的文明，都產生了「文學」這種奇怪的東西。最近一百多年，有了電影、有了電腦，不少人斷言，文學終將滅亡。但是，文學是不可取代的，也是不會滅亡的，除非人類也滅亡了。原因就正如阿赫瑪托娃所說的，只要有了文學，黑暗的世界也會變得明亮。

　　現在這個世界，充滿了功利，金錢可以衡量一切。為了金錢，人們你爭我奪，世界充滿了仇恨；因為仇恨，世界到處看到鬥爭與戰爭，人類生命破碎不堪。這個時候就需要文學。文學也許不能改變世界，但文學可以讓某一些人的人生變得更完整、更明亮，文學至少可以拯救某一些人。

　　文學的寶藏是無法估價的，可以毫不誇張的說，它的蘊藏量遠遠超過世界上所有的石油，說得上取之不盡，用之不竭。我們常常用「世界文學名著」這樣的概念來提供閱讀書單，這恰恰限

制了我們對文學的欣賞。數不盡的優秀的文學作品，對數不盡的心靈有所需求的人開放，就看我們有沒有機會碰上。

我們只能盡一點小小的力量，提供一些也許會讓你產生強烈共鳴的作品。這些作品，台灣很少看到，或者幾乎看不到，但可以保証，這些都是一流的作品，翻譯也是一流的翻譯。這是一個很特異的小型圖書館，希望你可以在裡面找到你喜歡的東西，甚至找到你意想不到的心靈的寄託。

目錄

終於找到柯羅連科

　　很可能是在高三上學期時，我和兩位同班同學迷上了屠格涅夫。我們把當時市面上買得到的屠格涅夫四部長篇《羅亭》、《貴族之家》、《父與子》、《處女地》都讀完了。我最喜歡《貴族之家》，到現在還記得那個令人難以忘懷的結尾。這是我對西洋文學的初戀，從此我迷上了俄羅斯文學。

　　大約在大學三、四年級時，屠格涅夫這個偶像被托爾斯泰所取代。托爾斯泰的抒情魅力決不下於屠格涅夫，而他對生命意義的執迷追索則更讓我心有戚戚焉。其後，我逐漸了解托爾斯泰刻劃人物的非同凡響，正像許許多多的讀者一樣，我完全被安娜・卡列尼娜和馬斯托娃（《復活》的女主角）這兩個女性迷住了。我到現在還認為，托爾斯泰是西方小說之王，無人可以取代。

　　在大學和碩士班階段，我還做了一件傻事。我查遍了臺大圖書館的書目，只能借到一本英文本的俄國文學史，是俄國革命後流亡於英國的米爾斯基公爵所寫的。那時候我的英文極差，但這本書我連續借了不下六、七次。我記得，借書卡最前面簽著「郭松棻」這個名字，接下去全部是我的名字，至少我離開台大時還是如此。

　　這本書的內容我至今還記住一些，譬如米爾斯基認為契訶夫不足以代表俄羅斯精神，他認為列斯科夫是一個更好的說故事的人。很久以後，班雅明的〈說故事的人〉成為現代西方文學批評必讀的名文，但台灣幾乎所有讀這篇論文的人，一直到看到這篇

文章，才知道列斯科夫這個名字，而我卻很早很早就「知道」列斯科夫了，為此還私心竊喜了一番。

我把這本俄國文學史講到的普希金之後的所有重要作家都記住了，還記住了他們不少代表作的書名。很遺憾的是，在當時的台灣，我只能看到一部分的屠格涅夫、托爾斯泰、妥斯妥也夫斯基和契訶夫，也買到極少數的普希金和萊蒙托夫，此外，什麼也沒有。當時，台灣出了什麼俄羅斯文學的新書，我一定知道，而且一定買。舊書攤都讓我摸遍了，但所得仍然極為有限。

上世紀九〇年代，開始開放買大陸圖書，我簡直買瘋了。凡是有關俄羅斯文學的翻譯（包括傳記和回憶錄），我一律都買，買重了也要買。我可以毫不誇張的說，凡是我看到的（包括到大陸舊書攤上找）我都買了。上世紀最後二十年大陸出版的有關書籍，我相信，在台灣，應該是我買的最多，很難想像有誰可以超過我。

當時買書的艱苦和樂趣現在還歷歷在目。人民文學的十七卷《托爾斯泰文集》一卷一卷出，我深怕買漏了，不得不幾個地方訂書，以至於好幾冊都買重。當收到人民文學三卷本屠格涅夫《中短篇小說選》時，好幾個小時內都非常激動，這套書我「摸」了好幾天。有一次我跑到人民文學門市部找書，他們告訴我，我要的一些書脫銷了，不妨到書庫問問看。我搭計程車，好不容易在小巷中找到書庫，管書庫的兩位大娘跟我說，我要的書都沒了。我看室內有一個書架，架上許多書，仔細一看，好幾本我已找了許久，我問兩位大娘，這書賣嗎？她們說，哪能賣啊，這是樣書，賣了就沒了。後來她不忍心看我空手而回，就說，你就挑幾本罷，不要拿太多。我挑了三、四本，其中就有《列斯科夫小說選》，喜孜孜的走了。

這樣買了好幾年，始終沒有買到柯羅連科（1853-1921）的任何一本小說集，最終也只找到一本薄薄的《盲音樂家》，臧傳真

譯，讓我感到很不滿足。柯羅連科和契訶夫、高爾基同時，名氣沒有契訶夫、高爾基大，在兩個巨人的陰影下幾乎被遺忘了。但魯迅曾稱讚柯羅連科的人品，又說他的小說「做得很好」，「是可以介紹的」，我也知道周作人很早就譯過他的《馬卡爾之夢》，找不到實在不甘心。一直到 2002 年，我才看到傅文寶譯的《盲音樂家》（共收四篇小說，一篇散文，浙江文藝），還是沒有《馬卡爾之夢》，真是無可奈何。

2009 年春天，經朋友介紹，我認識了俄羅斯詩歌翻譯家谷羽先生，他正在文化大學客座。我們見了兩次面，每次都談了好幾個小時，我問他一些俄國文學翻譯家的狀況，他講不少他們的趣事。他談到李霽野是他們的系主任，李先生是我的老師臺靜農和鄭騫的老朋友，聽起來備感親切。他又談到，他在南開大學讀俄語專業時，還有一位臧傳真先生也是他的老師，現在已八十多歲。我說，是譯柯羅連科那個臧傳真嗎？他說，是啊，臧先生是老翻譯家，譯筆極謹嚴，退休後仍在翻譯文學作品，他譯的柯羅連科還有一些新稿，可惜沒人出。我經過一點遲疑，終於決接受谷羽先生的建議，在台灣出版臧先生所翻譯的柯羅連科的小說。我還跟谷羽先生說，無論如何要有《馬卡爾的夢》這一篇，如果臧先生沒譯，請說服他補譯。

臧先生的譯稿，排校完畢以後，發現竟然有四百五十頁左右，只好分兩本出。人間出版社也許會虧一些，但想到臧先生一生奉獻於翻譯事業，又想到兩岸第一次有這麼多的柯羅連科的小說譯文，因此決定，無論如何也要出。

柯羅連科的小說非常吸引人，只要讀一下《盲音樂家》，你就會知道，我不是亂說的。他具有一種正直的、坦然的人道主義胸懷，任何人讀了都可以感受到他高尚的人格。他曾被放逐到西伯利亞四年，備嚐艱辛。他是第一個描寫西伯利亞生活的俄羅斯重要作家，《馬卡爾的夢》和《西伯利亞驛站見聞錄》都以此作

為背景，寫得生動異常。

　　關於柯羅連科的人格，我可以講一個我看到的故事。他寫小說成了名，收入增加，又當選皇家科學院院士。他不怕得罪沙皇，看到不滿就批評。當沙皇取消高爾基的院士資格時，他和契訶夫一起退出科學院。任何革命黨，包括布爾什維克、孟什維克、社會革命黨，只要有求於他，他都會出錢，還會掩護他們。十月革命以後，布爾什維克開始對孟什維克和社會革命黨還比較客氣，沒想到社會革命黨和孟什維克有些人搞暗殺和破壞，布爾什維克反過來報復，逮捕了不少人，也槍斃了一些人。柯羅連科很不高興，在報紙寫文章激烈批評布爾什維克，列寧只好把他抓了起來。高爾基知道了以後，找列寧理論。他說，柯羅連科過去幫了我們多少忙，怎麼可以抓他。高爾基和列寧大吵一架，列寧還罵高爾基思想反動，不懂政治。當然，布爾什維克只想讓柯羅連科不講話，絕對不敢殺他。柯羅連柯在革命後活得很痛苦，他無法理解革命以後怎麼會變成這個樣子。他是一個大好人，還好只活到 1921 年，不然以後還會更痛苦。

　　關於柯羅連科的一生及其代表作，臧傳真先生已有介紹，除了《盲音樂家》，兩本書所收的小說，我都是初次閱讀，而且讀得很粗，因此不敢隨意評說。

　　為了讓大家欣賞柯羅連科小說的魅力，下面引《盲音樂家》第一章第七節一小段文字，稍作解釋。

　　春天的騷亂的聲音沈寂了。在和暖的陽光普照下，自然界的勞作漸漸納入常軌；生活似乎緊張起來，像奔馳的火車一樣，前進的行程變得更快了。草地上的嫩草發綠了，空氣中充滿白樺樹嫩芽的氣息。

　　他們決定帶孩子到附近河畔的田野上去玩玩。

　　母親牽著他的手，馬克沁舅舅拄著拐杖並排地向河邊的小山

崗走去。經過風吹日曬，小山崗已經十分乾爽，上面長滿綠茸茸的小草，從這裡可以展望遼闊的遠方。

　　晴朗的白晝使母親和馬克沁感到晃眼。陽光照暖他們的臉龐，彷彿抖動著無形翅膀的春風卻用清新的涼爽趕走了暖意。空氣中蕩漾著令人心曠神怡的懶洋洋的醉意。

　　母親覺得孩子的手在她手裡攥得很緊，但是她被這令人陶醉的春意所吸引，就沒大注意孩子的驚惶表情。她挺起胸脯深深呼吸，連頭也不回地一直向前走；如果她回頭看看，準會發現孩子臉上的表情有些異樣。孩子懷著沈默的驚訝轉身面向太陽呆望著。他咧開嘴唇，好像水裡撈出來的魚兒似的急忙一口一口地吞咽著空氣。不自然的喜悅不時在他張惶失措的小臉上流露出來，好像是神經受了什麼刺激似的突然在臉上閃現，霎時又換上一種接近恐懼和疑惑的驚訝表情。只有那兩隻眼睛沒有視力，依然在癡呆呆地張望著。

　　…………

　　各種聲音還太繁多，太嘹亮，一個接著一個地飛升、墜落……包圍著孩子的聲浪越發緊張地翻騰起來，從周圍轟隆隆震響的黑暗中襲來，又回到黑暗中去，接著又換一些新的聲浪，一些新的音響……聲浪更快，更高，更折磨人了，使孩子覺得懸空無靠，並且搖晃他，催他入睡……又一次傳來漫長而淒厲的一聲吆喝，壓倒了令人迷惘的嘈雜聲，於是一切馬上都沈寂了。

　　孩子低聲呻吟起來，往後栽倒在草地上。母親連忙轉過身來，跟著驚叫一聲：孩子面色蒼白，躺在草地上暈過去了。

　　我第一次讀到這一段文字，既感動又震驚。柯羅連科怎能想像一個從小眼盲的小孩，當他初次面對美好的春光和春天的種種聲音時的種強烈感受呢？可見柯羅連科是一個心地極其善良、又時時刻刻注意著別人內心感受的人。他的小說細節，就如上舉一

段一般，常常帶給人強烈的衝擊。譬如，在〈沒有舌頭——旅美歷險奇遇記〉裡，他讓一個初到美國、只懂烏克蘭方言的農夫，迷失在美國城市，讓他感受到不為人所理解、自己也無法表達的痛苦。這一段經歷是如此扣人心弦，以致最後他終於碰到一個可以溝通的烏克蘭同胞時，我們不禁鬆一口大氣，並為他感到喜悅。

　　柯羅連科就是這一個善體人意的小說家，他所描寫的痛苦與快樂，都會讓我們感到如此親切，並不自覺將他視為知心的朋友。這是一個提供溫暖的小說家，值得我們去閱讀——你不妨試試看。

呂正惠
2011 年 5 月 12 日

關於柯羅連科

　　柯羅連科是俄國文學史上一位卓越的天才作家，他創造了一系列的中短篇小說、文學評論，和四卷集長篇巨著《我的同時代人的故事》；同時，他還是一位批評家和政治家。他的許多著作，均可列為俄羅斯古典文學的偉大典範。他的作品，獨具一格，簡直是一個時代俄羅斯現實的獨特編年史。他的中短篇小說和特寫，如實地反映了十九世紀末俄羅斯資本主義迅速上升時期的農村，揭示了人民生活的方方面面，所有這些，在中國過去很少有人在文學中觸及到過。同時，他又是一位文筆優美的語言藝術大師。

　　柯羅連科文學創作的鼎盛時期，是在十九世紀八十年代後期。在反動統治的最黑暗年代俄羅斯社會上一切進步的、熱愛自由的思想行動，都被沙皇暴政打壓的時候，年輕作家——柯羅連科的呼聲，重新喚醒了人民的力量。他是人民的熱心捍衛者，為了人民的利益，全力反對奴役、暴政和政治腐敗。他用文字的武器，同敵人的強暴和專制，作个調和的鬥爭。他的社會活動、他的文學創作，表現了高尚的公民品格，充滿了對祖國的無限熱愛。他的一生，作為一個高尚正直的人和偉大的藝術家，正如高爾基公正指出的那樣，柯羅連科完全是一位俄羅斯作家的理想形象——一位典範人物。

　　符拉基米爾·卡拉克基昂諾維奇·柯羅連科於 1853 年 7 月 27 日出生於烏克蘭、沃倫省、日托米爾城。起初在私人寄宿學校

讀書，後來進入日托米爾市中學。柯羅連科十三歲那年，父親因工作調動遷往羅夫諾小縣城，未來的作家在那裡讀完了實驗中學，並榮獲銀質獎章。他在中學時，即已開始接受進步思想。

1871 年入彼得堡工藝中專，不久因經濟困難而輟學，開始謀生，從事製圖、校對等工作，連續兩年，在極其困難的生活中掙扎。

柯羅連科於 1874 年到莫斯科，進入彼得農林學院讀書，在這裡，他得以聆聽俄國偉大學者季米歷雅節夫的講課。這時，他開始閱讀禁書，嚮往民粹主義思想，與革命青年接近。1876 年因參加校內學潮，被開除學籍，並被當局放逐到沃洛格達省，一年後回到彼得堡，入礦業學院學習。1879 年發表處女作短篇小說《探求者的生活插曲》。同年，因涉嫌參與革命活動而被捕，流放維亞特卡省，1880 年改判流放彼爾姆，受員警監管。

是年在流放途中創作短篇小說《雅希卡》，描寫一個農民被當局誣陷的故事。同年，在獄中寫成名篇《怪哉，這女子》，塑造了一個女囚犯在流放途中不屈不撓的革命形象。1881 年，因拒絕效忠新沙皇，又被流放到西伯利亞偏遠地區——雅庫特州阿姆加村，直至 1885 年，才得以重返俄羅斯本土，遷居下諾夫哥羅德。在流放途中，他過著與當地農民相同的艱苦生活，幹各種農活，縫製皮靴。

柯羅連科的《雅庫特》（1880），是他的創作體裁中關於「愛好自由」和「反抗強暴」的最早一篇。而《怪哉，這女子》是其中獨具特色的一篇。1880 年，柯羅連科被流放東西伯利亞的時候，在上沃洛巧克一所監獄裡呆過半年。在那裡，他背著獄卒，偷偷寫成了《怪哉，這女子》。後來這篇小說落到作家烏斯賓斯基手中，大受讚賞，可是由於政府審查上的限制，只能以手抄本和秘密油印在讀者中流傳，二十五年之後，才得以公開發表。

　　據專家考證，小說女主角是以彼得堡大學生，二十歲的艾‧烏拉諾斯卡婭為原型而創作的。

　　《怪哉，這女子》（1880 年）描寫一位體弱患病而又意志堅強的女革命家。她的英勇精神，堅定的信念和高度的原則性戰勝了當局殘暴，克服了艱難困苦的生活條件，她是俄國古典文學中最優秀的婦女形象之一。

　　柯羅連科讚賞她的昂揚鬥志，同時，借著她的同伴的嘴，溫和的批評了她的偏狹心態。

　　她把那個無知落後、心地善良、對她十分同情的解差，當作與統治者同夥的敵人一般看待。她不願瞭解，這個善良的解差，只是統治者手中的盲從工具罷了。她拒絕去爭取可以團結的對象。其實，解差對女流刑犯的同情，足以證明當時的人心背向和革命影響的擴大。

　　《馬卡爾的夢》（1883）是柯羅連科從雅庫特流放回來之後，創作的一部中篇小說。這篇小說深刻反映了作者對當地農民苦難生活的深刻觀察；作者斷言，盛裝老百姓艱辛勞動和痛苦生活的天平上的金秤盤，比盛裝他們過失的木秤盤要超重的很多，很多。小說清新的抒情風格，使當年一些評論家（梅列日科夫斯基、戈沃魯哈—奧特羅克等人）歡賞不止。這篇作品獲得極大成功，作者因而享有盛譽，從此成名。小說的成就在於：它不僅敘述了農民的悲慘命運，而且表明了農民抗暴的意向，並特別強調了人民憤怒的力量和準備鬥爭的勇氣。作者通過神話描寫的手法，讓小說的主人公開道出社會結構的不合理現象，大膽提出人民對幸福的熱切渴望。總之，這篇作品的中心思想是長期受愚弄的農民的猛然覺醒！不過，當時另有幾位批評家（楚可夫斯基等人）指出，作者創作這篇小說的時候，他還是一個狂熱的民粹主義者，因此，作品不免留下了某些民粹主義「道德真理」的印跡。

《西伯利亞驛站見聞錄》（1982 年）這篇小說，包含著部分真人真事。作者描寫一個小公務員（克魯格里科夫）與一位青梅竹馬的女友戀愛的悲慘故事。主人公在婚期臨近時，未婚妻突然被上司奪走。小公務員為權勢所迫，起初準備屈服，但在婚禮前夕，他心猶不甘，用手槍擊傷上級，被判流放西伯利亞。他一生漂泊在荒漠叢山之中，坎坷淹塞，流離困頓。

小公務員克魯格里科夫在家中受到父親的虐待，在機關裡受到上級壓制，在流放中遭遇歧視和屈辱，一方面，說明當時專制主義的猖獗，另一方面，在於他自己秉性太軟弱。正因為如此，他的「光明的早晨」，忽然變成了「陰暗的黃昏」。

小說的另一個人物形象，是阿拉賓。在這裡作者影射了阿莫爾（黑龍江）邊區總督手下的副官阿臘賓。1881 年，柯羅連科在流放途中，聽說了阿臘賓的許多罪惡。後來，作家得知阿臘賓殺害一個驛站長而未受任何懲處時，便寫了一篇政論來揭發他，但是沒有一家報紙敢於登載。最後，柯羅連科利用藝術形式──小說《阿特一達凡》，達到了這個目的。小說發表後，阿臘賓要求作者承認這篇作品的情節純屬虛構，遭到柯羅連科嚴詞拒絕。

1886-1889 年，完成的中篇小說《盲音樂家》，是他的代表作之一。小說描寫了一個自幼失明的盲人，克服了個人的不幸，獻身社會，與人民相結合，終於成為著名的音樂家。在這部作品裡，作者以豐沛的激情，藝術想像力以及細緻入微的筆觸，塑造了一個心靈纖細，感覺敏銳的盲童形象。作品洋溢著對生命的珍視和思索以及對大自然的熱愛。盲童成長為音樂家的艱難歷程中，暗示著對新時代的渴望，包含著對生命終極關懷的普遍意義。

《深林在喧囂》（1886 年）這篇作品，從它的藝術構思來看，作者的目的不是展示人物性格與生活現實的複雜性，而是以曲折、離奇的情節感染讀者。小說的主題，是寫農民復仇。喧囂

的樹林，給農民愛情、復仇的故事，罩上了一層緊張的氣氛和神秘的色彩。日夜呼嘯的森林，在小說中，象徵著憤怒的老百姓的巨大力量。

柯羅連科於 1893 年赴美參加「芝加哥萬國博覽會」。作者在美國，目睹了資本主義社會中的嚴重失業、工人貧困、虐待黑奴和金錢萬能。回國後，他根據自己的旅美印象，寫成中篇小說《沒有舌頭──旅美歷險奇遇記》（1895 年）。它講述十九世紀末，一個偏遠地區的俄國農民，移居美國的故事。這個農民是個半文盲，不懂英語，孤身一人，闖蕩美國。他顛沛流離，歷盡坎坷，遇到許多驚險、奇怪的事情。他以一個樸實、誠懇的農民視角，批判美國社會的不合理現象。但同時，作者在作品中，通過另一個暫居美國的俄羅斯知識份子的口，講述了人民對「自由」、「民主」的嚮往。

此外，柯羅連科的著名篇什，還有《在壞夥伴當中》（1885）；《河水猛漲》（1892），（按此篇曾有人譯作《嬉鬧的河》，不妥）；《瞬間》（1990）；《星火》（1910）；以及《我的同時代人的故事》（1905 年著）等。柯羅連科一系列的作品，使他贏得了與契柯夫齊名的第一流中短篇小說家的稱號。

柯羅連科的創作，反映了人民對農奴制殘餘、封建制度和民族壓迫的抗議。在不合理體制的殘暴統治下，社會高度兩極分化；官僚貴族貪污腐敗，苛政虐民，橫徵暴斂，驕橫淫逸，奢侈豪華，生活糜爛。而廣大人民，在政治上沒有民主自由，遭受殘酷鎮壓；在經濟上被剝削掠奪，生活極端貧困。在這種情況下，柯羅連科運用他的筆，描寫了小人物不向命運屈服，積極追求真理和自由，充滿英雄氣概和崇高的精神力量。

偉大的社會活動家，作家羅莎‧魯森堡女士寫道：「柯羅連科是一位徹底的俄羅斯作家……他不只是愛自己的國家，他像一個少年似的，熱愛著整個俄羅斯，愛它的大自然，愛這個偉大國

家的瑰麗景觀，愛夢幻般的山巒河流，愛森林環繞的平原峽谷；他還熱愛普通老百姓，熱愛各種類型的平民……喜愛他們天生的幽默感，喜愛他們嚴肅的沉思。」

柯羅連科的中短篇小說，是浪漫主義跟現實主義相結合的典範。從詩學的視角看，他的作品，達到了藝術的高峰。他第一個首先「發現」西伯利亞，把亞庫次克的農民，勒那河兩岸的馬車夫形象寫入俄國文學，極大豐富了俄羅斯文學寶庫。在屠格涅夫以後，俄羅斯文學中很少有描寫自然景色的名作。柯羅連科恢復了這個傳統。與眾不同的是，他筆下的自然景物常常是同人民的生活息息相連的，處處襯托著人民的悲歡離合的感情。從風格學的視角看，柯羅連科的文學語言豐富多彩，色調絢爛。柯羅連科與屠洛捏夫和契柯夫齊名並列，為三大文體名家，即俄羅斯文學上最優美的語言藝術家、美文學家。關於這一點，高爾基曾不止一次指出過。

托爾斯泰、迦爾洵、契訶夫和高爾基都十分推崇柯羅連科的創作。車爾尼雪夫斯基認為柯羅連科具有「卓越的才華，屠格捏夫一樣的才華。」

柯羅連科為人正直，高風亮節；他的人品德高望重，他富正義感，經常為人民群眾仗義執言，打抱不平。他被人譽為具有公民戰鬥熱情的人物和「俄羅斯文藝界的良心化身。」每一樁重大的社會事件都引起他的注意，每一個不公平的現象都激起他的憤慨和抗爭。例如：他曾以文藝形式，揭發阿莫爾邊區副官的暴行（前文已提及）；他曾為老莫爾坦村的烏德莫爾特族人伸冤；他還替被迫害的猶太人翻案，給無辜收審的農民主持正義，面對面地對法院和員警展開鬥爭。當皇家科學院根據沙皇的命令，取消高爾基榮譽院士資格的時候，柯羅連科和契訶夫一同放棄了院士名義，以示抗議。正如高爾基所說：「柯羅連科為了使俄國的黎明早日到來所做的一切，是數不盡、說不完的。」

　　1921 年 10 月 25 日，柯羅連柯逝世於波爾塔瓦。人民成群結隊為他送葬，形成了聲勢浩大的葬禮遊行。前來弔唁的有波爾塔瓦全城和四郊的居民。告別儀式持續了三個晝夜。全俄蘇維埃尊他為「偉大的鬥士」，「真理捍衛者」。1927 年 10 月 27 日，在紀念柯羅連科逝世的大會上，有一個社會活動家指出：「柯羅連科之所以可貴，就在於：哪裡有痛苦和不幸，哪裡有壓迫和欺侮，他就挺身而出，全力以赴。」

臧傳真
2005 年 3 月 10 日於南開園
2009 年 10 月 28 日補充

盲音樂家

前　言

　　中篇小說《盲音樂家》是俄國作家柯羅連科（1853-1921）的重要作品之一。在這部作品裡，作者用十分豐富的想像力、十分細緻的筆觸，刻畫了一個盲童成為著名音樂家的艱苦過程。

　　小說的主人公彼得·波佩利斯基生下來就是盲人，大自然雖然剝奪了他的視力，卻賦予他特殊的音樂才能。他對外界有極強烈的反應，對聲音特別敏感。他五歲時就愛上了馬夫約西姆用木笛吹奏的柔和、抑揚的曲調。這些民間曲調表達了烏克蘭人民的幻想、悲哀和勇敢，使彼得初次通過聽覺接觸人民的生活，同時喚醒了他的音樂才能。

　　彼得認為雙目失明是個無法彌補的不幸；他感到自己被生活所擯棄，因而非常痛苦。母親的溺愛，女友埃韋利娜過分遷就的友情，促成了彼得的自私心理，以至他的痛苦轉化為對世界和人類的憎恨。母親和埃韋利娜發覺了這個變化，然而無可奈何。

　　他的舅舅馬克沁是個老革命家，年輕時參加過意大利民族解放運動領袖加里波的的軍隊，反抗奧地利壓迫者。奧地利人的馬刀把他砍成殘廢，因而他不得不在鄉下妹妹家裡住下來。馬克沁覺得自己有責任培養外甥，「好讓他接替自己在戰鬥行列裡當一

名新兵，為生活的事業而奮鬥。」他告訴彼得：個人的苦難比起人民的苦難來是微不足道的。人要是脫離人民的生活，就不可能獲得真正的幸福。他讓彼得離開安樂的「溫室」，同一個在戰火中燒瞎了眼睛的老革命家和另一個盲人一起浪遊，到各地唱歌行乞。彼得接觸了廣闊的世界，瞭解了人民的苦難和希望。他對個人復明的追求，變成了對實行自己的社會義務的渴望。他不再悲歎、怨訴，而是用音樂參加了生活，影響了生活，他終於得到了復明，但這是比眼睛復明更為重要的思想上的復明。

小說結尾是無數的聽眾聚集在基輔來欣賞盲音樂家的第一次演奏。「一種動人心弦的調子，像草原的風一樣幸福而自由地，也像他本人一樣無憂無慮地，在那鮮明活躍的旋律裡面，在那繽紛而遼闊的生活熙攘聲中間，在那有時淒涼、有時莊嚴的民謠裡面，越來越頻繁、頑強、有力地傾瀉出來。」馬克沁舅舅也為彼得的音樂感動得落淚，他低下頭想：「是的，他復明了……生活的感受在心靈中代替了自私的、不可抑止的失明的痛苦，他感覺到人生的痛苦，也感覺到人生的歡樂，他復明了，他能夠提醒幸福的人想起不幸的人……」正是這種精神上的覺醒，使音樂家戰勝了彷彿不可能擺脫的個人痛苦。

《盲音樂家》是一部色彩絢麗、情調高超的小說，也是一首熱愛生活的抒情詩，加里寧曾對這部作品的思想性作過這樣的評估：「偉大的文學家柯羅連科在自己的作品《盲音樂家》中，明確地指出了這種個人的幸福是多麼不可靠……當全世界受苦難的時候，一個人是不可能幸福的。」

第一章

一

深夜，西南邊區一個富裕的家庭裡誕生了一個孩子。年輕的母親躺在床上深深地陷於昏迷狀態中，但當房裡傳出新生嬰兒細弱而悽哀的第一聲啼叫時，她眼閉著在床上輾轉不安起來了。她的嘴裡嘟囔著什麼，在帶有孩子氣的溫柔而蒼白的臉上，顯出了忍受不住痛苦的面容，彷彿嬌生慣養的孩子嘗到了他未曾有過的痛楚。

產婆的耳朵湊到她喃喃低語著什麼的唇邊。

「為什麼……他這是為什麼？」產婦以勉強可以聽到的聲音問。

產婆不明白她問的是什麼。孩子又啼叫了。產婦的臉上露出劇烈的痛苦的表情，一大滴淚珠兒從閉著的眼睛裡流了出來。

「為什麼……為什麼？」她仍然低語著。

這次產婆明白她問的是什麼了，平靜地答道：

「您問孩子為什麼哭嗎？都這樣，您放心吧。」

可是母親安靜不下來。嬰兒一啼叫，她就哆嗦，氣惱而焦躁地不住問：

「為什麼……哭得這樣……這樣凶？」

產婆在孩子的啼叫聲裡聽不出有什麼特殊，她發覺母親似乎是在昏迷不醒的狀態中說話，也許，簡直是說夢話，便撇開產婦照料孩子去了。

年輕的母親沉默了，只是那不能用動作或言語表達的一種沉重的痛苦，不時從她的眼裡擠出大滴大滴的眼淚。眼淚從濃密的

睫毛間滲出，順著像大理石一樣蒼白的臉頰悄悄地滾下來。

也許，母親的心已感覺到黑暗的、無法消除的痛苦隨同新生嬰兒降臨到了人間，痛苦籠罩在搖籃上，要陪伴著新的生命直到進入墳墓。

不過，也許這也的確是夢話。不管怎樣，孩子生下來就是瞎子。

二

起初，誰也沒有注意到這件事。孩子像所有的新生嬰兒一樣，不到一定的年齡總是用那種呆板的眼神凝望著的。日子一天天地過去，這個新生命已經誕生幾個星期了。他的兩眼明淨了，模糊遲鈍的眼神消失了，瞳孔固定了。但是射進房來的燦爛的陽光，同時傳來的鳥兒的歡唱和樹木叢生的鄉間花園裡翠綠的山毛櫸樹在窗前搖曳的沙沙聲，都不能吸引嬰兒扭過頭去。母親的健康剛剛恢復，就首先擔心地注意起孩子奇怪的面部表情來，因為孩子的臉始終一動不動，還帶著不是孩子應有的那種嚴肅的神情。

少婦好像受驚的鴿子似的望著人們，問道：

「你們說，為什麼他這樣呢？」

「怎樣？」旁人總是冷淡地反問她，「他跟其他和他一般大的孩子一點兒差別也沒有。」

「你們瞧，他用手摸索東西的樣子多麼奇怪……」

「嬰兒的手的動作還不能配合視覺的感受，」大夫回答。

「為什麼他總朝一個方向看呢？……他……難道他是瞎子？」母親脫口說出心中可怕的揣測，於是誰也安慰不住她了。

醫生把孩子抱過來，立即使他臉對著陽光，仔細瞧了瞧他的眼睛。他有些惶惑不安，說了幾句敷衍的話，答應過兩天再來，

就走了。

母親像被射傷的小鳥似的，哭著，哆嗦著，把孩子緊緊摟在懷裡；可是孩子的兩隻眼睛還是嚴肅地呆望著。

過了兩天，醫生果然帶著檢眼鏡又來了。他點上蠟燭，先貼近孩子的眼邊，然後又挪遠一點，仔細察看孩子的眼睛，最後醫生神色慌張地說道：

「夫人……不幸您猜對了……這孩子的確是瞎子，並且是無法醫治的……」

母親懷著沉靜的憂愁聽完了這個消息。

「我早就知道了，」她低聲說。

三

盲孩子降生的這戶人家，人口並不多。除了已經提到的幾個人，家中還有父親和舅舅，這位舅舅，不僅家裡人，就連外人也都叫他「馬克沁舅舅」。父親和西南邊區其他成千上萬鄉下地主一樣：為人厚道，甚至可以說善良，對雇工很照顧，很喜歡修築和改建水磨。他的時間幾乎全部耗費在這項工作上，因此，一天當中只在一定的時間——早飯、午飯或有其他類似這樣的事情時，家裡才能聽到他的聲音。在這些時候，他總是說一句：「我親愛的太太，你身體好嗎？」說完了這句話便坐下來吃飯，偶爾講講什麼橡木軸和小齒輪，此外幾乎什麼也不說。顯然，他那平靜而單調的生活方式對兒子的身心影響不大。可是，馬克沁舅舅完全是另外一種人。在盲孩子降生以前十多年，馬克沁舅舅是個有名的危險的莽漢，他的名字不但在他的莊園附近，就是在基輔契約大集市[1]上也沒有人不知道。大家都覺得奇怪，像娘家姓亞岑科

---

[1]　契約大集市是基輔的一種定期集市的名稱，曾經一度享有盛名。——原注。

的波佩利斯卡婭夫人那樣各方面都受人敬仰的家族，怎麼會出了這樣一個可怕的哥哥。誰也不知道該怎樣對付他，用什麼來向他討好。地主紳士們恭維他，他以傲慢無禮相對，而普通農民對他撒野和放肆，他倒毫不介意，就是最和氣的「貴人」碰到這樣的撒野和放肆也準會賞他們幾個耳刮子的。最後，馬克沁舅舅不知道為什麼萬分痛恨奧地利人，到義大利去了。他這一走，那些善良的人全都非常高興。他在義大利，跟一個也是莽漢的異教徒加里波的結成了黨，據地主老爺們膽戰心驚地傳說，加里波的這個人是同魔鬼結拜的，簡直不把教皇放在眼裡。自然，這樣一來，馬克沁的悖教的、不安靜的靈魂便永遠沉淪了，可是基輔契約大集市卻少出亂子了，許多高貴的好媽媽也不必再為自己兒子的命運擔心。

奧地利人也必定痛恨馬克沁舅舅。地主老爺們歷來愛讀的《信使》報，戰訊裡常常提到馬克沁舅舅的名字，把他描寫成一個不顧死活的加里波的黨人，直到有一次，老爺們從《信使》報上得悉馬克沁同戰馬一起在戰場上倒下為止。狂怒的奧地利人顯然早已對這兇狠的沃倫省人咬牙切齒（照他的同胞們的看法，加里波的黨人所以能支持下來，幾乎是依靠馬克沁一個人），因此把他像砍白菜似的砍了許多刀。

「馬克沁的下場好慘哪，」地主紳士們自言自語說，認為這是聖彼得對自己的人間代理人[2]的特意庇護。人們都認為馬克沁已經死了。

然而，奧地利人的馬刀沒有能消滅馬克沁倔強的生命，他雖然身受重傷，可是生命卻保全下來了。加里波的黨人從死人堆裡把自己敬愛的戰友拖出來，送進某地的醫院。於是，過了幾年，馬克沁便突然在妹妹家裡出現，並在那裡定居下來了。

2　指羅馬教皇。

　　如今他已經顧不到決鬥了。他的右腿完全被截去，只好拄著拐杖行走，左胳膊受了傷，只能勉強扶住手杖。一般說，他變得更嚴肅，性格溫和了，只是有時他那鋒芒逼人的唇舌還像他從前的馬刀似的。他再也不上契約大集市去了，也不常在社交界露面，他在自己的小圖書室裡用大部分時光來讀書，人們除了猜測他讀的是些無神論的書以外，誰也不知道他到底讀的是些什麼書。他也寫東西，但是因為他的作品從來沒有在《信使》報上發表過，所以沒有被人特別重視。

　　當新的生命在鄉村小屋裡出現，慢慢成長起來的時候，馬克沁舅舅的短髮中已經有了銀絲。他經常拄著拐杖，所以兩肩高聳，身體成了一個正方形。古怪的外貌、緊皺的眉頭、拐杖的篤篤聲、纏繞在他身邊的終日不離嘴的煙斗的青煙，這一切都使旁人覺得可怕，只有接近這個殘廢者的人才曉得，在他殘缺不全的肢體內，一顆火熱的、善良的心還在跳動著，在他那覆著濃密的硬髮的方形大腦袋裡，永不平靜的思想在奔馳。

　　然而，連親近的人也不知道當時他在思考著什麼問題。他們只見馬克沁舅舅眼神矇矓，陰森森地皺著濃眉，在煙霧繚繞中一坐就是幾個鐘頭。這時，這位殘廢的戰士在想：生活就是戰鬥，而戰鬥中是沒有殘廢人的崗位的。他總以為自己永遠掉隊了，現在他不過白白地給輜重車增加累贅；他覺得，他好像是一個被生活打下馬來、摔在地上的騎士。如果一個人像被壓傷了的小蟲似的在塵埃中蠕動，這不是懦弱嗎？如果一個人抓著勝利者的馬鐙，哀求他留下自己的殘生，這不是懦弱嗎？

　　當馬克沁舅舅懷著冷靜的大丈夫氣概非難這痛心的思想、考慮並比較贊成和反對的論據的時候，他眼前出現了一個注定要殘廢一生的新生命。起初，他並沒有注意這個瞎孩子，但是後來，因為孩子的命運和他自己的命運有一種奇特的共同點，這才引起了他的關心。

　　「唔……是啊，」有一天他斜睨著孩子，沉思道：「這孩子也是一個殘廢人。如果把我們倆合在一起，也許還可以湊成一個乾癟的完整的人。」

　　從此以後，他就更加經常注意這個孩子了。

四

　　小孩子生下來就是瞎子。他的不幸是誰的過錯呢？誰也沒有過錯！這裡不但沒有一點別人的「惡意」的影子，甚至不幸的原因本身也隱匿在神秘而複雜的生活歷程的深處，然而母親每看盲孩子一眼，心就像刀剜一樣痛。她，作為母親，由於受兒子的痼疾影響和憂鬱地預感到苦難的未來在等待著她的孩子，當然會十分痛苦。可是除了這些感覺之外，在這個少婦的內心深處還有一種使她痛苦的意識，這就是不幸的原因很可能在賦給孩子生命的那個人身上……既然想到了這一點，就必然要使這個眼睛美麗而失明的孩子成為全家的寵兒和不自覺的暴君，他稍一任性，家裡的人都得依順他。

　　孩子的不幸容易使他無緣無故地兇狠暴怒，周圍的一切也都促使他發展自私自利，要不是奇怪的命運和奧地利人的馬刀迫使馬克沁舅舅在鄉下妹妹家裡住下來，這孩子將來會成為一個什麼樣的人，簡直不堪設想。

　　自從家裡有了盲孩子，殘廢戰士的活潑的思想漸漸不自覺地轉向另一個方向。他依舊在煙霧繚繞中一坐就是幾個鐘頭，可是現在眼睛裡不再有深沉的隱痛，而是流露出一種留心觀察的深思神情了。馬克沁舅舅越看孩子，兩道濃眉就皺得越緊，煙斗也越發吱吱地響得起勁。有一天，他終於下決心過問這個盲孩子了：

　　「這孩子將來比我還要不幸，」他吐著一串串的煙圈兒說道，「真還不如不生出來。」

少婦低下頭來，眼淚落在針線活上。

「馬克沁，你好狠心，對我提起這件事，」她小聲說，「平白無故地提起……」

「我不過說一句老實話，」馬克沁答道，「我雖然缺胳膊短腿，可是我還有眼睛。這孩子呢，他沒有眼睛，將來連手腳、意志也都不會有……」

「這是為什麼？」

「安娜，你要瞭解我，」馬克沁把語調放柔和了些說道，「我並不是無緣無故給你講這些使你傷心的話。小孩子的神經組織很敏銳。他現在還有機會發展自己的其他才賦，可以在一定程度上彌補他的失明。但是，要彌補他的失明，非得經過一番苦練，而苦練只是由於有必要性才引起的。溺愛就會使他喪失努力練習的必要性，就會使他喪失獲得較完滿的生活的一切機會。」

母親是個聰明人，能夠克制自己一聽見孩子的悲慘的啼哭就拚命奔去的本能衝動。從這次談話後，又過了幾個月，孩子已經能夠在房間裡迅速自如地爬來爬去，傾聽各種聲音了，並且他還以一種在其他孩子身上輕易見不到的靈敏感覺，摸索著碰到的一切東西。

五

憑著腳步聲，衣衫的窸窣聲，別人覺察不出而只有這個盲孩子才能體會到的某些其他特徵，他不久就會辨認母親了；不管屋裡有多少人，不管他們怎樣移動，他總會絲毫不差地向他母親坐的那個方向爬去。要是母親猛然抱起他來，他也馬上就知道是在母親懷裡。如果是別人抱他，他就急忙用自己的小手去摸索抱他的人的面孔，而且立刻會認出這是保姆，是馬克沁舅舅，還是父親。如果遇到生人，他兩隻小手的動作便比較緩慢；孩子小心翼

翼地在生人的面孔上留心摸索，顯露出神情緊張的臉色；彷彿他在用小手指頭「仔細端詳」。

照他的天性看來，他是一個活潑好動的孩子，但時光一月一月地過去了，在孩子開始定型的氣質上日益顯現出失明的特徵。他的動作漸漸不大敏捷了；他會躲在幽靜的角落裡，安安靜靜地、面帶呆容地坐上好幾個鐘頭，彷彿在傾聽什麼。當房內一片寂靜，各種聲音的變換不能分散他的注意力時，他那美麗的、不是孩子應有的嚴肅的臉上便浮現出惶惑驚疑的神色，彷彿在癡想什麼。

馬克沁舅舅猜對了；這孩子的敏銳、豐富的神經組織顯示了預期的勝過常人的力量，它彷彿依靠觸覺和聽覺的敏感，在一定程度上補全了感官。他那觸覺的敏銳，使大家都感到驚奇。有時，他似乎還有分辨顏色的感覺；要是他摸到顏色鮮豔的布片，他的纖細的手指撫摩它的時間便比較久些，臉上也顯出非常注意的神色。可是越來越明顯地看出他的感官主要是向聽覺方面發展的。

不久，他就能完全辨認出房間裡的各種聲音；他可以分辨家人的腳步聲、殘廢舅舅的坐椅的吱嘎聲、母親做活的有節奏的抽線聲、掛鐘的均勻的滴答聲。有時候，他順著牆腳爬行，敏銳地聽著別人輕易聽不見的微弱的嗡嗡聲，便舉手向壁紙上正在爬的蒼蠅拍去。蒼蠅受驚飛跑了，盲孩子的臉上便顯出很不自然的莫名其妙的表情來。他不明白蒼蠅怎麼會神秘地失蹤的。可是後來再遇到這種情形，他的臉上便浮現出醒悟的、聚精會神的表情；他的頭向著蒼蠅飛走的方向轉，用敏銳的聽覺搜索著蒼蠅在空中抖動翅膀的尖細的聲音。

四周閃耀著、運動著、鳴響著的世界，主要是通過聲音的形式印入這個盲孩子的小小腦海裡，他的觀念以聲音的形式具體化了。臉上凝聚著全神貫注傾聽聲音的表情：細脖子伸得長長的，

下頦稍稍向前伸出。眉毛顯得特別靈活，美麗但不會轉動的眼睛，卻使盲孩子的面孔給人一種嚴肅而又動人的印象。

六

他出世的第三個冬天快完了。院子裡的積雪已融化，春水潺潺地流著；這時候，孩子也恢復了健康。他鬧了一冬天病，一直在屋裡待著沒有出門。

雙層窗框卸下了一層，春天以雙倍的活力闖進房來。含笑的春日向灑滿陽光的窗口探望，山毛櫸樹的禿枝搖曳著，田野遠處呈現出黑黝黝的一片，田野上有些地方還有星星點點正在融化的白雪，有些地方新生的青草剛剛出土。人們的呼吸也暢快和舒服多了，一切都洋溢著春天的萬象更新和朝氣蓬勃的生命力。

這個盲孩子覺得，闖進房裡來的春天不過是一些忙亂的響聲。他聽見春水的激流互相追逐似地奔跑著，在石頭上跳躍著，鑽進鬆軟的泥土深處；山毛櫸樹的丫杈在窗外傾軋著，輕輕敲著窗玻璃，好像在竊竊私語。朝寒凝凍的冰稜懸在屋簷上，現在經太陽一曬，滴下匆匆的春天的水滴，滴滴答答地響著。這種聲音傳進屋裡來，很像碎石急落時千變萬化的清脆響聲。透過這種響聲和嘈音，偶爾從遙遠的高空有節奏地傳來聲聲鶴唳，隨後漸漸靜息，彷彿悄悄隱沒在空中了。

自然界的蘇醒使盲孩子的臉上顯出疑惑不解的神色。他吃力地皺起眉頭，伸長脖子傾聽，最後，他大概是經受不住不可知的雜亂聲音的驚擾了，突然伸手尋找母親，並且向她撲過去緊偎在她懷裡。

「他這是怎麼回事？」母親自己問自己，又問別人。

馬克沁舅舅凝視著孩子的臉，但也說不出他為什麼會感到莫名的驚恐。

「他……他不能明白，」母親在兒子的臉上發現了一種不正常的窘困表情和疑問的神情，這樣猜想。

的確，孩子是驚惶不安的：他一會兒去探尋各種新奇的聲音，一會兒又感到奇怪，因為以前聽慣的，現在突然沉寂，消失在什麼地方了。

七

春天的騷亂的聲音沉寂了。在和暖的陽光普照下，自然界的勞作漸漸納入常軌；生活似乎緊張起來，像奔馳的火車一樣，前進的行程變得更快了。草地上的嫩草發綠了，空氣中充滿白樺樹嫩芽的氣息。

他們決定帶孩子到附近河畔的田野上去玩玩。

母親牽著他的手，馬克沁舅舅拄著拐杖並排地向河邊的小山崗走去。經過風吹日曬，小山崗已經十分乾爽，上面長滿綠茸茸的小草，從這裡可以展望遼闊的遠方。

晴朗的白晝使母親和馬克沁感到晃眼。陽光照暖他們的臉龐，彷彿抖動著無形翅膀的春風卻用清新的涼爽趕走了暖意。空氣中蕩漾著令人心曠神怡的懶洋洋的醉意。

母親覺得孩子的小手在她手裡攥得很緊，但是她被這令人陶醉的春意所吸引，就沒大注意孩子的驚惶表情。她挺起胸脯深深呼吸，連頭也不回地一直向前走；如果她回頭看看，準會發現孩子臉上的表情有些異樣。孩子懷著沉默的驚訝轉身面向太陽呆望著。他咧開嘴唇，好像水裡撈出來的魚兒似的急忙一口一口地吞咽著空氣。不自然的喜悅不時在他張惶失措的小臉上流露出來，好像是神經受了什麼刺激似的突然在臉上閃現，霎時又換上一種接近恐懼和疑惑的驚訝表情。只有那兩隻眼睛沒有視力，依然在癡呆呆地張望著。

　　到了小山崗，他們三人一齊坐下來。母親把孩子從地上抱起來，好讓他坐得更舒服，但他卻痙攣地抓住母親的衣裳，好像覺得他的腳下不是地面，害怕跌到什麼地方去。可是這一次，母親仍然沒有察覺孩子的驚恐的動作，因為她的視線、心思都被美妙活潑的春景吸引住了。

　　已經是正午了。太陽在蔚藍的天空中靜靜移動。從他們坐著的山崗上，可以望見奔騰的河水。河水已經把浮冰沖走了，只有一些殘餘的冰塊有時還在河面上飄浮著，融化著，呈現出點點白斑。在積水的草地上，有許多寬闊的水窪子；朵朵白雲和蒼穹的倒影映入水窪子裡，在水底深處緩緩蕩漾，慢慢消失，彷彿也像浮冰一樣融化了。有時輕風吹起漣漪在陽光下閃閃發光。再往遠處看，河的對岸是一片黑油油的田地，被陽光曬得熱氣騰騰，從田地裡升起的嫋嫋輕煙，籠罩住遠處的茅屋和朦朧的青色森林地帶。大地彷彿在喘息，有一種好像祭壇前繚繞的香煙似的氣體從地面升上天空。

　　自然界豁然開朗了，它很像一座迎接節日的大廟宇。但這一切對於盲孩子說來不過是一片無邊的黑暗，黑暗在他的周圍奇異地騷亂著，蠕動著，轟響著，從來沒有體驗過的不尋常的印象從四面八方觸動著他的心，因為這些印象的湧現，孩子的心便一反常態地跳動起來。

　　可是剛走幾步，當和煦的陽光開始照射他的臉龐、烘暖他那柔嫩的皮膚時，他本能地用兩隻沒有視力的眼睛向著太陽，似乎覺得四周的一切都被一個中心所吸引。明澈的遠方、蔚藍的天空、開闊的天際，這一切對於他都是不存在的。他只感覺到一種有形的、親切的、暖和的東西溫存地撫摩著他的面頰。後來，又有一種涼爽而輕柔的東西，雖然沒有陽光的暖意那樣輕柔，但掠去他臉上的舒適，使他身上感到一種清新的涼意。孩子習慣於在房間裡自由地活動，同時感到周圍是空蕩蕩的。可是在這裡，各

種離奇變幻的聲浪包圍著他，一會兒溫柔親切，一會兒撩人欲醉。不知是誰把太陽的溫暖的撫摩迅速攝跑了，陣陣風聲在耳邊響動，吹襲著他的臉龐、鬢角、頭部，直到後腦勺，糾纏著他，彷彿竭力要抓住這個孩子，把他引到看不見的遼闊的地方的某處去，奪去他的知覺，引起他健忘的慵懶。這時候，孩子更緊握著母親的手，他的心裡發緊，似乎就要完全停止跳動了。

等到讓他坐下，他才好像稍為安靜了些。現在，雖然他全身充溢著奇異的感覺，他仍舊能夠辨別不同的聲音。看不見的親切的聲浪還是勢不可當地奔騰著，他覺得聲浪好像鑽進了他的體內，因為血液洶湧的搏動隨著聲浪的衝擊忽起忽落。但是現在聲浪一會兒傳來雲雀的清脆歌聲，一會兒傳來小樺樹枝葉發芽的沙沙聲，一會兒又傳來隱約可聞的河水激濺聲，燕子在近處姿勢奇妙地盤旋著，發出輕微的振翼聲，小蟲兒唧唧鳴叫；有時候，平原上農夫趕牛耕田的漫長而淒厲的一聲吆喝壓倒了一切聲音。

可是孩子卻不能把這些聲音整個都抓住，不能把它們連貫起來，融成景物。它們忽而隱約不清，忽而響亮，爽朗，震耳，一到黑洞洞的腦海裡就沉寂了。有時候各種聲音一齊奔來，嘈嘈切切地混雜在一起，形成不可理解的噪音。風從田野上吹來，不停地在他耳邊嗖嗖地響，孩子覺得聲浪奔跑得更快了，聲浪的轟鳴淹沒了從另外的音界傳來的一切聲音，彷彿是昨天的情景的回憶。聲音一低沉下來，孩子的胸口便泛起一種愉快的懶洋洋的感覺。他的面部有節奏地顫動著，浮現出變幻的表情；他的眼睛時閉時睜，眉毛驚惶不安地聳動著；整個臉上都顯露出疑問、極力思索與想像的神色。他那還沒有固定但卻充滿許多新的感觸的意識，開始覺得精疲力竭了；它還在繼續同四面八方湧來的印象搏鬥，力圖在它們中間站住腳，把它們融為一體，以便操縱它們，戰勝它們。但是，這個孩子的黑洞洞的大腦卻擔當不了這項任務，因為他沒有足以勝任這件工作的視力。

各種聲音還太繁多，太嘹亮，一個接著一個地飛升、墜落⋯⋯包圍著孩子的聲浪越發緊張地翻騰起來，從周圍轟隆隆震響的黑暗中襲來，又回到黑暗中去，接著又換一些新的聲浪，一些新的音響⋯⋯聲浪更快，更高，更折磨人了，使孩子覺得懸空無靠，並且搖晃他，催他入睡⋯⋯又一次傳來漫長而淒厲的一聲吆喝，壓倒了令人迷惘的嘈雜聲，於是一切馬上都沉寂了。

孩子低聲呻吟起來，往後栽倒在草地上。母親連忙轉過身來，跟著驚叫了一聲：孩子面色蒼白，躺在草地上暈過去了。

八

這次事件使馬克沁舅舅非常擔心。過了不久，他便開始訂購生理學、心理學、教育學之類的書籍，但凡有關兒童心靈神秘的發育與發展的科學，他都以他素有的精力去鑽研。

這件工作越來越吸引他，因此，不能勝任生活的戰鬥、「在塵土中蠕動的小蟲」、「輜重車」這類陰鬱的念頭，不知不覺地早已從這個老兵的方形腦袋中飛跑了。現在他的頭腦裡充滿了深思熟慮的關懷，代替了以前的那些念頭，有時甚至有些樂觀的幻想溫暖著逐漸衰老的心。馬克沁舅舅越來越相信，大自然雖然沒有賦予這個孩子視覺，但是其他方面並沒有委屈他；他對他能接受的外界印象都有極強烈的反應。於是馬克沁舅舅覺得他有責任來培養孩子所特有的天資，用自己的思想與影響的力量彌補盲孩子命運中的不公平，好讓他接替自己在戰鬥的行列裡當一名新兵，為生活的事業而奮鬥。如果孩子不受他的影響，那誰也不能對這個新兵有所指望了。

「誰都知道，」老加里波的黨人想道，「鬥爭不能只靠槍和馬刀。也許有朝一日這個遭到不公平命運擺佈的人會拿起他能運用的武器，保護那些過不幸生活的人。到那時候，雖然我是一個

殘廢的老兵，也算沒有白活一輩子⋯⋯」

　　甚至四十年代和五十年代的自由思想家，都不免對大自然抱著「神秘天命」的迷信觀念。難怪馬克沁舅舅按照小孩子表現了非凡的才賦的發育，就斷然深信失明只是這些「神秘天命」的一種現象。「不幸的人要保護受委屈的人」，這就是他預先題在他的後繼者的戰旗上的一句箴言。

九

　　第一次春遊後孩子病倒了，好幾天都在說夢話。他有時在自己床上躺著發愣，默默不語，有時嘟噥著什麼，傾聽著什麼。這時他臉上總帶著疑惑不解的神情。

　　「不錯，他看東西的樣子，就像是想要瞭解但又辦不到似的，」年輕的母親說。

　　馬克沁沉思了一會兒，點點頭。他理解到孩子之所以驚懼和突然暈倒的原因是：印象過於繁多，而一時接受不了。於是他打定主意讓恢復健康的孩子漸漸接受這些印象，也就是說，把這些印象分成若干部分使他逐步接受。把病人房間的窗戶都緊緊關閉起來。然後，隨著病人痊癒的程度，把窗子敞開一些時間，接著領他到各個房間去走走，帶他到臺階上、院子和花園裡去。每當孩子臉上顯出驚恐的表情，母親就向他解釋使他驚愕的聲音。

　　「這是樹林後邊的牧笛聲，」她說道，「從一群麻雀喊喊喳喳聲中透過來的是知更鳥的啼叫。鸛鳥在車輪上面歌唱呢[3]。前幾天它才從遠方飛回來，又在老地方築了巢。」

　　於是孩子向母親轉過臉來，流露出感謝的神色，握著她的手

3　小俄羅斯和波蘭兩地時常豎起一些高柱，上置舊車輪給鸛鳥築巢。——原注。

點點頭，帶著凝神深思的領悟神情繼續聽下去。

　　盲孩子開始詢問一切吸引他注意的東西，有的時候是母親，而常常是馬克沁舅舅，把發出不同聲音的各種事物和生物解釋給他聽。母親講得比較生動和有聲有色，給孩子留下的印象深刻，但有時這種印象卻過分刺激他。少婦很痛苦，臉色激動，目光顯出一籌莫展的埋怨苦痛的神情，想盡辦法把關於形狀和顏色的概念告訴自己的孩子。孩子非常注意地皺起眉頭，前額甚至顯出細細的皺紋。顯然孩子的頭腦理解不了這種觀念，努力模糊地想像著，竭力想從間接的材料構成新的觀念，但毫無結果。遇到這種情形，馬克沁舅舅總是皺眉蹙額地表示不滿，而當母親眼淚汪汪、孩子因過度緊張而面色慘白的時候，馬克沁舅舅便打斷他們的談話，叫妹妹走開，自己講起來，盡可能只講空間和聲音的觀念。於是盲孩子的臉色漸漸平靜下來。

　　「它是什麼樣子？大嗎？」他問起在柱子上發出懶洋洋的擊鼓聲的鸛鳥。

　　孩子說話時攤開雙手。他提出類似的問題總是作出比擬的手勢，馬克沁舅舅就告訴他，雙手應該攤到什麼程度。現在他的小手兒已經完全擺開了，但馬克沁舅舅卻說：

　　「不，它還要大得多。如果把它弄到屋裡擱在地板上，那它的頭比椅背還高呢。」

　　「好大啊……」孩子沉思道，「那麼知更鳥呢？就這麼大吧？」他把合在一起的兩個手掌稍稍伸開一點兒。

　　「是呀，知更鳥就這麼大……不過大鳥向來不如小鳥唱得好聽。知更鳥為了討人歡喜，唱起來真賣勁兒。鸛鳥呢，這是有威風的鳥兒，它一隻腳站在窩裡，向四下觀望，活像是一個向工人

們發脾氣的老闆，不管嗓子是不是嘎啞，也不管旁人愛聽不愛
聽，它總是直著嗓子大聲嚷嚷。」

　　孩子聽到這樣的形容笑了起來，暫時忘記了那種想了解母親
所講的話的痛苦。不過畢竟母親講的話吸引力更大，所以遇到各
種問題他寧願問母親，而不去問馬克沁舅舅。

第二章

一

　　孩子模糊的腦海中增添了一些新的觀念，敏銳過人的聽覺使他更深入洞察他周圍的自然界。他頭上，他四周，依舊是深不可測的茫茫黑暗，就像是一團濃密的烏雲籠罩著他的腦袋；自從他降生以來，這黑暗就壓住了他。雖然孩子好像應該安於自己的不幸，但不知道由於什麼本能，孩子總想努力擺脫黑暗的帷幕。他那一刻不停地、下意識地追求他不熟悉的光明的衝動，在他臉上越來越深地留下模糊的痛苦掙扎的神情。

　　但是，有時候他也感到愉快的滿足和稚氣的歡欣，這是在他所能接受的一些外界印象使他產生強烈的新感覺，使他認識到他所看不見的世界中新的現象的時候。宏偉壯麗的自然界對於盲人並不是完全無緣的。例如，有一次，家人帶他到臨河的高崖上去，他以特別的神情細聽腳下遠處河水緩緩流過的激濺聲，他屏住呼吸牽著母親的衣裳，傾聽他腳底的石塊怎樣滾落下去。從這以後，他所想像的深處，便是山麓的潺潺水聲，或是石塊滾落時令人驚懼的沙沙聲。

　　遠方像是朦朧地逐漸沉寂的歌聲在他的耳際縈回；當天際的春雷漫天震響、又帶著隆隆的怒吼在烏雲後面隱沒的時候，盲孩子便又畏敬地諦聽著它。這時，他心胸開豁，腦海裡也產生了天空高曠的莊嚴概念。

　　因此，對於盲孩子說來聲音是外部世界主要的直接表現，其餘各種印象只是彌補聽覺印象的不足罷了；他的各種概念都形成為聽覺的概念，就好像鑄成了模型一樣。

　　有時，在暑熱的中午，四周一片靜悄悄，人的活動也靜止下來了，自然界裡形成一種特殊的寂靜，使人只能感到生命力在無聲無息地不斷奔馳；這時候，盲孩子的臉上便顯露出特異的表情。看來好像是受了外界寂靜的影響，因此他的內心深處也就震盪起只有他自己才聽得出的和他出神地諦聽的各種聲音。有誰在這當兒看見他，就會以為那萌芽的模糊思想開始在他心中發出響聲，好像旋律隱晦的曲調一樣。

二

　　他已經快五歲了，身體又瘦又弱，但已經能走路，甚至能夠滿屋子隨便跑。要是一個陌生人看見他在屋裡穩穩當當地邁步，到該拐彎兒的地方就拐彎兒，並且能隨意找到他所需要的東西，可能以為這並不是盲童，而只是一個奇怪地凝神沉思的孩子，兩眼發直地向遠方觀望。可是他在院子裡走卻要吃力得多，得用棍子在前面探路。如果不拿棍子他情願在地上爬，迅速地用雙手摸索路上碰到的東西。

三

　　靜靜的夏夜。馬克沁舅舅坐在花園裡。父親還照舊在遠處一塊田地裡忙碌。院子裡和周圍都是靜悄悄的；村莊裡的人都酣睡了，僕役房裡的傭工和僕人的話聲也沉寂下來。半點鐘前已經把孩子安置上床睡下了。

　　他半睡不睡地躺在床上。近來，每逢這樣寂靜的時刻，他總是聯想起一種奇怪的回憶。當然，他並沒有見過蔚藍的天空怎樣陰暗下來，黑森森的樹梢怎樣在淺藍色的星空下搖擺，院子四周一些蓬亂的「草屋頂」怎樣逐漸變得陰沉，深藍的煙霧怎樣在大

地上和淡黃金色的星光與月光相輝映。一連好幾天以來，他總是懷著某種特別使他陶醉的印象入睡，可是到了第二天，他對這種印象卻又茫然不解了。

當瞌睡上來，逐漸把他的意識蒙蔽起來的時候，當山毛櫸樹隱約的簌簌聲完全沉寂的時候，他聽不出究竟是遠村犬吠，是河對岸夜鶯婉轉啼唱，還是牧場上馬駒鈴鐺在令人愁悶地叮咚響。等所有這些聲音全都收斂起來以後，他便開始覺得所有的聲音都融匯成一種和諧的音調，悄悄地飛進窗內，長久地在他的床上縈回不去，引起他縹緲的，但特別引人入勝的幻想。清晨醒來，他懶洋洋地向母親提出一個有趣的問題：

「昨天……有個什麼？……有個什麼東西呀？……」

母親不知究竟，便以為他夢中受驚了。於是，這天她就親自把他抱到床上，等他入睡，覺得他並沒有什麼異樣的地方，才關切地畫個十字走開。可是，到第二天，這孩子又對她說，昨晚有什麼東西來愉快地逗弄過他。

「真好呀！媽媽，真好呀！到底是什麼東西呢？」

這天晚上，她決心在孩子床邊多待一會兒，好弄清這個怪謎。她坐在他的小床邊的椅子上，一邊機械地挑織著花邊，一邊諦聽著她的彼得魯西均勻的鼾息聲。看樣子，他睡熟了，可是黑暗中卻突然傳來他低低的聲音：

「媽媽，你在這兒嗎？」

「是啊，是啊，我的孩子……」

「請你走開吧，它怕你，到這時候它還沒來呢。我快睡著了，可是它還沒有……」

母親感到驚訝，有些莫名其妙地聽著這睡意朦朧的惋惜的低語……孩子說到他夢見的幻象，倒是真切得像有那回事似的。母親無奈只好站起來，俯身吻了吻孩子，悄悄地走了出去；她打算偷偷地從花園繞到那扇開著的窗戶底下去。

　　她還沒有繞到窗下，疑團便弄明白了。突然，她隱約聽見一陣悠揚的笛聲，隨著徐徐的南風，從馬棚裡飄過來。她立刻明白了，就是這些簡單旋律的悠揚笛聲，正好在孩子做夢的時候，愉快地勾起了他的回憶。

　　她停下來，站了一會兒，仔細聽那小俄羅斯的傾訴衷情的曲調。她完全放心了，便沿著園中漆黑的小徑，找馬克沁舅舅去了。

　　「約西姆吹得真好，」她想，「奇怪，這個看樣兒蠢笨的奴才，倒有這麼豐富細膩的情感！」

四

　　約西姆確實吹奏得很好，甚至就連拉奧妙的小提琴也不算回事；以前每逢禮拜日，他在小酒館里拉《哥薩克》舞曲或歡樂的波蘭《克拉科維亞克》舞曲，比誰都強。他總是坐在屋角的長凳上，那刮得淨光的下巴頦兒緊夾著小提琴，高大的羔皮帽雄起起地壓在後腦勺上，等他把弓子在有彈性的琴弦上斜斜地一拉，這時小酒館裡誰也不能安穩地坐在那裡了。就連拉大提琴給約西姆伴奏的獨眼老猶太人，也興奮到了極點。他那笨拙的「樂器」彷彿竭力用深沉的低音，追隨著約西姆的提琴的輕快悅耳而跳躍的調子；而楊克利老漢便高聳雙肩，和著活潑有趣的節拍，搖晃起他那戴著小帽的禿腦袋，渾身也抖動起來。至於這個受過洗禮的民族，那只要一聽見歡樂的舞曲，雙腿自然就會彎下來踏拍子，這是自古就這樣的。

　　但是自從約西姆愛上了鄰村老爺的使女瑪麗亞，他便不大喜歡令人歡樂的小提琴了。不錯，他的小提琴沒能幫助他征服那詭譎潑辣的姑娘的心，瑪麗亞寧願挑一個光嘴巴、貌似德國佬的老爺聽差，也看不上這個一嘴大鬍子的霍霍佬[4]音樂家的「佩克」[5]。

此後，在小酒館和晚會上，再也聽不到他拉小提琴了。他把它掛在馬棚裡的木樁上，因為潮濕和沒有加意保管這個從前心愛的樂器，琴弦陸續地斷掉了，他也毫不在意。弦斷時迸發的最後一聲錚鳴，既響亮又淒慘，甚至就連馬兒也都同情地嘶叫，驚異地扭過頭來看看狠心的主人。

約西姆從一個過路的喀爾巴阡山山民手裡買了一支木笛來代替小提琴。大概他以為，木笛傾訴的嗚咽聲更加符合他那悲慘的命運，更好抒發他這被拋棄者的哀愁吧。然而山區的笛卻辜負了他的心願。他換了有十來支笛子，各種調子的都吹遍了，他用刀修削它，泡在水裡，曬乾，再用細繩拴起掛在房檐下，讓風吹乾。可是依然無濟於事：山笛總不讓霍霍佬稱心。該歌唱的地方它長鳴，而希望它發出纏綿的顫音的地方，它卻尖叫起來，總之，山笛全不合他的心意。最後，他一股怒火發洩到所有流浪的山民身上，他深信沒有一個山民能製作出一支好笛子來，於是決意親手製作。一連好幾天，他皺著眉頭在田間和沼澤邊徘徊，走遍了所有的柳林，一再挑選柳條，並且砍下好些枝子，但始終沒有選出他所要用的。他依舊深鎖雙眉，繼續往遠處尋找。最後，他來到一個地方，這是潺潺流水的溪畔。溪水微微搖動水渚裡睡蓮的白帽，茂密的一整排垂柳沉思地俯向平靜的深水上面，使風吹不到這裡來。約西姆撥開密密的柳叢，走近溪邊；他站了一會兒，不知怎的忽然深信就在這個地方，他一定會找著他所需要的東西。他憂鬱的面容開朗了。他從靴筒裡抽出一把用小皮帶綁著的折刀，仔細地看了簌簌輕吟的柳叢一眼，然後徑直走到一株細直的樹幹跟前，這是一株在溪水沖刷過的陡岸上搖曳著的小樹。

4　這是革命前對小俄羅斯人（烏克蘭人）的卑稱。因烏克蘭人發音常帶 X
　　音，所以俄羅斯的大民族主義者就把他們叫做「霍霍佬」。
5　「佩克」是烏克蘭語對容貌的譏笑說法。──原注。

他不知為什麼用指頭在樹上彈一下，滿意地望著在空中搖曳的小樹，聽著它的樹葉的簌簌響，然後點了點頭。

「這就是我要找的，」約西姆滿意地咕嚕了一句，便把先前砍下的樹枝子都扔到小溪裡去了。

一支出色的笛子製成了。他先把柳枝曬乾，用燒紅的鐵條穿通它，烙出六個圓孔，又斜鑽了第七個小孔，把一端用木塞塞緊，留下一個斜斜的窄縫兒。然後把它用繩拴上，整整懸掛了一個星期，讓它受風吹日曬。在這以後，他細心用刀子把它削平，用玻璃片把它刮光，又用一塊粗呢子使勁擦它。笛子的上端是圓形的，越往下越平滑，恰似磨光的平面，在那上面，有他用彎鐵條烙的種種別致的花紋。他試著吹了幾個快調，激動地點了點頭，咳嗽了一聲，便連忙把它藏在自己床邊僻靜的地方。他不願意在白晝的喧囂中初試音色。可是就在當天傍晚，馬棚裡卻瀉出一陣陣柔和的、令人凝思的、抑揚顫動的笛聲。約西姆很滿意他的笛子。看樣子，它已經與他無法分開了；笛聲宛若他自己受到溫存和體貼的心情的流露，而婉轉衷情和影影綽綽的哀愁，都立刻在這奇妙的笛聲裡嗚咽傾訴出來，並且嘹亮地，連續不斷地在寂靜而傳音敏銳的黃昏裡散播。

五

現在約西姆愛上了自己的笛子，並且和它形影不離，好像歡度蜜月一般。白天他規規矩矩地幹他那馬夫的差事，飲馬，套馬，載太太或馬克沁出門。有時他瞧一眼狠心的瑪麗亞所住的鄰村，哀愁便湧上他心頭。但一到黃昏，就把世界上的一切都忘記了，就是那黑眉女郎的形影也像在霧中了。這個形影隱沒了它那刺心的明晰輪廓，在他眼前模模糊糊地若隱若現，不過給奇妙的笛聲添上一種陰沉憂鬱的情調而已。

那天晚上，約西姆也是躺在馬棚裡，令人極度興奮的音樂情感全都在動盪的旋律中流露出來了。音樂家不僅把狠心的美人忘得一乾二淨，連他自己的存在也忘卻了。這當兒，他突然哆嗦一下，從床上欠起身來。激動緊張中，他覺得有一隻小手的柔軟的指尖，飛快地在他臉上掠過，順著胳膊滑下去，然後就匆忙地摸索那支笛子。這時，他聽見身邊有人激動地、急促地呼吸著。

「不要動我，不要動我！」他唸起平日唸的咒語來，為了弄清楚是不是惡魔糾纏他，他又補充問道：「你是鬼還是神？」

然而，月光從那敞開的馬棚大門傾瀉進來，他發覺他想錯了。他床前站著的是焦灼地向他伸出兩隻小手來的盲少爺。

過了一個鐘頭，母親想要看看睡著的彼得魯西，卻發現他不在床上了。她起初大吃一驚，但母親機靈的心思立刻暗示她該到哪裡去尋找走失的孩子。當約西姆停下來想緩口氣歇歇的時候，忽然看見「仁慈的太太」站在馬棚門口，不禁感到十分惶惑不安。看樣子，她在那兒已經站了好幾分鐘了，她一邊聽他吹笛，一邊望著自己的孩子——他披著約西姆的短皮襖坐在床上，還在貪婪地傾聽那中斷的笛聲。

六

此後，這孩子每天晚上到約西姆住的馬棚裡去。他不想在白天讓約西姆吹個什麼曲子。顯然，喧囂紛擾的白晝使他不可能想到這些恬靜的旋律。可是當大地上暮色蒼茫時，彼得魯西就像瘧疾發作似的忍耐不住了。晚茶晚飯只意味著他所盼望的時刻快要到來；母親雖然天性有點不愛這類音樂，卻無法阻止自己的寵兒跑到吹笛人那裡去，臨睡前在馬棚裡消磨一兩個鐘頭。現在，這一兩個鐘頭成了孩子最幸福的時光了。母親看見孩子甚至到第二天還念念不忘晚間的印象，甚至母親撫愛他的時候，他對母親也

不像以前那樣一心一意了，而且就是在她抱孩子和孩子擁抱她的時候，他也還是出神地回憶著約西姆昨晚吹奏的歌曲，所以她作母親的內心不免有些嫉妒。

於是她回憶起數年前她在基輔的拉傑茨卡婭夫人辦的寄宿學校讀書時，在各種「美感藝術」中間，也曾學過音樂。不錯，回想這個並不使人十分高興，因為一轉念就會聯想到那位女教師──德國老處女克拉普斯，聯想到她那憔悴乾癟的樣子，而最令人難忘的是她動不動就發脾氣的性格。這位肝火旺盛的老處女，為了使學生們的手指起碼能夠靈活，確有一套「折磨」她們的手指的本領，同時在摧殘她的學生的任何詩意的音樂感方面可以說是成效卓著。只要克拉普斯小姐往跟前一站，這種膽怯的詩意靈感已經不能忍受，更不必說她的教授方法了。因此安娜・米哈伊洛夫娜畢了業，甚至出嫁以後，也都不想再作什麼音樂練習。但現在聽見霍霍佬的笛聲，她除了嫉妒以外，內心活躍的旋律感也逐漸有些按捺不住了，而德國老處女的形象則逐漸黯淡下去。因此，波佩利斯卡婭太太就請求丈夫從城裡訂購一架鋼琴。

「我親愛的，隨你吧，」模範丈夫回答道，「你以前好像不太喜歡音樂。」

當天就向城內發了一封信，但買妥這件樂器和從城內運到鄉下來，至少得過兩三個星期才成。

在這段時間內，馬棚裡每天傍晚都響起召喚人的樂聲，這孩子甚至不待母親許可便向那裡跑去。

馬棚裡的特別氣味混合著乾草的芳香和刺鼻的鞣皮氣息。馬咀嚼時雖然悄悄無聲，但從馬槽裡銜出一把把乾草時，卻發出沙沙響聲；而當吹笛人停下來緩氣時，花園裡青蔥的山毛櫸樹的簌簌聲也清晰地傳到馬棚來。彼得魯西坐在那裡，如醉如癡地聆聽著。

他始終不打斷音樂家的吹奏，只有在音樂家自動停下來沉默

兩三分鐘時，無聲無息的沉迷才被某種奇特的貪婪表情所代替。他伸手去拿笛子，用顫抖的雙手抓住它，把它放在唇邊。這就使孩子胸口的呼吸頻促起來，所以他起初吹出來的聲音顯得有點顫抖而細弱。後來他慢慢掌握了這件平淡無奇的樂器。約西姆把他的手指在小圓孔上擺好；雖然他的小手剛夠得著這些小孔，但終於不久就把這幾個音階摸熟了。並且在他看來，每一種音符好像都有它的特別面貌，都有它的個性；他已經知道哪個圓洞裡有哪一種音調，應當從哪裡發聲，有時候，約西姆輕輕地起落手指吹奏什麼簡單的曲調，孩子的手指也同樣動彈起來，他清清楚楚地想像到這些連貫的音調是配置在習慣的位置上的。

七

　　整整過了三個星期，鋼琴終於從城裡運來。彼佳[6]站在院子裡，留心聽著忙亂的工人們怎樣把外來的「樂器」搬進房裡去。顯然，樂器重得很，抬它的時候，大車軋軋地響，人們呼哧呼哧地哼著，深深地喘氣。人們挪著穩重的腳步向前移動，每走一步，他們頭上彷彿就有一個什麼奇怪東西發出嗡嗡錚錚的聲音。等到把這件奇怪樂器擺在客廳的地板上時，它又迸發出喑啞的一聲震響，好像在盛怒之下威嚇什麼人似的。

　　所有這一切都幾乎使孩子感到恐懼。這無生命的、但氣勢洶洶的新客人並沒有博得孩子的好感。他到花園裡去了，也就聽不到樂器安裝的情形，聽不到從城裡來的調琴匠怎樣用鑰匙打開鋼琴，試彈琴鍵和調整琴弦。等一切都弄好了，母親才吩咐喚彼佳進房裡來。

　　現在安娜・米哈伊洛夫娜有了一架名師製造的維也納鋼琴，

6　彼佳是彼得魯西的愛稱。

滿以為可以勝過那平淡無奇的村笛了。她深信，她的彼佳今後準會忘記馬棚和吹笛人而從她那裡得到快樂。她眉開眼笑地望望和馬克沁一起怯生生地走進來的孩子，又望望約西姆；約西姆是請求讓他聽聽這外洋樂器而來的，他現在靦腆地站在門邊，目光下垂，頭上耷拉下一綹額髮。等馬克沁舅舅和彼佳在躺椅上坐下時，她突然按動琴鍵，彈奏起來。

她彈的曲子，是她當時在拉傑茨卡婭寄宿學校的克拉普斯女士教導下學得最好的一支。它特別喧鬧，可也十分巧妙，要有異常靈活的指法才行；在公開考試的時候，就是因為這支曲子安娜·米哈伊洛夫娜，特別是她的女教師才受到人們讚揚的。雖不能肯定，但許多人都在猜想：沉默寡言的波佩利斯基愛上了亞岑科小姐，就在她彈奏這支繁難曲子的短短剎那間。現在，這個少婦又彈奏起它來，打算取得另一次勝利：她兒子的幼小心靈迷戀著霍霍佬的笛子，她要更有力地把它吸引到自己身邊來。

然而這次她的希望落空了：維也納的樂器鬥不過烏克蘭的一小截柳木。不錯，這架維也納鋼琴具有優越的條件：木料貴重，有精製的鋼弦，它出自維也納手藝高超的技師之手，而且有廣闊的音域，音調豐富。但是烏克蘭木笛也為人所愛，因為它土生土長，是在自己親愛的烏克蘭大自然中生長起來的。

在烏克蘭的吹笛人銳利的眼睛沒有在沖刷過的陡岸上發現它，沒有用刀子把它砍下來，沒有用燒紅的鐵條穿通它以前，它一直在孩子所熟悉的家鄉河岸上搖曳著，而使孩子感到溫暖的烏克蘭的陽光和微風也同樣撫愛和吹拂過它。這位外來之客現在很難和那支平常的本地木笛爭短長，因為在萬籟俱寂的睡眠時刻，只聽見夜晚玄秘的沙沙聲和沉睡中的山毛櫸樹叢簌簌作響的時候，笛聲就自然而然地在整個親愛的烏克蘭大自然伴送之下傳到盲孩子耳邊。

波佩利斯卡婭夫人也遠遠趕不上約西姆。不錯，她的纖細的

手指也許比較輕快靈巧，她彈奏的旋律也比較複雜豐富，而且克拉普斯女士為了教會她的女學生掌握這種困難的樂器，也曾花費過許多心血。然而約西姆對音樂卻有直接的體驗，他有愛戀有悲愁，懷著自己的愛戀和悲愁向故鄉的大自然傾訴。大自然，它的樹林的喧鬧，野草的低語，還有他兒時在搖籃裡就已聽熟的、令人深思的家鄉古老歌謠，使他學會一些簡單的曲調。

是呀，維也納樂器看來難以賽過霍霍佬的木笛。還沒過一分鐘，馬克沁舅舅突然用他的手杖使勁拄了幾下地板。安娜・米哈伊洛夫娜轉過身來，看見小彼得臉色蒼白，就像她永遠難忘的初次春遊那天孩子躺在草地上的表情一樣。

約西姆深表同情地望瞭望孩子，然後向德國樂器投了輕蔑的一瞥，拖著他那雙笨重的「靴子」，篤篤地踩著客廳的地板走出去了。

八

這次失敗惹得可憐的母親灑了很多眼淚——她流淚又感到羞愧。她，「貴夫人」波佩利斯卡婭，曾贏得「上流公眾」雷鳴般的掌聲，怎能甘心承認自己被人家這麼無情地擊敗啊？被誰？——被一個憑一支粗俗的木笛的普通馬夫約西姆！她一想起演奏失敗後霍霍佬那種充滿輕蔑的眼神，就不由地氣得滿臉通紅，她打心眼裡恨這個「可惡的奴才」。

然而，每天晚上，當孩子跑到馬棚裡去的時候，她便打開窗子，臂肘支在窗臺上，貪婪地聽著。起初她還感到有點氣憤、輕視，想法挑剔「粗俗的吱嘎聲」中可笑之處；但是逐漸地——連她自己也不明白怎麼會這樣——那「粗俗的吱嘎聲」卻引起她的興趣了，於是她也貪婪地去諦聽陰沉悲愴的曲調。她冷靜下來自問：曲調的魅力在哪里？它那迷人的秘密是什麼？蒼茫的暮色，

飄搖不定的黃昏陰影，大自然和曲調的奇妙的韻律，慢慢地給她解答了這個問題。

「是啊，」她覺得自己戰敗了，被征服了，她這樣自忖道，「這裡有著一種特別真摯的感情……還有樂譜上學不到的令人神往的詩意。」

這是實在的。詩意的秘密，就是由逝去已久的「過往」和永遠存在、永遠向人類心靈傾訴的大自然（大自然是「過往」的證人）兩者之間的微妙聯繫。而在他這個穿著塗油皮靴、胼手胝足的粗野莊稼漢身上，倒蘊藏著這種韻律，這種真切自然的情感。

她不得不承認，她身上驕傲的貴夫人氣派在一個僕役——馬夫跟前馴服了。她忘掉了他的粗布衣和焦油味，通過那細弱悠揚的歌聲，她想起了一張善良的面孔：兩隻灰色的眼睛裡的溫柔的表情，長鬍子下面顯露著幽默而羞澀的笑容。但有時少婦的臉頰和鬢角還泛起陣陣惱怒的紅暈：她覺得自己由於痛愛兒子才和這個村夫在一個競技場上站在平等地位較量高低，誰知他這個「奴才」倒得勝了。

園裡的樹枝在她頭上沙沙低語，夜色在蔚藍的天空上燃亮點點星光，用湛藍的煙靄彌漫大地，這時，少婦聽著約西姆的曲調，心靈裡不禁充滿了灼人的憂思。她漸漸平靜下來，她漸漸明白這天然直率、純潔而非矯揉造作的詩意的秘密了。

九

不錯，莊稼漢約西姆有著真摯的情感！她呢？難道她連一點一滴也沒有嗎？為什麼她胸懷那樣熾熱？她心房那麼不安地跳動呢？又為什麼不由地熱淚盈眶呢？

儘管孩子老從她身邊跑到約西姆那兒去，儘管她不能使他得到那樣真切的喜悅，難道這不是感情嗎？難道這不是熱愛自己不

幸的盲兒的感情嗎？

　　她一想到彈琴時孩子痛苦的臉色，熱淚便簌簌地奪眶而出，有時湧上喉頭，快要哭出聲來的啜泣，好容易才克制住。

　　可憐的母親啊！她孩兒的失明竟成了她終生不治的心病。這表現在她對孩子過分溺愛上，每逢孩子一感到痛苦，她就覺得整個做母親的心靈感情好像被千萬條不可見的弦索絞纏住而感到無比疼痛似的。因為這個緣故，她才同吹笛的霍霍佬奇怪地較量起來，要是在旁人，那最多只不過引起一場煩惱罷了，而對她說來，竟成了最厲害、最猛烈的痛苦的根源。

　　時光就這樣過去了，雖然她內心並不輕鬆，但不能說沒有好處：她開始覺得自己的心裡充滿一種旋律和詩意的活潑情感，因此一聽到霍霍佬的笛聲就心馳神往。這時候，她的希望又復蘇了。往往由於自信心的猛然衝動，她好幾次走到樂器跟前，掀開琴蓋，打算按動琴鍵，發出動聽的琴音，好壓過那低沉的笛聲。但每次都由於感到猶疑和羞愧而沒有這樣做。她一想起她受苦的孩子的面孔和霍霍佬輕蔑的目光，兩頰便不禁暗中羞紅了，只好把手懸在鍵盤上畏縮而又戀戀不捨地在空中做彈奏的動作。……

　　但是內心的一種自信力一天比一天強大起來，於是，她挑選了一個時間——黃昏前，孩子在遠處林蔭道上玩耍或外出散步時，她才彈奏鋼琴。她對最初幾次的彈奏仍不大滿意，因為雙手還不能稱心隨意，琴聲起初也與控制著她的情緒不協調。但是，慢慢地琴聲圓潤輕巧地與她的情緒完全交融了。霍霍佬的教訓並非無益，熱烈的母愛和理解到孩子所心向神往的因素的靈感，使她能夠很快吸取了經驗教訓。現在，她指下發出的已不是噪耳而奧妙莫測的「樂聲」了，而是低沉的歌曲，是凄涼的烏克蘭抒情小調在昏暗的房中如泣如訴，使母親的心感到寬慰。

　　最後她鼓足勇氣去公開鬥爭，於是一到傍晚主人的宅第與約西姆的馬棚之間就開始了奇怪的競賽。從草簷低垂的陰暗馬棚隱

約飄來悠揚的木笛顫音，而透過山毛櫸葉叢，從月色回照下的宅第中敞開的窗口，迎著笛聲送出一陣和諧悅耳的鋼琴聲。

起初，孩子和約西姆都不想理會宅第傳來的「奧妙」音樂，因為他們對它有成見。當約西姆歇息一會兒時，孩子甚至蹙著雙眉，不耐煩地催促他：

「哎！吹呀，你吹呀！」

但是還沒過三天，約西姆吹笛中間停歇的次數越來越多了。他常常把笛子擱下，越來越有興趣地傾聽著，這時候，孩子也諦聽起來，忘記催促他的朋友了。後來，約西姆帶著沉思的神情說道：

「唔，多麼好啊……那才是一件好玩意兒呢……」隨後，他帶著仍然在諦聽什麼聲音的茫然深思的神情，抱起孩子，穿過花園，向客廳的一扇敞開的窗口走去。

他以為「仁慈的夫人」只是為了自娛才彈奏的，並不注意他們。但在琴聲休止的剎那間，她聽到對手的笛聲沉默了，於是，安娜·米哈伊洛夫娜發覺自己勝利了，不禁快活得心花怒放。

同時，她惱恨約西姆的心情也隨著完全消除了。她幸福，並且認識到她的幸福應當歸功於他，因為他教會了她怎樣使孩子又回到她身邊，如果現在孩子能從她那裡領受新鮮感受的許多寶藏，那麼他們倆都應該感謝他——他們共同的老師——吹笛的莊稼漢。

僵局打開了。第二天，孩子帶著怯懦的好奇心走進客廳。自從城中怪客搬進客廳以後，他一直沒有上這裡來過，因為他覺得那怪客是一個怒氣衝衝、大喊大叫的傢伙。現在這個客人用昨夜的琴聲打動了孩子，改變了他對這件樂器的態度。他還帶著殘存

下來的怯懦，向擺鋼琴的地方走去，在離它不遠的地方站住了，傾聽著。客廳裡沒有人。母親在另一個房間裡的沙發上坐著做針線，屏氣斂聲地仔細望著孩子的每一個動作，望著他神經質的臉部表情的每一個變化。

他老遠就伸出了手，一摸著樂器光滑的表面，就立刻膽怯地往後躲。他試了兩三次，才敢靠近，然後，他開始仔細研究這件樂器。他把腰彎得夠到地面，好摸索琴腳，又順著鋼琴周圍空地轉了一個圈兒。最後他的一隻手觸在平滑的鍵盤上。

琴弦輕柔的聲音彷彿沒有把握似的震盪了一下。孩子聽著，聽著母親已聽不見的消逝的音波；他聽了好久，才神情凝注地去觸動另一個鍵子。後來，他順著整個鍵盤按動時，又觸到高音域的音鍵。他把每一個音都按了相當長時間，於是一個音跟著一個音在空中飄蕩、顫動、消失。盲孩子不僅臉上現出全神貫注的表情，而且顯現出滿意的神氣。顯然他對每個音都感到興趣，而他對能構成未來旋律的基本音有那樣敏銳的注意力，也已顯示出他將來成為藝術家的天賦。

然而，好像盲孩子還賦予了每一個音一種特性：他彈出高音域明快的音時，就仰起興致勃勃的臉，好像向上送別這嘹亮地翱翔的音。反過來，要是聽見陰沉、隱晦而喑啞的低音，他就低頭側耳；他覺得，這種沉重的音必定在地面上低滾，順著地板散播，消失在遠處角落裡。

馬克沁舅舅對所有這些音樂實驗只抱寬容的態度。不論奇怪不奇怪吧，孩子明顯地流露出來的愛好卻使這位殘廢的舅舅產生了雙重的感覺。一方面，這孩子酷嗜音樂，無疑表明他有音樂天賦，因而也就可以部分地決定他的前程。這老兵除認識到這一點

以外，另一方面，他心裡還添上了捉摸不定的失望的感覺。

「當然，」馬克沁斷定，「音樂也是偉大的力量，它能掌握群眾的心靈。將來，他這失明的人，聚集幾百個盛裝的花花公子和貴婦，給他們彈奏圓舞曲和小夜曲（老實說，除了圓舞曲和小夜曲之外，馬克沁對音樂便一無所知了），他們會用小手帕擦眼淚的。嘿！該死的，我真不希望這樣，可又怎麼辦呢？既然從小失明，他這一輩子能怎樣就怎樣吧。不過，歌曲不是更好麼？歌曲不僅能夠傾訴縹緲不定的悅耳的調子，它還能創造形象，啟迪思緒，鼓舞勇氣。」

「喂，約西姆，」一天晚上，他跟著孩子來到約西姆那裡，說道，「乾脆扔掉你那小笛子吧！街上的野孩子或是野外牧童弄這玩意兒還湊合，你呀，總算是個成年的莊稼漢了，怎麼連那個蠢丫頭瑪麗亞還沒叫你真正老實下來呀。呸，真替你害臊！那丫頭扭過臉不睬你，你就洩了勁啦。嗚嗚地吹呀叫呀的，活像籠子裡的鵪鶉。」

心煩氣悶的老爺教訓了這一大通，約西姆暗中只對他這平白無故的怒火報以一笑。不過，野孩子和牧童這兩個字眼卻有點傷他的心。

「老爺，請您別說了，」他說道，「像這樣的笛子，您在烏克蘭哪一個牧童手裡都找不著，它跟牧笛可不一樣……那是嗚嗚叫的蘆笛，要說這……您聽聽試試。」

他用手指按著木笛的所有圓孔，一邊吹起八度音的兩種音調，一邊欣賞圓潤的音響。馬克沁啐了一口。

「呸！老天爺饒了我吧！你小子笨得要命！我聽你吹笛子幹嗎？笛子啦，女人啦，再加上你那瑪麗亞啦，這些東西全都是一路貨。你要是會唱，倒不如給我們唱幾支歌，唱支好聽的古老歌曲吧。」

馬克沁・亞岑科是個地道的小俄羅斯人，對待鄉下人和僕人

都很直率。雖然他常嚷嚷，罵人，但不知道為什麼，總不得罪人，所以人們尊敬他，並且在他跟前不感到拘束。

「怎麼？」約西姆答覆老爺的建議，「我從前唱得可不比別人差。只怕我們莊稼人的小曲也不合您老爺的胃口！」他輕輕刺激一下對方。

「別廢話，」馬克沁說，「只要能唱得好。小曲多好呀，笛子又算什麼？彼得魯西，我們聽聽約西姆唱歌吧。可是你懂不懂，小傢伙？」

「是要唱農奴歌麼？」小孩子問道，「我懂得『農奴的唱法』。」

馬克沁歎了一口氣。他是一個幻想家，曾夢想過一個新「雪支」[7]。

「嘿！孩子！這不是農奴曲……這是自由人民雄壯有力的歌聲。你姥姥家的祖先曾在第聶伯河、多瑙河和黑海邊的草原上唱過這些歌……得啦，你將來會明白的，可是現在，」他沉思地又補充了一句。「我怕別人……」

實在，馬克沁就是怕別人不懂。他想，史詩歌曲的鮮明形象要有視覺才能心領神會。他怕孩子黑暗的腦海領會不了民謠歌詞畫意的語言。他忘卻了古代唱民謠的，烏克蘭彈奏科布紮和班杜拉[8]的人多半是瞎子。不錯，艱苦命運和殘廢往往使他們拿起里拉琴和班杜拉去沿門行乞。然而他們並不全都是用難聽的鼻音唱歌的乞丐和賣藝人，也並不都是年老才失明的。失明使可見的世界遮上黑暗的帷幕，當然，帷幕垂在人的腦海裡，使人工作增加困難和受到限制，但從先天遺傳的想像，以及靠別的辦法取得的

---

7 「雪支」，十六至十八世紀間，紮波羅什哥薩克人在烏克蘭第聶伯河下游所建立的哥薩克營壘。這種營壘用鹿砦柵防禦襲擊，因為烏克蘭語稱鹿角為「雪支」，所以把它叫做紮波羅什「雪支」。
8 科布紮和班杜拉都是烏克蘭古老的絃樂器。

印象，盲人的腦力在黑暗中依然能別有天地，儘管這天地是憂悒的、淒涼的、幽黯的，然而並不是沒有獨特的、朦朧的詩意。

十二

馬克沁和孩子坐在乾草堆上，約西姆躺在他的長凳上（這個姿勢最適合他的演唱情緒），他想了一會兒，便唱起來了。不知是偶然還是天資慧敏，他唱的相當成功。他唱出歷史的畫面：

　　啊，那邊山上農夫在收莊稼。

唱得恰到好處，任何人聽到這支優美的民歌，都一定會把這古老的樂曲深深地記住，它高亢、悠長，彷彿由於懷念往昔的悲愴情緒而顫動。歌詞裡沒有重大事件，沒有流血廝殺和豐功偉績。不是一個哥薩克與心上人訣別，不是勇敢的進擊，也不是在湛藍的海洋和多瑙河上乘「鷗船」[9]航行的遠征。這只是一幅瞬息萬變的圖畫，是一幅在烏克蘭人的回憶中閃現出來的既像迷離的幻象，又像一段歷史故事的夢境的畫面，這幅由早已消失的祖國歷史故事引起的特別憂思模糊了的迷離陰鬱畫面，在平凡乏味的今天忽然浮現在烏克蘭人的想像中。雖然說是早已消失的往事，但並非沒有留下痕跡！一些高聳的墳塋就是證明——那裡埋著哥薩克的遺骨，那裡中夜閃爍著磷火，那裡夜晚傳來沉痛的呻吟。還有民間傳說和漸漸失傳的民歌，也都在證明著它：

　　啊，那邊山上農夫在收莊稼，
　　青山下，
　　哥薩克在行進！……
　　哥薩克在行進！……

9　「鷗船」，十六世紀紮波羅什哥薩克用來渡黑海的長形搖船，用柳木及菩提木建造。

青山上農夫在收莊稼。青山下，哥薩克軍隊在行進。

馬克沁・亞岑科出神地傾聽著憂悒的歌聲。美妙的曲調不可思議地同歌詞內容融合起來，使他的想像裡面展現出這幅好像在含愁的夕照輝映下的圖畫。山上，安靜的田壟上，隱約地出現了幾個農夫，無聲無息地彎著腰在收割莊稼。山下，軍隊一隊跟一隊地悄悄走過，在山谷的黃昏陰影消失。

> 多羅申科[10]在前面
> 率領他的軍隊，紮波羅什地方的軍隊，
> 威武英俊。

歌唱歷史故事的長音符的旋律在空中飄蕩、鳴響，然後沉寂下來，沉寂下來是為了再鳴響，為了在黃昏中引起對一切新出現的人物的聯想。

十三

孩子聽著，面帶陰鬱和悲傷的神色。當歌手唱到農夫收割莊稼時，彼得魯西立刻想像到他所熟悉的山巔。他所以能夠熟悉山巔是因為他曾聽到山巔下河水滾流、波濤擊石的隱約可以聽到的拍擊聲。他也知道什麼叫做收割人，因為他聽過鐮刀的叮噹響和麥穗摔落時的沙沙聲。

歌聲唱到山下的景況時，盲孩子的想像也立刻從山巔飄到山谷裡去了……

鐮刀聲沉寂了，可是孩子知道收割莊稼的人們還在山頂上；他們雖然還留在那裡，但是卻聽不見他們的聲音，這是因為他們

---

10 多羅申科（生年不詳，1628 年卒），紮波羅什哥薩克軍隊的統帥（1625-28）。自幼就在紮波羅什「雪支」中，並參加過哥薩克人反抗克里米亞韃靼及土耳其的海陸戰役，一六二五年參加烏克蘭的反波蘭貴族的農民起義，以後當選為哥薩克軍隊統帥。

在山巔下收割莊稼，地勢很高，——就像他從前曾經站在山底下聽見過發出沙沙聲的松樹那麼高。山下河畔傳來均勻的馬蹄聲……人馬很多，在黑沉沉的山下，匯成一種暗啞的聲響。這就是「哥薩克在行進」。

　　他也知道什麼是哥薩克。時常到莊園來的「赫韋季科」老頭，大家都管他叫「老哥薩克」。他常常把彼得魯西抱在自己膝上，用顫抖的手撫弄他的頭髮。但是當孩子按照自己的習慣去摸他的臉時，敏感的小手指頭便會觸覺到老頭的深陷的皺紋，垂著的大鬍子，瘦下去的兩頰和兩頰上的老淚。從那拖長的歌聲裡，孩子想像出山下的哥薩克正是這樣的。他們騎著馬，同「赫韋季科」一樣，有大鬍子，也是那樣駝背，那樣年老。他們好像不定形的影子悄悄在黑暗中移動，像「赫韋季科」一樣不知為什麼哭泣，也許是因為山上和山谷裡都飄蕩著約西姆凄厲而悠長的如泣如訴的歌聲吧，這支《薄情的哥薩克》唱的是哥薩克人拋下年輕的妻子而跟著行軍的號角出征，忍受戰爭的艱苦。

　　馬克沁只瞧一眼就明白了；孩子雖然失明，可是他那慧敏的天資是善於領會歌曲的詩意形象的。

第三章

一

　　按照馬克沁的計畫訂出了一個制度：只要盲孩子能做的都讓他親自動手，因此得到了很好的效果。他在家裡決不是一個廢物：他滿有把握地到處行走，自己收拾自己的房間，把玩具和東西都放得井井有條。此外，馬克沁很注意他的身體鍛煉，根據他所能辦到的，讓他做自己的體操。到了六歲，馬克沁還送給外甥一匹溫馴的小馬。母親起初覺得簡直不可思議，她的盲孩子怎能騎馬呢，她認為哥哥那一套完全不近情理。可是殘廢人的全盤計畫終於實現了，過了兩三個月，孩子已經能愉快地跨上馬鞍，和約西姆並排騎馬奔馳，只是在拐彎的地方由約西姆指點一下就行了。

　　所以，失明並沒有妨礙身體的正常發育，它對孩子的精神影響也儘量減弱了。照他的年齡看，他的身材是夠高的，體格是勻稱的，臉色有點蒼白，面貌清秀而富有表情。漆黑的頭髮顯得他的臉色更加白皙，而一雙烏黑不動的眼睛使他具有與眾不同的、總能馬上惹人注意的表情。眉上剛剛顯出的皺紋，頭部稍向前傾的習慣，秀麗的臉上不時浮現一層憂鬱－－這都是他外形上失明的表現。雖然他在熟悉的地方能夠行動自如，但仍然可以看出，天真活潑受壓抑了，並且有時還表現出十分強烈的神經衝動。

二

　　這時，聽覺印象在盲孩子的生活中完全占主要地位，聲音的

形態成了他思想的主要方式，成了他思維活動的中心。他一聽迷人的調子，就能把曲子記住，知道它的內容，為旋律的愁悶、喜悅或憂鬱所感染。他更留心諦聽周圍自然界的聲音，把模糊的感覺與慣熟的故鄉曲調匯在一起，有時他能把它們綜合成流暢的即興演奏，在這種即興演奏中很難分辨出聽慣的民間曲調和個人創作的界限。就連他本人也不能從自己的歌曲中分辨出這兩種成分，這兩種成分已經在他的歌曲中融匯成一體了。他雖然很快就學會了母親在彈鋼琴時教他的一切東西，他還是比較喜愛約西姆的笛子。雖然鋼琴更堂皇，更響亮，更圓潤，但是它只能擺在房間裡，而笛子卻能帶到野外去；它那悠揚婉轉的音調可以同原野的輕歡融成一片，有時候，就連彼得魯西自己也弄不清楚，是遠方吹來隱約的《杜馬曲》[11]，還是他自己吹出的笛聲。

　　愛好音樂成了他智力發展的中心，使他的生活充沛和多樣化。馬克沁利用他對音樂的愛好，使他熟悉祖國的歷史，於是在盲孩子的想像中，全部歷史過程都由各種聲音編織起來。他喜愛歌曲，因而熟悉歷史人物，熟悉他們的命運和祖國的命運。從此，他開始對文學發生興趣，到九歲，馬克沁便著手教他功課。孩子很喜歡馬克沁教的課程（為了教他，馬克沁研究過盲人的專門教學法）。這些課程使他的心情添了新成分──確切性和明晰性，因而使模糊的音樂感得到均衡。

　　這樣一來，孩子整天都不空閒了，不會因為他所得的印象貧乏而抱怨了。他生活得非常好，凡是兒童可能有的，他都有了。甚至他好像沒有意識到自己失明似的。

　　然而他的性情畢竟帶有某種奇特的、不是兒童應有的憂鬱。馬克沁認為這是缺少小夥伴造成的，便努力彌補這種缺陷。

---

11 《杜馬曲》是十五至十六世紀烏克蘭哥薩克人唱的一種烏克蘭民間史詩。主要描寫烏克蘭人民反抗奴隸主的英勇鬥爭。

　　請到莊園來玩的鄉下孩子都是怯生生的，不敢痛痛快快地玩。除了環境不習慣，「少爺」眼瞎也很使他們感到困窘。他們惶恐地望望他，便聚在一邊不吭聲，要不就膽怯地低聲耳語。讓孩子們單獨在花園或野地裡時，他們便輕鬆多了，並且做起遊戲來，可是盲孩子不知為什麼總是站在一旁，憂鬱地傾聽同伴們歡鬧。

　　約西姆有時叫孩子們圍在自己的身邊，給他們講些有趣的童話和小故事。鄉下孩子們對傻霍霍鬼，對奸詐的巫婆一類的故事全都滾瓜爛熟了，常常用自己記得的東西來補充約西姆所講的這些故事，因此他們談得很生動。盲孩子也出神地、津津有味地聽他們講，但他自己很少發笑。顯然對他說來，生動幽默的語言是相當費解的。這也難怪，因為講故事人狡猾的眼神，笑臉上顯現的皺紋，捋長鬚的神氣，他都看不見。

三

　　在上述時間以前不久，鄰近一片不大的莊園換了「租佃人」[12]。以前那位鄰居不夠安分，曾經為了牲口踏青的一點小事兒，居然跟一向沉默寡言的波佩利斯基先生爭訟起來。現在這座莊園裡搬來了姓亞斯庫利斯基的老兩口。雖然老夫妻的年齡加起來足有一百多歲，可是他們結婚並不久，這是因為雅庫布先生很久都積攢不起租佃的款子，只能到處給人當「管家」，而阿格涅什卡小姐為了等待佳期，也在波托茨卡婭伯爵夫人家中任榮譽「女僕」。當吉日終於來到，新郎新娘在教堂攜手成婚的時候，俏新郎鬚髮已經半白，而新娘的羞答答泛起紅暈的臉孔周圍，也垂著

---

12 俄國西南邊區田產租佃制十分發達，租佃人和田產管理人差不多。除繳給原地主一定租金以外，經營土地的收入，不論多少，都歸租佃人。──原注。

銀白的鬢髮了。

　　然而這並沒影響他們夫婦的幸福，晚年愛情的結晶，就是他們的獨生女兒；她和盲孩子的年齡相仿。老夫妻到晚年才租得了一小塊土地，雖然他們在這裡還受著限制，不過總算是真正的經營業主了。老兩口在那裡恬靜而儉樸地過日子，彷彿想用這種清靜的幽居生活來補償當年「寄人籬下」的艱難歲月。初次租佃不大順利，現在他們的家業稍微緊縮了。可是到了這個新地方，他們還是立刻按照自己的方式安了家。在掛著亞斯庫利斯卡婭供奉的用常春藤編織的聖像和放置著柳枝和「燭炬」[13] 的屋角，存放著一些裝草藥和草根的口袋；她常常拿這些草藥為丈夫或求她的莊稼男女治病。屋裡充滿這些草藥的異香，來拜訪過的人一想到這種香氣，必然會回憶起這座一塵不染的幽雅小屋，回憶起屋中恬靜地住著我們今日不可多見的兩位老人。

　　獨生女兒在這對老夫妻跟前漸漸長大了，淡黃的髮辮，藍藍的眼睛，人們乍一見這個小女孩，對她那奇特的端莊態度總不禁感到驚訝。父母晚年的恬靜愛情，似乎影響了女兒的性格，使她有著一般孩子所沒有的通情達理，舉止雍容，和兩眼蘊含著的心思深邃的表情。她從來不怯生，也不怕結識別的孩子，而且還跟他們一起做遊戲。她的一舉一動，態度都是那樣真摯灑脫，好像她本人什麼都無所謂。實際上她很滿意自己的小天地。她散步，採花，和洋娃娃談天，都是一本正經的，因此有時使人覺得，她在人們面前不像個小孩子，倒像一位身材矮小的成年婦女。

四

　　有一天，小彼得獨自一人來到河畔山崗上。夕陽西下了，長

---

13 「燭炬」是高大的燭臺，能在大風中點燃，在人垂死時也用它。——原注。

空一片寂靜，只有從村口遠遠傳來回家的畜群微弱的哞哞叫聲，這時他才不再玩了，仰臥在草地上，令人感到困倦的夏日傍晚，使他進入朦朧的睡鄉。他剛朦朧了一會兒，不知是誰的輕盈的腳步聲，突然把他驚醒。他不高興地撐起身來諦聽著。腳步聲在坡下停息了。這腳步聲是他所不熟悉的。

「小孩！」他忽然聽見一個孩子的聲音呼喊，「你知道剛才誰在這裡玩來著？」

盲孩子一個人獨處時，不喜歡人家來打擾。因此，他用不太禮貌的聲調回答道：

「就是我……」

回答他這種無禮聲調的是一個女孩子的清脆的驚叫聲，但隨即聽到這個女孩子以率真的贊許口吻補充說：

「太好了！」

盲孩子一聲不響。

後來他聽到跟他說話的那個不請自來的女孩子還站在那裡，便問道：

「您幹嗎還不走？」

「你為什麼要趕我走？」女孩子用清脆的聲調天真爛漫地問道。

這種孩子的平靜的說話聲，使盲孩子感到悅耳，但他還用原來的語調回答：

「我不喜歡別人到我跟前來……」

女孩子笑起來了。

「你怎麼啦……瞧瞧！全成了你的地方了！你還能不讓人家走路？」

「媽媽吩咐過大夥，不讓到我跟前來。」

「媽媽？」女孩子若有所思地反問道，「可是，我媽媽讓我到河邊來……」

盲孩子在家裡因為大家都讓著他，有點任性慣了，所以聽不慣這樣倔強的反駁。他緊張激動得滿臉怒氣，欠起身來，又氣又急地說：

「給我走開，走開，走開！……」

這次爭吵，要不是正好從莊園裡傳來了約西姆喚孩子回家吃茶點的聲音，真不知怎樣收場。他快步跑下山去了。

「哼，多討厭的男孩子！」他聽見背後真正憤憤不平的批評。

五

次日，孩子又坐在那老地方，不禁想起昨晚的一場爭吵。不過他回想起來，並不覺得可惱，相反地，他甚至還盼著那女孩子再來呢；她的嗓音那樣柔和悅耳，是他向來也沒聽到過的。他認識的孩子全都大叫大嚷，笑呀，鬧呀，哭呀，可就沒有一個說話那麼好聽。他後悔把陌生的姑娘得罪了，恐怕她再也不肯來了。

果然有兩三天女孩子沒露面。可是到第四天，彼得魯西聽見下邊河岸上傳來了腳步聲。她輕輕走著，岸邊的沙石在她的腳下沙沙響著，她還小聲哼著波蘭小曲。

「喂！」當她走到和他打照面的地方，他喊道，「又是您嗎？」

女孩子不回答。沙石依舊在她的腳下沙沙響著。哼唱的歌聲裡面，還裝出滿不在乎的樣子，但盲孩子卻聽出她還沒忘記舊怨。

然而，陌生的姑娘走了幾步便站住了。沉默了兩三秒鐘。這時她在挑選手中的一束野花，而他在等待她的回答。在她站下來和緊接著的一段沉默中間，他領略到一種被人有意輕視的滋味。

「你看不見是我嗎？」她挑選好野花，最後很自恃地問道。

這句普通的問話使盲孩子心裡很難過。他一聲不吭，在地面上撐著的雙手卻不禁抽搐地去抓青草。但談話已經開始了，那姑娘還站在那裡沒走，一面整理花束，一面問道：

「你笛子吹得那麼好，是誰教你的？」

「約西姆教的，」彼得魯西答道。

「好極了！可是你為什麼老那麼愛生氣呢？」

「我……現在我不生你的氣，」孩子低聲道。

「好吧，我也不生氣啦……來，我們一塊兒玩吧。」

「我不會和您一塊兒玩，」他低頭答道。

「你不會玩？……為什麼？」

「不為什麼。」

「不對，究竟為什麼？」

「不為什麼，」他的聲音低得幾乎聽不清楚，而頭也垂得更低了。

他從來沒對別人說過自己是瞎子，小姑娘一個勁地追問的認真的語調，使他心頭隱隱作痛。

小姑娘走上山崗。

「你多可笑呀，」她和他並肩坐在草地上，帶著寬容憐惜的神氣說道，「你一定是因為跟我還不熟識，等你和我熟了，那就不會害怕了。我誰也不怕。」

她說話非常大方，盲孩子聽見她把花束摺在自己的圍裙裡了。

「您從哪兒摘來的花？」他問。

「那邊，」她揚一下頭指著後面。

「在草地上嗎？」

「不，在那邊。」

「那就是在樹叢裡了。這是些什麼花？」

「你不認得花嗎？……哎唷！你多奇怪呀……真的，你這人

奇怪極了……」

孩子把花抓在手裡。他的手指很快地輕輕摸了一下葉子和花冠。

「這是毛莨，」他說，「這是紫羅蘭。」

後來，他想用同樣的方法認識認識和自己談話的姑娘。他左手搭著小姑娘的肩膀，右手摸她的頭髮，眼皮，指尖很快地從她臉上滑過，有時還停住，好仔細研究這陌生的容貌。

所有這些動作都來得那麼突兀，使女孩子驚訝得說不出話來；她只能睜大眼睛瞪著他，她的目光裡流露出恐懼的感覺。直到現在，她才察覺到她的新朋友臉色不尋常。蒼白而清秀的面容顯得聚精會神，而他那一動不動的目光卻與這不大相稱。這孩子眼睛張望的方向和他的動作配合不起來，而且從眼睛裡射出夕陽的反光，令人感到奇怪。這一切，使小姑娘覺得簡直是一場噩夢。

她從他手裡掙脫開，猛地跳起來，放聲大哭。

「為什麼嚇唬我？小討厭鬼？」她噙著淚珠，生氣地說，「我對你怎麼啦？……為什麼？……」

他尷尬地坐在原處，低垂著頭，一種奇怪的情感——煩惱與屈辱混在一起——深深刺痛他的心。他初次體會到殘廢人的屈辱，他初次知道他的生理缺陷不僅惹人憐憫，而且令人恐懼。他當然還不能清楚地理解這種沉重地壓著他的感情，可是正由於這種意識是模糊不清的，才使他感到格外痛苦。

劇烈的痛苦和委屈湧上喉頭，他趴在草地上哭起來了。他越哭越厲害，陣陣抽泣使他瘦小的軀體渾身抖動起來，然而，傲慢的天性卻硬要壓抑這突如其來的傷感。

小姑娘已經跑下山崗，聽見他嗚嗚地啜泣，驚訝地轉過身來。她看見新朋友臉貼著地在痛哭，不禁動了同情之心。她悄悄走回山崗，站在他身旁。

「喂！」她小聲說，「你哭什麼？你大概以為我會去告狀吧？好了，別哭啦，我對誰都不說。」

憐憫的話和溫柔的語調反而使盲孩子更激動地放聲大哭起來。這時候，小姑娘蹲在他的身邊；約莫半分鐘以後，她輕輕撫摩他的頭髮，接著又像母親安慰受罰的孩子那樣溫柔耐心地托起他的頭來，用手帕給他擦眼淚汪汪的眼睛。

「算了，算了，別這樣啦！」她的口吻像一個成年的婦人，「我早就不生氣了。我知道，你現在後悔剛才嚇唬我了……」

「我並不想嚇唬你，」他說道。深深歎一口氣，想壓下衝動的情感。

「好吧，好吧！我不惱啦！……你以後不再這樣了。」她攙他站起來，讓他和她並肩坐著。

他聽從她。現在，他跟剛才一樣面向夕陽坐著；小姑娘又望望他那在晚霞映照下的面孔，更覺得他的臉色不平常。他噙著淚珠，但眼睛還像方才一樣一動不動，神經痙攣的臉龐依然不住地抽搐，同時在孩子的面容上卻隱約流露出不是孩子應有的深沉的痛苦。

「反正你這個人夠奇怪的了，」她同情地沉思著說。

「我不奇怪，」孩子臉上浮現出很悲苦的神色回答說，「不，我不奇怪……我……我是瞎子！」

「瞎──子？」她拖長聲調說，嗓音顫動了。孩子悲慘地低訴的兩個字，彷彿給了她幼弱的女性柔情狠狠的一擊。「瞎──子？」她嗓音更加顫抖地重複了這兩個字；似乎為了掩蓋籠罩著她的不可克制的悲慘的同情感，她忽然摟住了他的脖子，面對著他。

小姑娘突然發現這種淒慘的境遇，吃驚極了，她再也矜持不住了；於是她忽然感到自己變成了一個孤苦伶仃的孩子，也傷心地、十分難過地痛哭起來。

六

沉默了幾分鐘。

小姑娘抑制住自己，不哭了，只是還不時地嗚咽著。她兩眼含淚，望著夕陽似乎在金紅色的彩霞中滾動，然後沉入陰暗的地平線後面。通紅的火球金邊閃閃，迸出兩三點熾熱的火星，於是遠處樹林黯淡的輪廓便突然浮現出連綿不斷的淺藍色線條。

涼意從河上襲來，夜色降臨的寂靜世界，在盲孩子的臉上反映出來了。他低頭坐著，顯然，他對熱烈的同情感到驚訝。

「我可憐……」小姑娘還嗚咽著，不過為了說明自己感情脆弱，終於這樣說了。

後來，等到她可以控制自己的感情時，她便想改變話題，談些他們倆都不至激動的其他事情。

「太陽下山了，」她深思地說。

「我不知道太陽是什麼樣子，」回答是悲哀的，「我只能……感覺……它。」

「你不知道太陽嗎？」

「唔。」

「那麼……自己的媽媽……也不認識嗎？」

「我認識。我總是老遠就能聽出她的腳步聲。」

「對啦，對啦，一點兒不錯。我閉著眼睛都能認識自己的媽媽。」

談話平靜多了。

「你知道嗎？」盲孩子有點興奮地說，「我能感覺到太陽，也知道它落下去。」

「你怎麼知道的？」

「因為……你瞧……連我自己也不知道我怎麼會……」

「啊——啊！」小姑娘拖長聲調說，看樣子她很滿意這個回

答，於是他們倆都不作聲了。

「我會讀書，」彼得魯西又先開始說了話，「不久就能學會用筆寫字了。」

「可是你又怎麼會？……」她剛說了半句，便突然羞怯地頓住了，因為她不願意繼續說觸人痛處的問話。但他已經領會到了。

「我讀自己的書，」他解釋道，「用手指讀。」

「用手指？我怎麼也學不會用手指讀書的……我用眼睛還讀不好呢。父親說女人是念不成書的。」

「我還能念法文呢。」

「法文？用手指……你真聰明啊！」她真誠地讚揚道。「我可擔心你會著了涼呀。你瞧河上面霧多大啊……」

「你自己呢？」

「我不怕，能把我怎麼的！」

「那我也不怕。難道男人還比女人容易著涼嗎？馬克沁舅舅說，一個男子漢什麼都不應當怕，不管是寒冷，饑餓，打雷，還是陰天。」

「馬克沁？……是拄著拐棍的嗎？……我見過他。他叫人害怕！」

「不，他才一點不叫人害怕呢。他很和氣。」

「不，叫人害怕！」她深信不疑地重複道，「你不知道，因為你看不見他。」

「我怎麼不知道他呢，什麼全都是他教我的。」

「他打你嗎？」

「從來不打我，也不罵我……從來不……」

「這還好。怎麼可以打一個瞎孩子？那不是作孽嗎？」

「他是誰也不打的，」彼得魯西說，有點心不在焉的樣子，因為他敏感的耳朵聽見了約西姆的腳步聲。

果然，過了一會兒，魁梧的霍霍佬便在莊園與河岸間的小山脊上出現了，他的嗓音從遠處劃破了黃昏的寂靜：

「少……少……爺！」

「有人喊你呢，」小姑娘站起來說。

「唔。可是我真不願意走啊。」

「走罷，走罷！我明兒個到你家去。現在你家裡在等你，我家裡也在等我呢。」

七

小姑娘準時履行了她的諾言，甚至比彼得魯西估計的還早些。就在第二天，正當他在房間裡跟馬克沁學功課時，突然抬起頭來聽了聽，快活地說道：

「你讓我出去一會兒吧。外邊來了一個女孩子。」

「還有什麼女孩子？」馬克沁覺得奇怪，便跟著孩子走到門口。

真的，彼得魯西昨天結識的女孩子這時剛走進莊園的大門口。她看見安娜‧米哈伊洛夫娜在院中走，就從容不迫地徑直向她走來。

「你找誰，親愛的小姑娘？」她問，心裡想，大概是誰打發她來有什麼事吧。

這小姑娘大大方方地向她伸過手來，問道：

「您這兒有一個瞎孩子嗎？……有嗎？」

「有，親愛的，有，」波佩利斯卡婭夫人一面回答，一面端詳著她那雙明媚的眼睛和從容不迫的態度。

「是這樣的……我媽讓我來找他。我可以見他嗎？」

但是轉眼間，彼得魯西已經跑到她的跟前了，隨著馬克沁也出現在臺階上。

「媽媽！這就是昨天那個小女孩。我跟你提過的，」孩子一邊說一邊和她打招呼。「不過我這會兒在學功課。」

「不要緊，這次舅舅准會讓你出去的，」安娜・米哈伊洛夫娜說，「我來求他。」

看來，這個小女孩舉止很從容，她迎著拄拐棍過來的馬克沁走去，和他握手，用彬彬有禮的語調贊許道：

「您真的不打瞎孩子。他跟我說過的。」

「真的嗎，小姐？」馬克沁用寬大的手掌握著她的小手，裝出莊重而又滑稽的神氣問道。「我真得感謝我的學生，他使我得到漂亮的小姐的好感了。」

馬克沁撫摩著握在掌中的小手，哈哈大笑起來。但是小姑娘睜大眼睛看他，這種目光立刻戰勝了他嫌惡女人的心情。

「你瞧，安努夏 [14]，」他向著妹妹莫名其妙地笑了笑，「我們的彼得自己開始交朋友了。阿尼婭 [15]……別看他眼瞎，他選的可挺不錯，你說對嗎？」

「馬克斯 [16]，你說這話是什麼意思？」年輕的婦人厲聲問道，她滿臉熱辣辣地漲紅了。

「我開玩笑！」哥哥簡明地回答說。他看出，他的笑話卻觸痛了她的心，揭露了她隱秘的思緒，它已在母親的預感裡活動了。

安娜・米哈伊洛夫娜臉漲得更紅了，她連忙熱烈地俯身去擁抱小姑娘；小姑娘對這突如其來的熱烈溫存卻依然用有點詫異的明媚的眼光回報。

14、15 安努夏和阿尼婭都是安娜的小名。
16 馬克斯是馬克沁的小名。

八

　　從那一天起，租佃人的小房子與波佩利斯基的宅院之間的關係就十分密切了。小姑娘名叫埃韋利娜，她天天到宅院來，不久她也做了馬克沁的女學生。起初亞斯庫利斯基先生不太同意她跟盲孩子共同學習。第一，他以為女人能登記登記襯衣數目和記記家用賬就足夠了；第二，他是個崇尚博愛的天主教徒，認為馬克沁不該同奧地利人打仗，因為打仗就有悖「教皇」的聖意；第三，他深信天上有上帝，伏爾泰 [17] 及其門徒正在地獄的油鍋中受煎熬，而許多人都認為馬克沁先生也難逃這個劫數。等到交情深一層以後，他不得不承認這個魯莽的異教徒倒是個心地善良的聰明人，因此租佃人只好將就了。

　　然而年老的波蘭小貴族心裡終究還不大放心，因此，他送女孩子去上第一課時，便盤算著怎樣給她講一番冠冕堂皇的大道理，其實，這多半是說給馬克沁聽的。

　　「是這樣，韋利婭 [18]……」他手搭在女兒的肩上，望著她未來的老師說，「你要切記天上有上帝，聖『教宗』在羅馬。這是我瓦連京·亞斯庫利斯基告訴你的，我是你父親，你應當相信我，——這是 primo（第一）。」

　　說到這兒，他緊接著又莊嚴地向馬克沁那邊掃一眼；亞斯庫利斯基先生特意說出一個拉丁詞，為了讓人知道，他對科學並不是外行，想瞞他是不容易的。

　　「Secundo（第二），我是有榮譽爵徽的貴族，爵徽上面『草垛與烏鴉』配著藍底十字，並不是毫無意義的。亞斯庫利斯基家族雖然都是傑出的騎士，可是曾經屢次棄劍奉道，參悟天機，所

---

17 伏爾泰（1694-1778），十八世紀法國作家及哲學家，反對封建制度及宗教。
18 韋利婭是埃韋利娜的小名。

以你應當相信我。至於 orbis terrarum（世界），就是說，人間的事兒，你要聽馬克沁·亞岑科先生的教導，要好好學習。」

「請放心吧，瓦連京先生，」馬克沁笑道，「我們不會替加里波的的軍隊徵募小姐去當兵的。」

九

一起學習對兩個人都很有好處。彼得魯西當然成績較好，但總不免引起某種競賽。他常常幫助她學各門功課，她有時也想出有效的方法，給他解釋盲人難以理解的地方。此外，兩個人在一起，他學習得格外起勁，因此他思考問題時也感到特別興奮。

一般說，這種友誼確是良好命運的恩賜。現在這孩子已經不希望孤單單地獨自待著了，他得到的友愛是成年人所不能給他的。在他那敏銳的心思感到沉悶的時候，因為她在跟前，他也就快活了。如果要到山岩上或河邊去，他們總是兩個人一塊走。他彈琴，她便天真地欣賞著。他吹完笛子，她也把一個孩子從周圍自然界得到的真切感受一一告訴他；當然她不能恰當而又充分地表達自己的感受，但從簡單的敘述和聲調中，他已經能領會到描述每種現象的典型色彩。比如她說到濕潤的黑沉沉的夜色籠罩著大地，從她懦怯的嗓音的深沉聲調中，他彷彿聽見了這種夜色。又比如她仰起沉思的面孔告訴他說：「喲！一團烏雲過來了，多黑的烏雲啊！」他便立刻感到彷彿寒氣逼人，並從她的聲音裡聽見高空有一個怪物爬行時的駭人的窸窣聲。

第四章

一

　　有些人具有彷彿是為了無聲無息地建立功績而注定休戚相關地去愛別人的天性，對於這種天性來說，關懷別人的痛苦就像生物需要空氣一樣。天性預先使他們具有安靜的秉性，因為如果沒有這種秉性，要在日常生活中建樹功績是不可思議的；天性預先減弱了他們的個性衝動和個人生活的要求，他們的個性衝動和個人生活要求都服從占主導地位的天性特徵。這樣的天性似乎是太冷酷，太理智和太缺乏感情了。他們的天性使他們聽不見罪惡生活的熱烈召喚，然而他們關懷別人的悲愁命運，卻像追求個人的光明幸福一般地心安理得。看來他們的天性冷若冰山，卻也像冰山一樣雄偉。世間的庸俗行為匍匐在他們腳下，甚至讒言蜚語也正如污泥玷污不了天鵝的翅膀一樣，從他們雪一樣潔白的衣衫上滾了下來……

　　從彼得的小女友身上體現了這類人的全部特點，這往往不是生活閱歷和教育所能培養的性格，如同一個人的才能和天分是命中注定、先天造成的一樣。盲孩子的母親懂得，孩子的友情是造化給她兒子送來的一種幸福。老馬克沁也瞭解到這一點，他覺得他的學生所缺少的一切現在都有了，盲孩子今後的精神發育一定會走上安靜、平穩、毫不窘迫的路程……

　　然而這是一個令人痛心的錯誤。

二

　　孩子年幼時，馬克沁以為他對兒童精神發育過程滿有把握，將來發育成熟，即使不是直接受他的影響，但是，孩子發育的每一個新方面，以及這方面的每一種新成果，肯定是在他的照顧和監督下獲得的。但是等童年轉入少年的過渡時期來到的時候，馬克沁卻發覺他引以自豪的教育理想是毫無根據的。幾乎每個星期都出現某種新事物，往往對盲孩子是意料不到的。馬克沁努力尋找盲孩產生其他新思想或新觀念的根源，可是往往只能感到茫然失措。彷彿在孩子的內心深處有一種不可知的力量突然把天真純樸的精神發育現象暴露了出來，於是，面對著干涉他的教育工作的神秘的生活歷程，馬克沁只好懷著虔敬的心情束手無策了。大自然的推動力和它的天賦的啟示，好像賦予了孩子一些盲人所體驗不到的概念。據馬克沁推測，這與生活現象有不可分割的聯繫，這種聯繫分成千百個進程，並且通過一連串循序漸進的個別生活現象。

　　這種觀察起初使馬克沁很覺不安，他發覺自己一個人是支配不了孩子的智慧的，而孩子的智力還有某種與他無關和不受他影響的表現，於是，他為自己學生的命運，為那可能成為盲孩子無限痛苦的源泉而感到恐懼了。他企圖追尋這不知從何而來的源泉……為了盲孩子的幸福，要把它永遠堵住。

　　這種突然閃現的微光也逃不過母親的注意力。一天早晨，小彼得非常激動地跑到她身邊。

　　「媽媽，媽媽！」他喊道，「我夜裡做夢了。」

　　「我的孩子，你究竟夢見什麼了？」她憂慮地問道。

　　「我夢見了……我夢見你和馬克沁，還有……我什麼都夢見了……多好啊，多好啊，媽媽！」

　　「你還夢見什麼了，我的孩子？」

「我記不得了。」

「你記得我的樣子嗎？」

「不記得，」孩子沉思地說。「我全忘記了……反正我是夢見了，真的夢見了……」他沉默了一會兒以後，補充道；但他的面孔立時顯得陰暗起來。失明的眸子上面淚光閃閃……

這種情形又重複了好幾次，每經一次，孩子的憂愁和惶恐也就加深一層。

三

一天，馬克沁經過庭院，從平常上音樂課的客廳裡傳來了奇怪的音樂練習聲；樂聲是由兩組音調組成的。起初是迅速地、一貫地、幾乎連續不斷地敲動琴鍵，高音部的高亢而清脆的音調震響著，隨後又突然變成低沉、轟隆的低音。馬克沁覺得很奇怪，想知道這是怎麼回事，便一瘸一拐地穿過院子，走進客廳。眼前突然出現的景象使他在門口楞住了。

已經快十歲的孩子坐在母親跟前的矮椅子上。身旁有一隻養熟了的小鸛鳥，這是約西姆送給他的；它伸長脖子，一個長嘴兩邊擺動。孩子每天早晨親手餵它，所以鸛鳥也就一步不離地跟著自己的新主人和朋友。現在彼得魯西一手托著它，一手輕輕地撫摩它的脖子；接著，他又帶著緊張而注意的神情撫摩它的身軀。這當兒，母親帶著泛紅的、激動的面容，含著憂鬱的眼光，迅速地敲動琴鍵，使樂器不斷發出高亢的音調。同時，她痛苦地欠身凝視著孩子的面孔。當孩子順著潔白的翎毛摸到翼尖上截然不同的黑色翎毛的時候，安娜・米哈伊洛夫娜便立刻敲動另一排琴鍵，低沉的聲音馬上在房中轟鳴起來了。

母子兩人都全神貫注，直到馬克沁由驚訝中醒過來，發問打斷他們的演奏時，他們才發覺馬克沁進來了。

「安努夏！這是怎麼一回事？」

少婦一見哥哥的責問眼光，不禁感到難為情，就像學生犯了規，當場被嚴厲的老師抓住了一樣。

「你瞧，」她惶惑地說，「他說會分辨鸛鳥羽毛的顏色，就是不太明白差別在哪兒⋯⋯真的，是他自己先說的，我覺得他說得對⋯⋯」

「那又怎樣呢？」

「沒有什麼，我不過想⋯⋯慢慢地⋯⋯用不同的聲音把這種差別⋯⋯解釋給他聽。馬克斯，你別生氣，我覺得音調的高低確實與顏色的差別是很相似的⋯⋯」

這種意料不到的想法使馬克沁楞住了，最初簡直不知道該怎樣回答才是。他叫她又試驗了一遍，然後望了望孩子緊張的面部表情，搖了搖頭。

「安娜，聽我說，」和妹妹單獨在一起時，他說，「你不應該激發孩子提出你永遠不能圓滿解答的問題⋯⋯」

「可是這實在是他自己先說的⋯⋯」安娜・米哈伊洛夫娜插嘴道。

「不管怎樣，孩子只能安於失明的處境，因此我們得設法使他忘掉光亮。我竭力不讓外界事物刺激他，不惹他徒勞無益地發生疑問，如果能使孩子不受刺激，他就不會覺得自己有缺陷了，好比我們五官正常的人，並不因為我們缺少了第六種器官而發愁。」

「我們也發愁，」年輕的婦人低聲反駁道。

「阿尼婭！」

「我們也發愁，」她固執地說，「我們常常為不可能的事情發愁⋯⋯」

雖然如此，妹妹也不得不承認哥哥說的話有道理。不過馬克沁這一點錯了：他只注意避免外界的刺激，卻忘了在孩子心靈中

有大自然賦予的有力的衝動。

四

有人說：「眼睛是心靈的一面鏡子。」如果把眼睛比作兩扇窗戶，或許更確切些，因為鮮明而絢爛多采的整個世界都要通過它才能注入心靈。誰能說，我們心靈裡只是某一部分要依賴對光的感覺呢？

人，是生命鏈索的一環，生命的鏈索是無窮無盡的，它通過人，從遙遠的過去伸向渺茫的未來。在這許多環節中的一個環節上——在盲孩子的心靈上，命中注定他的兩扇窗戶是關閉的，一輩子都得在茫茫黑暗之中度過。但這是不是說，反映光明印象的心弦就永遠扯斷了呢？不是的，光亮的內在感受力必然會通過看不見光亮的一生遺傳給後代。他的心靈是一顆完整無缺的人的心靈，具有心靈的一切機能。因為任何一種機能都渴望得到滿足，所以這孩子黑暗的心靈也不可遏止地要追求光亮。

在「冥茫」中朦朧昏睡的遺傳力量隱伏在神秘的深處，還沒有受到驚動，因此一見光亮，就打算起來迎接它。可是兩扇窗戶仍然是關閉的，孩子已經命中注定了永遠看不見光亮，他的一生都將在黑暗中度過……黑暗中還充滿了各種幻影。

如果孩子一生貧窮困苦，他的思想也許會被外在的痛苦吸引過去。但是他的親人使他不可能遭受任何這一類的痛苦，而給他安排了一個極為安靜和平的環境，所以他心靈的恬靜反而使他內心不滿情緒表現得更加明顯了。在他幽靜黑暗的小天地裡，一再模糊地湧現出一種要求滿足的意識；這種意識想表現出在心靈深處昏睡的、找不到出路的力量。

因為這樣，便有了某種恍惚的預感和衝動，正如每個人在這種年齡都有過的、在奇異的夢境中表現出來的對於飛翔的嚮往一

樣。

因為這樣，孩子思緒中的下意識的痛苦終於流露出來了；它在孩子的臉上顯現出來，變成一個痛苦的問題。這種先天遺傳的、但個人生活未曾接觸過的「冥茫的」光亮概念，好像沒有定形的幻影似的，浮現在孩子的小腦袋裡，只能激發起苦惱困惑的個人掙扎罷了。

天性不由己地抗議這種個人的「遭遇」，因為它違反了一般的法則。

五

因此，不管馬克沁怎樣設法避免所有的外界刺激，他不能把沒得到滿足的要求的內在壓力消除。他處處小心謹慎的結果，頂多只是不過早地激起這種不滿和不增加盲孩子的痛苦罷了。孩子的厄運依然循序發展著，將會產生一切嚴重的後果。

厄運像一團烏雲似的降臨了。孩子活潑的天性像退潮的海浪，隨著年齡增長而日漸消失了。同時，心中隱約不斷激起的憂悒情緒也變得越發憂悒，甚至表現在他的氣質上面。他小時候，每遇到特別新鮮的事物，總是會笑起來，可是現在笑聲越來越少了。可笑的、歡樂的、帶有幽默意味的一切，都不大能打動他了。然而南方大自然中能聽到的或反映在民謠中的聲音，雖然是隱約的、悲愁多變的、憂鬱縹緲的，他卻能充分領會。每當他聽到「田野裡墳墓同風兒談話」，他就要哭起來，可是他自己還是喜歡到田野去聽這樣的談話。他越來越喜歡獨自一個人待著，他在課餘獨自出去散步的時候，家裡人怕驚擾他，也儘量不到他去的地方去。他坐在原野的墳丘上、河畔的山崗上、或是常去的山岩上，諦聽著枝葉簌簌響動，野草喁喁低訴或原野上薰風的隱隱歎息。這些聲響特別合他的心意。他很瞭解大自然，他在這裡能

夠充分徹底地去瞭解它。這兒，大自然並沒有拿什麼肯定的或解決不了的問題去煩擾他；這兒，風一直吹送到他的心靈中去，草兒也似乎向他歎息低訴；少年的心靈同周圍恬靜的節奏共鳴了，大自然的溫存愛撫也使他心軟起來了。這時，他覺得有什麼東西在他身上忽起忽落，於是他趴在濕潤清涼的草地上嚶嚶啜泣──但這卻不是辛酸的眼淚。他也有時拿起笛子，吹奏出吻合他的心情並且和曠野恬靜的節奏相協調的旋律，這時候他就什麼都忘了。

自然，不管誰的聲音突然擾亂了他的心情，都只能引起他的痛苦，只能產生十分不協調的作用。在這樣的時刻，只能和情投意合的人相處，而這樣的人，只有一個和他年齡相仿的租佃人家的金髮姑娘……這種純粹互相尊重的友情，一天天地牢固起來。如果說埃韋利娜把寧靜和怡然自得的歡樂貫注到他們的相互關係中去，把周圍生活中的新景象都告訴了他，那麼可以說，他也把自己的痛苦……交給了她。自從初次同他認識以來，小姑娘敏感的心靈便好像被短劍血淋淋地刺傷；要是把刺中要害的短劍拔出，血便會從傷口不停地冒出來。自從在原野山崗上和盲孩子認識以後，同情心折磨得她十分痛苦，現在，她更覺得她越來越需要他了。要是同他一旦分手，創傷好像又會迸裂，疼痛也會發作起來，於是她只好尋找她的小朋友，不斷地關懷他，好消弭自己的痛苦。

六

一個暖和的秋夜，兩家人都坐在屋前的空地上，欣賞著湛藍的、星光閃閃的夜空。盲孩子跟往常一樣，和他的女友並排坐在母親身邊。

這會兒大家都沒作聲，庭院前後靜悄悄的，只有枝葉不時驚

悸地搖晃一下，似乎在喃喃低語，但立時又沉寂下來。在這當兒，一顆燦爛的流星從深藍色的高空下墜，像一匹白練掠過長空，後邊還留下點點的磷火，然後緩緩地、不知不覺地熄滅了。大家都在仰著頭看。母親坐在那裡，和小彼得手牽著手，她覺得他哆嗦了一下，打了一個寒顫。

「剛才是……什麼？」他帶著驚惶的神情問她。

「是星星落了，我的乖乖。」

「對，星星落了，」他若有所思地補充道，「我早就知道了。」

「你怎麼會知道，我的孩子？」母親帶著悲哀而疑惑的聲調問道。

「是這樣，他說的是真話，」埃韋利娜插嘴道，「他知道的很多……他『早就』……」

這種日益發達的敏感性，表明孩子已經接近童年和少年之間的過渡年齡了。但目前他依然是十分平靜地成長著，甚至從表面看，他好像已經安於個人的命運了。在那異常地保持平靜狀態的憂鬱感裡面雖沒有光明，但也沒有明顯的裂痕，這種憂鬱本來已成了他生活的本色，現在倒稍稍輕淡了些。但這只是暫時的平靜。這種暫時的平靜彷彿是大自然故意安排的。在這中間，幼小的身體長得結實了，強壯了，準備去應付新的狂風驟雨。而新問題卻也正在平靜中不斷地悄悄積累起來，醞釀成熟。稍一觸動——寧靜的心靈深處就立刻發生動盪，好像遭受颶風突襲的海水那樣洶湧澎湃起來。

第五章

一

這樣又過了幾年。

清靜的莊園裡一點沒有變化。花園裡的山毛櫸依舊喧嚷不休，只是它們的葉子好像變暗了，更加稠密了；色澤怡人的牆垣還是白皚皚的，不過稍稍斜陷了些；幾間小房舍的茅簷依然陰森森的，每逢傍晚，馬棚裡還是傳來約西姆的笛聲；約西姆還在莊園裡當馬夫，還是個單身漢，不過現在不論盲少爺吹笛或彈琴，他都無動於衷。

馬克沁的頭髮更白了。波佩利斯基家沒有別的孩子，所以頭胎生的盲孩子照舊是整個莊園的寵兒。為了他，莊園彷彿與外界隔絕了，清清靜靜地過起怡然自得的日子來；而租佃人也過著相當幽靜的「草堂」生活，卻和這裡的生活聯接了起來。這樣，彼得好像是溫室的花朵，在與遠方外來的劇烈影響相隔絕的環境中長大了，成為一個少年了。

和從前一樣，他生活在茫茫黑暗世界的中心。他的頭上、周圍，到處有無邊無際的黑暗籠罩著。但是他身體內感覺的銳敏性提高了，好似有彈性的、上緊了的琴弦，無論遇見什麼印象都會發出顫巍巍的回音。盲孩子明顯地暴露出敏銳期待的心情；他覺得黑暗好像要向他伸出看不見的雙手，觸動他心靈中正在昏睡而等人喚醒的什麼東西似的。

但他熟悉的莊園的一片和藹而寂寞黑暗，只發出老花園中樹木溫存的低語聲，使他產生迷離的、催眠的、慰藉的思緒。盲孩子只能從歌謠、歷史、書籍中認識遙遠的世界。在花園的沉思的

私語中，在莊園的清靜的生活中，他只能通過故事去瞭解波濤壯闊的遠方生活。歌曲、民謠和童話像是透過一層神魔的煙霧把那一切給他畫出來。

一切似乎還好。母親發現她兒子的彷彿被牆垣圍住的心迷離在一種著了魔的、人為的、但卻很安靜的狀態中，不過她不想打破、也害怕打破這種僵局。

不知不覺間埃韋利娜長大了，她用自己明晰的眼睛注視著這種奇異的寧靜世界，雖然有時她眼中含著某種惶惑和對將來懷疑的神色，但卻沒有一點不耐煩的陰影。父親波佩利斯基先生把莊園整頓得井井有條，但對兒子的前途，這個好好先生卻心安理得地絲毫不加過問。他習慣於一切事情都聽其自然。只有馬克沁的天性難以忍受這種寧靜，即使如此，他也不得不把它當作是暫時的步驟而列入自己的計畫。他認為，必須讓少年人有沉著的精神和健全的心靈，才能迎接與外界生活的突然接觸。

其實，在這奇異的寧靜的圈子之外，生活熱烈得沸騰洶湧。最後，時機一到，這位老教師便決定突破這個圈子，打開溫室的門，好讓大股的外界新鮮氣流湧進溫室來。

二

馬克沁第一步是請他的老朋友來串門。他的老朋友住在離波佩利斯基的莊園約七十俄里的地方。馬克沁以前時常到朋友家去，現在他知道老朋友斯塔夫魯琴科家中常有青年們去作客，於是他寫了一封信，請他們大夥兒來玩。他們欣然接受了邀請。兩個老年人舊日交情很深，而青年們也素慕馬克沁·亞岑科的盛名，何況他的姓氏又與許多遠近皆知的傳統有關係。斯塔夫魯琴科的一個兒子是基輔大學當時時髦的語言學系學生。另一個兒子在彼得堡音樂學院學音樂。同他們一道來的還有一位年輕的武備

學堂的學生，是近鄰一個地主的兒子。

斯塔夫魯琴科是一個硬朗的老頭，頭髮雪白，蓄著哥薩克式的長鬚，穿著哥薩克式的寬腳褲。他腰帶上掖著煙袋和煙斗，說一口小俄羅斯土話，同他的兩個身穿白外套和小俄羅斯繡花襯衫的兒子呆在一起，真像是果戈理筆下的布林巴同他的兩個兒子。但畢竟與果戈理的人物不同，因為他身上沒有浪漫氣息。相反地，他是一個肯實幹的地主，他一輩子同農奴都相處得不錯，如今「農奴」制度廢除了，他也很會順應新情況。他瞭解人民，像別的地主瞭解他一樣，就是說，他瞭解自己村裡的每一個莊稼漢；他們家的每一頭奶牛，甚至連剩在錢包裡每一枚銀盧布他都知道。

雖然他不像布林巴那樣同自己的兒子們打架，可是他們彼此之間經常發生激烈的爭執。隨時隨地，無論在家中或出門作客，往往為了一點小事，老頭子和青年人之間就發生沒完沒了的爭論。平常總是老頭子先開火，他嘲笑他們是「理想少爺」；他們生氣了，老頭子也暴跳如雷，於是便鬧起了一場不堪想像的風波，雙方都弄得不可收拾。

這是有名的「父與子」糾紛的反映[19]；不過在這裡表現得比較緩和。青年人自幼出外求學，僅在短短的假期中才回鄉住上幾天，因此他們對人民的瞭解不像父輩地主那麼具體。當社會上掀起了「愛人民」的浪潮時，兩個青年人正在中學高年級讀書；這股浪潮也促使他們去研究祖國的人民，但他們是從書本著手的。第二步，他們就直接去研究「人民精神」在民間創作上的表現。當時西南邊區穿白外套和繡花襯衫的少爺到民間去的風氣盛行一時。可是老百姓的經濟情況卻沒有人特別注意。青年人記錄山歌

---

19 這裡指屠格涅夫的《父與子》，是六十年代的典型現象；當時民粹派份
　子提出了「到民間去」的口號。

或民謠的歌詞曲譜，研究民間傳說，考據歷史事實及其在人民記憶中的反映，總之，他們用民族浪漫主義的詩意眼光來看待老百姓。老年人也許不反對這些事，但他們終究同青年人談不攏。

「你聽他說的，」大學生臉漲得通紅，目光閃爍地高談闊論的時候，斯塔夫魯琴科狡獪地用臂肘撞一下馬克沁，說，「瞧這狗崽子，說話就像寫文章！……別以為你的腦袋有多好使！大學問家，你給我們講講，我那涅奇波爾怎麼騙你的？啊？」

老頭子一面帶著純粹霍霍佬的幽默敘述當時的情景，一面捋著鬍子哈哈大笑。年輕人都紅了臉，但也馬上反唇相譏。他們說：「雖然他們不瞭解那村子裡的涅奇波爾和赫韋季科，可是他們研究了廣大人民的普遍現象；他們從更高處看事物，因為只有這樣才能得出結論和廣泛性的總結。他們一眼就能窺透遠景，至於那些死守陳規的實幹家不過是只見樹木不見森林罷了。」

老頭兒聽了兒子們高深的妙論，也不覺得不愉快。「他們真的沒白念書，」他洋洋得意地望著在座的聽眾說，「我還得跟你們說，我那赫韋季科能夠把你們兩個就這麼牽著鼻子出來進去的，像用根繩子牽牛犢一樣……我呀，我可把他這壞蛋裝進煙口袋和揣進衣袋都成。就這樣，你們在我跟前，跟狗崽子在老狗跟前沒有什麼兩樣。」

三

一場類似這樣的爭論剛剛平息。老年人都進屋裡去了，從敞開的視窗還不時聽見斯塔夫魯琴科在興致勃勃地講各種滑稽笑話，惹得聽的人哈哈大笑。

青年們仍舊待在花園裡。那個大學生鋪著烏克蘭式長外衣，歪戴著皮帽子，裝出幾分無拘無束的樣子躺在草地上。他哥哥同埃韋利娜並排坐在土圍子上。武備學堂的學生穿著整潔的軍裝，

待在他旁邊，在離開不遠的地方，盲少年低頭倚著窗臺靜坐；他在思索剛剛平息、但仍深深激動著他的爭論。

「埃韋利娜小姐，剛才這裡所談的一切，您認為怎麼樣？」小斯塔夫魯琴科轉身向身旁的女友問道，「您好像一句話也沒說。」

「一切都很好；我是說，您對您父親講的那些話很好。可是……」

「可是……怎麼？」

姑娘並不馬上回答。她把針線活兒放在膝蓋上，用手鋪平它，沉思地低頭凝望著。真難以斷定她是在想該不該拿大一點的十字布來繡花，還是在考慮怎樣回答。

然而青年人都焦灼地等待她回答。大學生用肘撐起身子，興奮好奇地向姑娘轉過臉來。她的鄰伴用安靜而熱情的眼光凝望著她。盲少年改換了從容不迫的姿勢，挺直腰，背轉臉，避開他們，仰了仰脖子。

「可是，」她一邊鋪平自己的刺繡活計，一邊低聲說，「諸位先生，每一個人都有自己的生活道路。」

「天哪！」大學生尖叫了一聲，「世故多深呀！我的小姐，您究竟多大歲數了？」、「十七歲，」埃韋利娜不經心地答道，但她帶著天真的好奇心立刻又嚴肅地補充了一句：「您以為我比這大得多嗎？」

青年人都笑了。

「如果人家問我您有多大，」她的鄰伴說，「我只能猜您頂小是十三頂大是二十三。真的，有時您根本像個孩子，有時您發起議論來，倒像個飽經世故的老太婆。」

「加夫里洛・彼得羅維奇，說正經事得嚴肅一點，」小姑娘又做起針黹，帶著說教的語調說道。

霎時間都靜默了。埃韋利娜的花針又勻整地在十字布上刺繡

起來，而青年人也都好奇地望著這個聰慧女子的苗條身姿。

四

當然，埃韋利娜現在比她初遇彼得時大多了，也發育多了；但大學生對她的評語倒非常正確。乍看這個瘦弱的女子還像個小孩，而她那從容不迫的、有分寸的舉止行動卻往往說明她像個端莊的成年婦女。她的容貌也給人這樣的印象，這是一副大概只有斯拉夫女人才有的臉型：平滑晶瑩的線條描畫出端莊秀麗的輪廓；淺藍的眼睛和藹而安靜；白皙的雙頰少見血色，但這並不是一般的蒼白臉色，因為它時刻會迸發出熾熱的火焰；所以與其說是蒼白，還不如說是雪白。埃韋利娜的淡色直髮微微襯托出大理石般的顳顬，一根大辮子垂在腦後，當她走路時好像往後拽著她的頭似的。

盲孩子也長大成人了。他坐在離上述那一夥人不遠的地方，他是蒼白的、激動的、俊美的，任何人在這一剎那間望見他，便會立刻發現一張與眾不同的面容，因為他的一切精神活動都在臉上明顯地流露出來。黑髮像美麗的波浪般地蓋在早現皺紋的飽滿的額頭上。兩頰忽地泛紅，但也同樣迅速地變白。微微撅起的下嘴唇有時緊張地哆嗦著，眉毛也好像警覺地在蠕動，而那雙美麗的大眼睛放射出凝然不動的目光，使這個年輕人的臉色顯出有一種不大正常的晦暗陰影。

「那麼說，」沉默了一會兒以後，大學生嘲笑道，「埃韋利娜小姐以為我們剛才談的一切，是婦女不能領會的，女人就注定只能在孩子和廚房的小範圍裡轉嘍。」

這個青年人的話音裡帶著自滿（因為那時候這還是一套新名詞呢）和刺人的譏諷意味；頃刻間，大家都靜默下來，而少女的臉孔則因激動而緋紅了。

「您的結論下得太匆忙了，」她說，「剛才在這裡所談的我都懂，換句話說，婦女也能夠領會。我說的只是我個人。」

她一聲不響地低頭刺繡，她做活的精神那樣貫注，因此青年人沒有勇氣繼續追問下去了。

「奇怪，」他喃喃地說，「也許您自己一輩子的生活都安排停當了。」

「這有什麼奇怪的，加夫里洛・彼得羅維奇？」姑娘低聲反駁道，「我想，連伊利亞・伊萬諾維奇（這是武備學堂學生的名字）也已經選定了自己的道路，他可比我還年紀小呢。」

「這話不錯，」武備學堂學生說，他感到滿意，因為她提起了他。「我不久之前讀了一個人的傳記。他也是按照明確的計畫去執行的：二十歲結婚，三十五歲指揮軍隊。」

大學生詭詐地奸笑起來，少女也有點臉紅了。

「您瞧，」過了片刻，她顯然有點冷淡地說，「任何人都有自己的道路。」

再沒有人分辯了。在這群青年人中間，出現了肅然的寂靜，這種寂靜使人感到一種莫名的恐懼：大家彷彿明白話題已涉及人們避諱的私事，雖然淺顯，但這樣的談話卻使心弦敏銳地扯緊……

沉默當中，只聽見薄暮時古舊的花園的蕭瑟聲和它不滿意的低語聲。

五

這些談話、爭論，青年們的質問、希望、期待、意見，像一股沸騰的洪流，突然猛烈地向盲少年襲來。起初他又興奮、又驚訝地傾聽著，但不久他不由得發覺這股奔騰的洪流從他的身邊滾過，卻與他不相干。人家不問他，也不徵求他的意見，他不久就

感覺出自己是孤苦伶仃的局外人，莊園的生活越熱鬧，他就越覺得淒涼。

　　但他仍繼續傾聽，在他看來，這一切是新奇的，因此他那皺著眉的、蒼白的臉上還是露出竭力注意的神色。然而注意的神色是陰鬱的，內中隱含著艱澀的思緒。

　　母親悲慟地望著兒子。埃韋利娜的眼色也流露出同情和不安。似乎只有馬克沁看不出這熱鬧的聚會對盲少年的影響，還殷勤地邀請客人們以後常來玩，並答應下次來訪時給他們搜集一些豐富的民俗學資料。

　　客人們答應下次再來，坐車走了。告別時，青年人都親切地和彼得握手。他匆匆地和他們握了手，聽著四輪馬車在路上軋軋地響，過了好一陣，才急忙轉身到花園裡去了。

　　客人走後，整個莊園靜下來，但盲少年覺得這是特別、異常而古怪的寂靜，寂靜之中似乎傳來這裡曾發生什麼特別重大的事件的自白。靜靜的小徑上只有山毛櫸和丁香樹的搖曳聲互相呼應，盲少年覺得這彷彿是剛才談話的餘音。他從敞開的視窗聽見母親和埃韋利娜在客廳與馬克沁爭辯著什麼。他發覺母親的話音帶著祈求和痛苦，埃韋利娜的聲調是氣憤的，馬克沁卻熱情而堅定地反駁婦女們的攻訐。等彼得走近，話聲就忽然停息了。

　　馬克沁故意在至今圍住盲少年的世界的圍牆上無情地打開第一個缺口。第一個奔騰喧鬧的浪濤已經順著缺口湧進，少年心靈的平穩狀態也在第一個打擊下動搖了。

　　現在他感到神秘的圈子狹窄了。莊園的安謐寂靜，老花園遲緩的喁喁聲和簌簌聲，青年人單調的夢境都在壓抑著他。漫漫的黑暗以新穎迷人的聲音對他談話，以一種新的模糊姿態輕輕飄舞，並同那誘人而蓬勃的憂思擠聚在一起：

　　黑暗召喚他，引誘他，喚醒他心靈裡酣睡的各種問題；這最初幾次的召喚已經在臉上顯現出蒼白，在他心裡引起沉重的、雖

然還是迷惘的苦痛。

這種驚惶的跡象逃不過女人們的眼睛，我們有視覺的人能從別人的臉上看出他的心境，因此也習慣於不暴露自己的心情。盲人在這方面卻絲毫沒有掩飾，所以看彼得蒼白面孔上的一切，就像看一本在客廳裡忘記闔上的私人日記一樣……驚惶的痛苦在他臉上清晰地顯現出來。婦女們看出馬克沁也覺察到這一切了，但老頭認為這是在他的某種計畫之內的。她們兩人卻覺得這樣做是殘忍的，母親真想雙手護住自己的兒子。「溫室？如果她的孩子一直好好地呆在溫室裡，那又有什麼不好呢？讓他這樣永遠呆下去吧……安寧、清靜、自由自在……」埃韋利娜顯然沒有全說出她的心裡話，但她漸漸改變了對馬克沁的態度，開始異常嚴厲地反駁他，雖然有時他的某些建議是完全無足輕重的。

老頭的眼睛帶著好事的眼神，從眼眉下面瞟著她，然而這雙眼睛有時卻碰見少女憤怒的、炯炯的目光。馬克沁這時搖搖頭，嘟囔著，在四周噴出特別濃密的煙圈，表示他在努力思考；可是他堅持己見，有時他誰也不理睬，而且對婦女的溺愛和淺見下一些輕蔑的斷語。他說「女人頭髮長見識短」是人所共知的，女人只看見眼前的痛苦和歡樂而看不見將來。他為彼得設想的不是苟安，而是盡可能生氣勃勃的生活。常言道，老師總是要把自己的學生教得和自己一樣。馬克沁想到自己的遭遇和很早便被剝奪的東西——他想到緊張的生死關頭和鬥爭。至於用什麼方式好，那麼，連他自己也不知道，但他寧肯冒著驚心動魄和神經錯亂的危險，也要努力替彼得開闢一個境界，讓盲人可以接受外界生氣勃勃的印象。他覺得這兩個女人所期望的與他完全不同……

「抱蛋的母雞！[20]」他有時這樣斥責妹妹，怒衝衝地在房間裡搗著拐棍……然而他不常生氣，他反駁妹妹的道理多半用溫和

---

20 「抱蛋的母雞」是對整天忙於照看自己孩子的婦女的諷刺話。

或寬容憐憫的口吻說出來，況且兩人單獨在一起時，她每次總是讓步；不過這種情形卻阻礙不了她馬上又舊話重提。如果埃韋利娜在跟前，情形就比較嚴重了。在這種情形下，老頭只好默不作聲。似乎他和這個年輕姑娘在明爭暗鬥，他們兩人都小心翼翼地隱藏自己的計謀，專門研究敵手的情形。

六

約莫過了兩星期，青年們又同父親一道來了，埃韋利娜迎接他們的態度是冷淡而矜持的。但她難以抗拒誘惑人的青春活力。青年們一天到晚在村子裡遊逛，打獵，在田野裡記錄割麥的莊稼男女的歌謠，到黃昏時分，大家都坐在花園的土圍子上。

一天傍晚，埃韋利娜還不明白究竟是怎麼回事，話題又轉到煩人的題目上來了。這是怎麼發生的，是誰開頭說的——不但她，恐怕誰也說不出來。話是不知不覺地談起的，正如晚霞不知不覺地消逝，花園裡不知不覺地蒙上了薄暮的暗影，也正如夜鶯那樣悄悄地在叢林裡唱起她的夜歌一般。

大學生在高談闊論，抱著青年人不經三思便向茫茫的前程奔去那樣的熱情。他們相信將來的奇蹟，在他們的信仰裡還有一種特別迷人的、幾乎不可抗拒的習慣力量……

少女面紅耳赤了，她聽出這是挑釁，也許言出無心，但此刻卻正是針對她說的。

她一面低著頭做活，一面聽著。她眼睛閃著金星，雙頰緋紅，心怦怦地跳著……後來，眼睛的閃光熄滅了，雙唇抿緊，心卻跳得更厲害了，發白的臉上浮現出恐懼的表情。

她恐懼，因為好像有一堵黑牆在她面前移動，從這堵牆隙裡，可以看見遼闊的、熱火朝天的、蓬勃活躍的遠方世界在大放光明。

　　是啊，這世界早已向她招手了。她過去並沒有意識到，只是常常在古舊花園的樹蔭下，一個人在長凳上呆坐好幾個鐘頭，沉醉地幻想著。她的想像給她描繪出一幅一幅未來的鮮明圖畫，而這些圖畫上卻沒有盲少年……

　　現在這個世界迫近她身邊；它不僅對她招手，還給她提供了某種權利。

　　她猛一看彼得，就彷彿有什麼東西刺了一下她的心房。他紋絲不動地坐在那裡思索，他的整個形體好像更加沉重，在她的腦海裡留下一片黑影。「他會明白……這一切的。」這個想法如同閃電般地迅速掠過，使她不禁感到寒顫。熱血湧上心頭，她卻覺得臉上忽然發白。霎時間，她以為自己已經處身在那遙遠的世界中，而他還是孤零零地坐在這兒，低垂著頭。不，也許不是他……他在那裡，盲孩子坐在河畔的山崗上，而她那天晚上為他的命運哭過。

　　於是她害怕了。她覺得有人要從她以前被刺的傷口中把刀子拔出來。

　　她想起馬克沁凝視的目光。原來這默默無言的目光是這樣的用意！他瞭解她的心情比她自己還清楚，他猜到她心裡可能有鬥爭與選擇，而且她並不相信自己……可是不對，他錯了！她知道第一步該怎麼走，以後就得看看生活中還有什麼可以擷取的……

　　她困難地、深深地歎了一口氣，好像做了繁忙的工作之後舒一口氣似的，接著環顧了一下。她說不出已經沉默了多久，大學生是不是早就不吭聲，他說沒說別的什麼……她望望剛才彼得坐的地方……

　　他已不在原先的地方了。

七

她不慌不忙地把活計放好，也站起身來。

「請諸位先生原諒，」她向客人們說，「我過一會兒再來陪你們。」

她沿著幽暗的小徑走了。

這天傍晚，心裡充滿驚惶的不僅是埃韋利娜一個人。走到小徑拐彎擺著一條板凳的地方，她聽見了激動的聲音。馬克沁和他妹妹在說話。

「是啊，在這種情形下，我替她考慮得並不比他少呀，」老頭子厲聲道，「別以為她還是一個不懂事的孩子！我真不敢相信你打算利用孩子的無知。」

安娜・米哈伊洛夫娜回答時嗚咽著：

「怎麼辦？馬克沁，如果……如果她……那時候我的孩子怎麼辦呢？」

「愛怎麼辦就怎麼辦吧？」這個老兵堅決而憂鬱地答道，「到時候再看。無論如何，別讓他因別人為他犧牲了自己而苦惱……何況我們的良心上也……阿尼婭，你好好想想，」他比較溫和地補充道。

老頭子拉著妹妹的手，溫存地吻著。安娜・米哈伊洛夫娜垂下頭。

「我的可憐的孩子，可憐……還不如壓根兒不認識她呢……」

少女與其說聽見了母親的低聲呻吟，不如說猜到了這樣的談話。

埃韋利娜臉紅了。她不由得在小徑的拐角處停了下來……現在她走出來，如果他們兩人看見，準以為她是在偷聽他們的秘密……

　　但過了一會兒，她驕傲地抬起頭來了。她不想偷聽，可是這種虛假的羞愧怎麼也不能使她中途不聽。再說這個老頭管的也未免太寬了。她自己會安排自己的生活的。

　　她從小徑的拐角處走出來，昂首闊步地從他們兩人身邊走過。馬克沁不由得連忙收起拐棍給她讓路，而安娜・米哈伊洛夫娜帶著幾乎是又愛又怕的沉重心情望著她。

　　母親彷彿覺得，方才面帶憤慨挑釁地走過的那個驕傲的金髮女郎，會給她孩子的終身帶來幸福或不幸。

八

　　花園深處有一個擱置不用的水磨。輪子久已不轉，軸上長滿綠苔，幾注細流從老閘那邊潺潺地滲過來。這是盲少年喜愛的地方。他在這裡的堤岸上一坐就是好幾個鐘頭，傾聽流水的聲音，並且善於巧妙地用鋼琴表達這水聲。不過現在他沒有心思顧到這個……現在他內心充滿悲苦，臉色變得很難看。他匆忙地在小路上走著。

　　他聽見姑娘輕盈的腳步響，站住了；埃韋利娜一手搭在他肩上，鄭重地問道：

　　「彼得，告訴我，你怎麼啦？為什麼你這樣愁悶？」

　　他一轉身，又沿著小路大踏步走了。姑娘同他並肩走著。

　　她明白他這種突然的舉動和沉默的緣故，於是低頭呆了一會。忽聽得莊園裡傳來了歌聲：

　　　　從那險峻的山後，
　　　　飛出來一群蒼鷹，
　　　　飛出來高聲長嘯，
　　　　搜尋充饑的山珍……

遠處傳來年輕有力的聲音，歌唱著愛情，幸福和自由。歌聲

在寂靜的夜裡掠過，壓倒了花園裡懶散的低語聲……

　　那邊，幸福的人們談論著美滿的生活；她幾分鐘以前還和他們一起為這種生活的幻想所陶醉，而這種生活卻沒有他的份兒。她甚至沒有發覺他走開了，可是誰知道這孤獨悲傷的幾分鐘他會覺得有多麼久啊……

　　這個年輕姑娘跟彼得並排在小徑上走的時候，想到了這些事。她過去和他談話或瞭解他的心情，還從來沒有像現在這樣困難過。然而，她覺得她在他身邊卻可以稍為減輕他那抑鬱的憂思。

　　果然他放輕了腳步，臉色也比較沉靜了。他聽見身旁有她的腳步聲，心頭的劇痛逐漸平息，而換上了另一種情感。他不瞭解這究竟是什麼情感，可是他熟悉它，因此也容易聽從它的良好影響。

　　「你怎麼啦？」她又問。

　　「沒有什麼，」他痛苦地答道，「我只覺得自己在世界上純粹是一個多餘的人。」

　　房子附近的歌聲停歇了片刻，過一會兒又傳來了另一支歌。歌聲隱隱約約地飄來，現在大學生唱著古老的「歌謠」，摹仿著彈班杜拉的流浪人那種低沉的調子。有時歌聲好像完全平靜了，使人想像到那渺茫的幻想，而後來，輕緩的旋律又透過枝葉的簌簌響聲飄來……

　　彼得不由得停住腳步傾聽。

　　「你知道嗎？」他憂鬱地說，「我有時覺得，老年人說得對，世界一年不如一年。古時候連瞎子也好過一些。要是那年月，我用不著學彈鋼琴，可以彈班杜拉，在城鄉各處流浪……人們都來我跟前，我給他們唱他們祖先的事蹟，唱豐功偉業和榮耀，那就不會虛度一生。現在呢？連那個武備學堂的學生也高聲大喊，你聽見了嗎？他說他要結婚，要指揮軍隊。大家嘲笑他，

可是我⋯⋯我連這個都不配啊。」

少女感到驚惶了，碧藍色的眼睛睜得圓圓的，閃耀著淚光。

「這是你聽多了小斯塔夫魯琴科的論調，」她窘迫地說，竭力使音調顯得不在乎，帶有詼諧味道。

「是的，」彼得若有所思地回答，又說：「他的聲音很動聽。人長得漂亮嗎？」

「是的，他長得不錯，」她也若有所思地證實這一點，但是突然憤怒地醒悟過來，斬釘截鐵地補充道：「不，我根本不喜歡他！他太自負了，他的嗓子既難聽，又刺耳。」

彼得詫異地聽完她突然發怒的聲音。少女把腳一跺，又接著說：

「這簡直胡鬧！我知道，這全是馬克沁擺布的。哼，現在我可恨透這個馬克沁了！」

「你怎麼了，韋利婭？」盲少年驚奇地問道，「他擺布什麼？」

「我恨，恨馬克沁！」少女執拗地重複道，「他的打算叫他喪盡良心⋯⋯別說啦，別跟我提起他們⋯⋯他們哪裡有支配別人命運的權力！」

她忽然站住・緊捏著自己的纖手，把手指捏得咯咯響，接著便像孩子似的哭了。

盲少年驚愕而同情地拉著她的手。一向安靜而且有自制力的女友居然這樣感情衝動，真是出人意外和令人不解！他聽見她啜泣，也傾聽著自己心裡被哭聲喚起的奇怪反響。他不禁想起了往事。當時他憂鬱地坐在山崗上，而她也像現在一樣伏在他身上痛哭⋯⋯

可是少女忽然把手掙脫出來，笑了，這使盲少年更感到驚訝了。

「我可真傻！這又有什麼可哭的呢？」

　　她擦乾眼淚，然後用溫和動人的聲音說：

　　「不！我們得說公道話：他們兩個人都好……就是他方才說的話也好。不過並不是所有的人都覺得是這樣的。」

　　「有能力的人都會這樣，」盲少年道。

　　「算不了什麼！」她清楚地答道，雖然從那微笑的嗓音裡面還可以聽見方才的哽咽。「馬克沁能戰鬥的時候，他戰鬥過，可是現在呢？盡自己的能力生活……那麼我們也……」

　　「別說我們！你──完全是另一回事……」

　　「不，不是另一回事。」。

　　「為什麼？」

　　「因為……你將來不是要跟我結婚嗎？所以我們將來的生活是一樣的。」

　　彼得楞住了。

　　「我？……跟你結婚？……就是說你……嫁給我？」

　　「是呀，是呀，當然嘍！」她慌忙激動地回答道，「你真傻！你從來沒有想到這個嗎？其實這多麼簡單！如果不跟我結婚，跟誰呢？」

　　「當然是你啦，」他帶著一種奇怪的自私心同意了，可是立刻又醒悟過來。「韋利婭，你聽我說，」他握著她的手說道，「他們剛才在那邊還說，女孩子在大城市裡什麼都可以學。你有寬廣的前途……而我……」

　　「你怎麼樣？」

　　「我……我是瞎子呀！」他突然不願繼續講道理了。

　　他不禁又回憶起童年的景象，在那淙淙流水旁邊，最初同埃韋利娜相識時，她聽說是「瞎子」，當時就傷心地哭了起來……他從本能上覺得現在又使她受了同樣的創傷，他不敢再想下去了。霎時間完全靜寂下來，只有水閘裡的流水輕柔地響著。完全聽不到埃韋利娜的聲音，彷彿她藏起來了。真的，她的臉在抽

搐，而她矜持著，說話時還帶著無憂無慮的詼諧聲調：

「瞎子又怎麼樣？」她說，「一個姑娘愛上瞎子，就應當嫁給他……人家都這樣，我們還不是也得這樣嗎？」

「愛上……」他眉頭一皺，聚精會神地重複了一句，他聽出這個熟悉字眼的新語調……「會愛上嗎？」他帶著惶恐不安的激動心情反問道。

「是啊！你和我，我們兩人彼此相愛……你多傻喲！好吧，你自己想想看：你一個人孤零零地待在這裡，沒有我成嗎？」

他的面孔登時發白了，失明的大眼睛凝滯住一動不動。

一片寂靜，只有流水的潺潺聲，好像在滔滔不絕地講話。有時水聲似乎漸弱，眼看就聽不見了；可是一會兒聲音又提高了，曉曉地響個不停。野櫻桃茂密的枝葉颯颯響動，屋旁的歌聲停息了，而夜鶯卻在池塘邊婉轉啼唱起來……

「我死了更好，」他啞聲說。

正像初次認識那天一樣，她的嘴唇顫抖著，好容易才用無力的、孩子般的嗓音說：

「我也是……沒有你，我一個人……在這茫茫的世界上……」

他緊捏著她的小手。他覺得奇怪，她輕輕地和他握手的情形，跟以前大不相同了；現在，纖細的手指微微動彈，卻觸動他的心靈深處。總之，除了她是童年伴侶埃韋利娜以外，他還覺得她是一個與前不同的姑娘。他自己顯得堅強有力，而她倒像是哭哭啼啼、軟弱無力的了。於是，深厚纏綿的情愫使他感動了，他一手把她拉過來，一手撫摩她那柔絲般的頭髮。

他覺得，一切痛苦都在他內心深處平服了，他再沒有任何激情和欲望，剩下的只有現在這樣的時刻。

夜鶯小試歌喉，接著囀鳴起來，讓那狂亂的顫音響徹整個寂靜的花園。少女突然抖動了一下，羞澀地把彼得的手推開。

他並不抗拒，鬆開她，深深地吁了一口氣。他聽見她在理自己的頭髮。他的心臟跳得很厲害，但這是有節奏而快活的跳動；他覺得渾身上下熱血奔流，帶來了一種新的緊張力量。過了一會兒，她用素日的口吻向他說：「好吧！我們現在回到客人那裡去吧。」這時候，他驚異地聽著這可愛的聲音，好像裡面有了嶄新的音調似的。

九

客人和主人都在小客廳裡，只是不見彼得和埃韋利娜。馬克沁同他的老朋友談話，青年們坐在敞開的窗戶旁不吭聲；這個小天地籠罩著一種特別安詳的氣氛，在這後面，卻使人感到正在演一齣戲，它雖然並非人人瞭解，大家卻都暗中意識得到。埃韋利娜和彼得不在場，似乎特別引人注意。馬克沁在說話中間，總向門口投一兩眼盼望的目光。安娜‧米哈伊洛夫娜的臉色顯得憂鬱，好像感到歉疚，但她極力想做一位殷勤周到的女主人。波佩利斯基先生又胖多了，似乎只有他一個人才一向樂天知命地坐在椅子上打盹，等待吃晚飯。

從花園通往客廳的草坪上傳來了腳步聲，大家都轉過眼光去看。在黑黝黝的四方門洞裡出現了埃韋利娜的身影，盲少年在她的背後走上臺階。

年輕的姑娘覺得大家的目光都集中在她身上，但她並不因此著慌。她跟往常一樣，以有節奏的腳步穿過房間，只在與馬克沁的目光相遇的剎那間，才嫣然一笑，並且閃爍著挑釁和冷笑的眼色。這時，波佩利斯卡婭夫人凝視著自己的兒子。

少年跟著姑娘走，似乎也不清楚她要帶他到哪裡去。當他的蒼白面孔和頎長身影在門口出現時，他忽然在這燈火輝煌的房間的門檻上停住腳步。可是隨著他一步邁過門檻，像是不太經心、

也沒十分專注地快步向鋼琴走去。

音樂已經成了寂靜莊園的日常生活中的一部分，但它是親切近人的，甚至可以說是家庭的生活要素之一。前幾天，庭園裡到處是青年客人的話語和歌聲，所以彼得根本不到鋼琴跟前去，彈鋼琴的只有斯塔夫魯琴科的長子，那個職業音樂家。盲人這樣克制自己，因此在生氣勃勃的小天地裡也就更不為人注意了，而母親也懷著苦痛的心情注視著兒子陰黯的身影從一些神采奕奕的人中間離開。彼得那麼勇敢地、彷彿不自覺地向他熟識的地方走去，最近以來這還是第一次……看來，他忘記了有外人在場。兩個年輕人進來的時候，客廳裡靜悄悄的，盲少年可能以為屋子是空的……

他掀開琴蓋，先輕輕按一下鍵子，然後輕快地彈奏出幾組和音。好像他在詢問，也不知是問樂器呢，還是問自己的心情。

後來，他把雙手放在鍵盤上，凝神深思；小客廳變得更沉寂了。

夜色從黑洞洞的視窗往裡張望，花園裡某處被燈光照亮的一團團、一簇簇的綠葉也好奇地向室內探視。剛剛沉寂的、奧秘的琴音引起了客人們的注意，而盲少年蒼白的臉上若隱若現的奇異靈感也使他們神往，因此大家都靜坐在那裡等待著。

但彼得依然沉默著，失明的眼睛向上仰視，好像在傾聽什麼似的。他的心中波濤澎湃，感觸萬千。不可思議的生活浪潮攪住他，就像海濱浪潮攪住長期安靜地停放在沙灘上的小舟一樣……他面露驚疑的神色，一種特別興奮的表情也在臉上留下一閃即逝的暗影。失明的眼睛似乎更深沉幽暗了。

人們會以為：他的心靈還沒有找到他貪婪地凝神傾聽的東西。後來，雖然他仍然帶有同樣驚異的神情，但似乎是沒有等到什麼，他戰慄一下，打動琴鍵，沉醉在新湧起的情感波浪中，一切都獻給流暢的、響亮的，悅耳的和音了……

盲人使用樂譜，一般說是有困難的。樂譜像字母一樣打成凸點子，各種樂調也用單獨的符號標明，排成一行，像書裡的行文一般。為了表明各種和音配成的聲調，在它們中間還加上感嘆號。當然盲人必須背熟樂譜，並且把雙手的位置分別記住。因此，這是一椿十分複雜繁難的工作；然而彼得喜愛這種工作的每一個組成部分，這就幫助他克服了困難。他把幾組和音的指法記住以後，便可以練琴了，如果這些凸點符號突然組成了他意想不到的諧音，那就使他感到莫大的喜悅，給他帶來許多生動的興趣，於是，這種枯燥無味的工作變得美妙甚至迷人了。

　　但紙上音符和實際演奏的中間過程太多。一個符號要變成曲調之前，必須通過雙手，印入腦海，然後把記憶的東西用指尖彈奏出來。然而盲人十分發達的音樂想像力用在複雜的諧音上，就能把個人體會和別人的樂曲協調起來。彼得的卓越音樂情感，正是受了他初次聽到的曲調和後來他母親彈奏的樂曲的薰陶。這就是經常震響他心弦的、故鄉的大自然用來向他的心靈傾訴的民間音樂。

　　現在，他懷著滿足而又不安的心情演奏一支義大利樂曲。他演奏的最初幾組和音裡流露出來的獨特風格，使旁聽者的臉上都露出驚訝的神色。然而過了一會兒，大家全都聽入了迷，只有斯塔夫魯琴科的長子，那個職業音樂家好久好久還在細聽彼得的演奏，努力捉摸熟悉的樂曲和分析彈琴者獨到的手法。

　　鋼弦的聲響和轟鳴響徹了整個客廳，又往沉寂的花園蕩漾開去……青年們眼裡閃耀著興奮奇異的光芒。老斯塔夫魯琴科低頭坐著，一聲不響地聽著，後來他越來越興奮，用胳膊肘碰碰馬克沁，低聲說：

　　「你聽聽，這才算是彈琴呢。怎麼樣？我說的不對嗎？」

　　隨著聲響的加強,這個愛爭吵的老頭開始回憶——也許在回憶自己的青春時代,因為他兩眼閃光,臉泛紅暈,挺起腰板,甚至想舉起拳頭捶桌子,但是他終於克制住自己,默默地放下了拳頭。他瞧了自己的兩個兒子一眼,捋捋鬍鬚,彎腰向馬克沁低聲說:

　　「把咱們老頭子都當成老古董!……簡直胡鬧!……想當年我和你老兄也……就是現在還……啊?我說的對嗎?」

　　馬克沁一向對音樂意興索然,但他覺得在學生這次彈奏裡面有一種新鮮東西,於是他一面吐出團團煙霧,一面搖頭晃腦地傾聽著,還不時把視線從彼得那邊轉移到埃韋利娜身上。一股直接奔放的生活力,突破了他的教育體系了,這與他平日所想的迴然不同……安娜‧米哈伊洛夫娜也用疑問的眼光望著少女,她在問自己:這是什麼?——她兒子的彈奏意味著幸福,還是悲哀呢?……埃韋利娜坐在燈罩遮成的陰影裡,只有一雙朦朧的大眼睛在暗影中凸現出光輝來。只有她一個人瞭解這種琴音:她在這裡聽見了老水閘的淙淙流水和陰黯的小徑裡野櫻桃樹的簌簌低鳴。

十一

　　曲調早已變了。彼得撇開了義大利樂曲,沉醉在自己的想像中。他默默地低頭去傾聽往日的感懷,於是一切往事都湧上了他的腦際。這是大自然的聲音,是風的颯颯聲,樹木的簌簌聲,河水的淙淙聲和在無垠的遠方漸趨沉寂的隱約話語聲。這些聲音交織在一起,在特別深邃的、心胸開闊的感覺背景上震響;這樣的感覺激發起心靈中大自然的神秘話語,因此很難給它下一個真正的定義……是憂悶?……但為什麼它那樣愉快?……是歡欣?……但為什麼它又那樣無限深遠地悲傷呢?

　　琴聲逐漸緊湊,高昂堅強。彈奏者的面孔變得異常嚴峻。他

自己好像也覺得奇怪，這種意料不到的旋律使他感到有一種新奇的力量，他彷彿還在期待什麼似的……似乎他再彈幾下，這一切就會匯成雄壯的嚴整音流、美麗的諧音了，這一瞬間，聽眾都屏聲靜氣地等待著。可是，旋律剛剛昂揚，忽然又如怨如訴地低落下去，像波浪濺起，瞬間變成水花泡沫，這時痛苦惶惑的音調漸趨靜寂，但餘音經久不散。

盲少年沉默片刻，客廳裡又是一片寂靜了，只有花園裡樹葉的低語聲來劃破寂靜。在音樂家提起精神再按動琴鍵以前，那種使觀眾陶醉的、把他們遠遠帶到陳設樸素的客廳以外的魅力被破壞了，於是小客廳彷彿圍著他們團團轉動起來，夜色也透過黝暗的窗櫺向他們張望。

琴聲又堅強地響了起來，它更高昂有力地向上飛騰，似乎尋覓什麼……在不分明的交響與和音中，穿插著民歌的旋律，一會兒流露出愛情和憂傷情調，一會兒流露出對往日的苦難和光榮的回憶，一會兒流露出青年人豪邁的縱情和希望。盲少年想把自己的情感用現成的、他熟悉的形式傾吐出來。

曲終時，在小客廳裡沉靜的空氣中，沒有得到解答的哀怨音調仍在繚繞顫動。

十二

最後，鋼琴發出似乎不安的一聲哀怨顫響，安娜・米哈伊洛夫娜望了望兒子的面孔，又看見了她熟悉的面部表情——她想起很久以前，在春季溫煦的一天，自然界鮮明的氣象使她的孩子暈倒在河岸上的情景。

然而只有她發覺了這種表情。客廳裡響起了喧囂的談話聲。老斯塔夫魯琴科大聲向馬克沁嚷叫，還在激動、興奮的年輕人都上前和彈奏者握手，預祝他將來成為一位著名的鋼琴家。

「是啊，這是一定的！」哥哥肯定說，「您已經把民間歌曲的本質融會貫通了。您和曲調合而為一，並且運用得完美絕倫。不過請您告訴我，您開頭彈的是什麼曲子？」

彼得說那是一支義大利樂曲。

「我也是那麼猜想，」青年人答道，「難怪我聽來有點耳熟……您有一種獨到的風格。許多人彈得比您好，但是還沒有人像您這樣彈過這支曲子……這彷彿是……義大利的音樂語言轉譯成了小俄羅斯的。您得認真進修，到將來……」

盲人留心聽著。他成為熱烈談論的中心，還是生平第一次，於是他心裡產生了自己有能力的驕傲感。琴音這次使他這樣不滿和痛苦，也是有生以來沒有過的，難道這也會給別人這樣的影響嗎？那麼，他的一生也許能夠有所作為呢。他坐在原位，一手放在鍵盤上，在喧囂的談話聲中忽然覺得它暖和和地被人觸動了一下。這是埃韋利娜走到他跟前悄悄握住他的手指，興奮地小聲說：

「你聽見了嗎？你將來也有自己能做的事情。如果你能夠看見，如果你知道你能夠和我們大家一起做事……」

盲人顫抖了一下，挺直了腰。

除了母親之外，誰也沒有發覺這短暫的場面。她臉紅了，好像剛剛受過青春愛情的初吻似的。

盲人還坐在原位上。他正在同向他湧來的幸福的新印象作鬥爭，也許，他也感到風暴要來臨了，風暴從腦海深處，像不定形的黑沉沉的烏雲一樣翻騰起來。

第六章

一

　　第二天彼得很早就醒了。靜悄悄的，宅院裡白天的活動還沒有開始。從昨夜一直敞著的視窗透進一股花園裡清晨的新鮮氣息。彼得雖然失明，但是清楚地感覺到大自然的風光。他知道天色尚早，他的窗戶敞著，枝葉的搖曳聲清晰近人，既不遠又沒有遮攔。今天彼得特別清楚地感到這一切：他甚至知道陽光射入房間，要是他向窗外伸手，那樹叢上的露珠便會紛紛灑落。此外，他還覺得渾身充滿了一種從來不曾感受過的新感觸。

　　他在床上躺了幾分鐘，諦聽著花園裡小鳥啾啾低唱和內心滋生的奇異感覺。

　　「我這是怎麼啦？」他想道。就在這一剎那間，埃韋利娜昨晚在老水磨旁邊說過的幾句話又在他腦海裡鳴響起來：「難道你從來沒有想到這個嗎？……你真傻！……」

　　真的，他從來沒有想到這個。同她親近使他感到快活，可是到昨天以前他還沒有意識到這一點，就像我們呼吸空氣而感覺不到空氣一樣。這幾句平常話昨天落在他心上，就好比一塊石頭從高空墜落到波平如鏡的水面上：片刻以前，水面還是平靜地反映著陽光和藍天……這一打擊，連水底深處都動盪了。

　　他帶著煥然一新的心靈醒來，而她——他早就認識的女友，現在使他覺得好像變成了新人。他細緻地回憶昨天發生的一切，不禁又驚奇地傾聽著重現在自己腦際的她的「新」聲調。「愛上……」「真傻喲！……」

　　他急忙跳下床，穿上衣服，沿著朝露沾襟的花園小徑向老水

磨跑去。流水還像昨天那樣涼涼響著，野櫻桃樹也還是那樣颯颯低語，只是昨天還是一片蒼茫的暮色，今天變成了陽光豔麗的早晨。他從來也不曾這樣鮮明地「感到」過光明。歡笑的白晝的光芒彷彿帶著芳香的濕潤氣息，帶著早晨的涼爽感覺搔動了他的神經，浸透了他的全身。

二

整個莊園裡不知怎地變得更光明，更歡樂了。安娜·米哈伊洛夫娜彷彿年輕了。馬克沁開玩笑的時候也多了，雖然從煙霧繚繞中還時時聽到他像雨過天晴時的輕雷似的嘮叨。他說，許多人顯然都把人生看成一部以婚禮為結局的壞小說，但世上還有許多別人不妨考慮考慮的事情。波佩利斯基先生成了一個有趣的胖漢，平伏而美麗的頭髮漸漸蒼白了，面色也紅潤了；在這些情況下，他總是贊同馬克沁的意見，大概認為這些話是影射自己的，所以馬上便去照料他相當興旺的家業。青年們卻對馬克沁的話微微冷笑，他們有各種各樣的打算。眼前，彼得是要刻苦嚴肅地受完自己的音樂教育。

秋季裡有一天，秋收完了，田野上太陽照耀，閃著萬道金光，「秋老虎」懶洋洋地軟弱無力了。波佩利斯基全家動身到斯塔夫魯琴科家去。斯塔夫魯琴科的莊園距波佩利斯基家約七十俄里，可是這段路程的地勢變化很大：在沃倫和布格河沿岸地區還可以看到的喀爾巴阡山餘脈消失以後，接著就是烏克蘭草原。在這一片有些地方被潤谷切斷的平原上，有些村莊散布在果園和春泛草地中間；在地平線某處，映現出那從前被收割過的金黃色田地所掩蓋和包圍的累累高塚。

像這樣的長途旅行，全家都不習慣。走出自己十分熟悉的村莊和附近田野以後，彼得茫然失措了。他格外感到失明的痛苦，

因而煩躁不安。不過他現在還是樂意接受這個邀請。那天晚上是值得回憶的，因為他忽然意識到自己的情感和蘇醒的才能，這以後，他對他周圍茫茫漆黑的外界不知怎地好像更勇敢了，黑茫茫的外界開始令他嚮往，在他的想像中不斷擴大。

幾天時光熱熱鬧鬧地很快過去了。現在，彼得覺得和青年人相處自在多了。他貪婪地傾聽著斯塔夫魯琴科哥哥巧妙的彈奏，聽他講音樂學院和首都的各種音樂會。每當小主人熱烈讚揚他未經鍛煉而得天獨厚的音樂情感時，他就要臉上發燒。現在他已經不躲在遠遠的角落裡，雖然還有點拘束，卻能和大家一樣談得來。埃韋利娜不久以前那種冷淡拘謹的神氣也消失了。她舉止顯得愉快自如，有時還用人們以前意料不到的滔滔笑話逗得大家個個歡喜。

離莊園十來俄里路有邊區著名的一座古修道院。從前，這座修道院在當地的歷史上起過重要作用：它曾多次遭到蝗蟲般的韃靼人的圍攻，黑呼呼的箭雨射過牆垣；有時五光十色的波蘭軍隊拚命爬進圍牆，再不然就是哥薩克人為摧毀波蘭軍佔據的古堡而向前猛攻……現在它的古塔傾塌了，圍牆有幾處補上了普通欄柵，免得農民好踏青的牲口踐踏修道院的菜園，而那寬闊牆壕的深處也長滿了黍稷。

晚秋晴朗和煦的一天，主客一齊向這座修道院來了。馬克沁和婦女們坐一輛寬敞的古老四輪馬車，活像一艘大船似的在高聳的鐵簧上顛簸著。青年人，包括彼得在內，都是騎馬去的。

盲少年聽熟了別人的馬蹄得得響和前面馬車車輪的軋軋聲，從容靈巧地策馬前進。看他那灑脫的騎馬姿勢，很難想像他看不見道路，其實他只是習慣於大膽放轡奔馳罷了。安娜・米哈伊洛夫娜起初怯懦地張望，生怕別人的馬來撞他，又怕他道路不熟，馬克沁卻像個內行師傅和譏笑女人膽小的男子漢，驕傲地直拿眼睛斜看她。

「聽我說……」大學生策馬跑到馬車跟前說，「現在我想起了一座有趣的墳墓，我們翻寺院的檔案時知道的這個典故。如果你們願意，我們繞到那裡去吧。不遠，就在村邊。」

「為什麼我們在一起，您倒會想起這樣淒慘的事情來呢？」埃韋利娜興致勃勃地笑問道。

「我回頭再答覆這個問題吧！……到科洛德尼亞村邊奧斯塔普草場去；在豁口旁邊停一下，」他向車夫吩咐一聲，然後撥轉馬頭，趕回落在後面的同伴那兒去了。

過一會兒，大馬車車輪在浮土中軋軋地響，上下顛簸地駛進了狹窄的村道，這時青年人從車旁策馬飛奔向前，先把馬拴在籬笆旁。他們有兩個人向馬車走來，攙扶婦女們下車，而彼得扶著鞍轎站在那裡，像平日那樣低頭聽著，以便辨認他所處的陌生環境。

對他來說，燦爛的秋日和黑夜毫無區別，頂多不過多了些白晝爽朗的熙攘聲罷了。他聽著馬車漸近的軋軋聲和青年們向車子走去的說笑聲。他身旁的那些馬匹把頭伸過籬笆去吃菜園裡高高的雜草，勒馬的鋼飾件叮噹響著……不遠處，也許就在畦壟上，輕柔的歌聲懶散而沉思地隨著微風飄蕩。菜園裡樹葉嘩喇喇地響，不知哪兒一隻鸛鳥嘹唳長鳴，一隻公雞好像突然想起什麼似地撲翅啼叫，井上「取水吊杆」吱呀吱呀地尖叫著，這一切都表明鄉村勞動的白晝就在近處。

真的，他們都在村邊菜園籬笆前站住了……修道院不緊不慢的鐘聲，高亢而尖細，壓倒遠方傳來的一切聲音。不知彼得是由於鐘聲，由於輕風的吹襲，還是憑著一些也許連他自己也不明白的徵象，他總覺得修道院後邊的地勢忽然塌陷下去；那地方也許就在河岸上，因為河對岸是一望無邊的平原，平原上飄蕩著寧靜生活的渺茫難測的各種聲音。這些聲音若斷若續地向他傳來，使他的聽覺接觸到遠方，彷彿那邊佈滿了一種朦朧閃耀的東西，就

像我們在暮色蒼茫時看見遠方閃現的輪廓一般。

　　風拂動帽下的一絡頭髮，呼呼地擦過他耳邊，彷彿是埃俄羅斯[21]的豎琴的悠長旋律。他腦海裡縈迴著某些縹緲的回憶；想像力把湮遠的童年景象從遺忘的往事中翻尋出來。化作思緒、感觸和各種聲音而蘇生了……他覺得，輕風帶著遠方的音響和若斷若續的歌聲，彷彿在對他講這片土地的悲傷故事，或者講他自己的往事和他黑茫茫的未來。

　　過一會兒馬車到了，大家下了車，跨過籬笆的豁口，走進春泛草地裡去。在這雜草叢生的一個角落裡，有一塊幾乎沒入土中的大墓石。野菊的綠葉襯托著火紅的花朵，還有寬大的牛蒡葉和莖稈又高又細的麥仙翁，從那蔓草叢中露出頭來隨風輕輕搖曳，彼得聽見從荒塚上傳來它們隱約的低語聲。

　　「我們不久以前才知道這個古蹟，」小斯塔夫魯琴科道：「可是你們知道這石碑下是誰嗎？這是從前的一位有名的『武士』，哥薩克的統領伊格納特·卡雷……」

　　「老強盜，瞧你埋到哪兒來啦？」馬克沁沉思道，「他怎麼會葬在科洛德尼亞呢？」

　　「一千七百幾十幾年，哥薩克人和韃靼人聯合包圍了這座被波蘭軍隊佔領的寺院……大家知道，跟韃靼人結盟永遠是危險的……大概，被困的波蘭人不知怎的買通了韃靼首領，在深夜，韃靼人同波蘭人一齊猛攻哥薩克人。黑夜中在科洛德尼亞附近發生了一場激烈的廝殺。韃靼人像被擊潰了，哥薩克人終於攻佔了寺院，但是他們在夜戰中犧牲了他們的統帥。」

　　「在這段歷史中，」那個青年人沉思地繼續說，「還涉及到另外一個人，雖然我們費盡氣力，在這裡卻總沒找到他的墓碑。根據我們在修道院找到的舊地誌，還有一個彈班杜拉的年輕人埋

---

21 埃俄羅斯，古希臘神話中的風神。

在卡雷身邊……他是一個瞎子，跟著哥薩克統帥出征……」

「瞎子？出征？」安娜·米哈伊洛夫娜驚懼地說，她這時也在想像著她的孩子置身在恐怖之夜的「血戰」中。

「是的，是瞎子。大概他是紮波羅什一帶出色的歌手……至少，在用獨特的波蘭文和小俄羅斯教會文字記述這段歷史的地誌中提到了他。讓我背誦似乎還記得的一段吧：『尚有一位哥薩克名詩歌家尤爾科伴隨卡雷，形影不離，深為卡雷所愛。賊兵戕害卡雷後，兇惡成性，殘暴不義，又殺害尤爾科。詩歌家才華超卓，知詩善琴，而昊天不佑，葬身異域。夫荒郊野狼，猶可馴服，而轊轕匪賊，竟喪天性，哀哉。歌手武士，令名高風，流芳千古，阿門……』」

「墓石很大，」有人說，「也許他們兩個都葬在這裡……」

「不錯，正是這樣，可惜銘文被綠苔侵蝕……瞧，上端有權標和權杖[22]，再往下就被苔蘚蝕成一片綠色了。」

「等一等，」彼得心情激動地聽完了這段故事說。

他走到墓石跟前，彎下腰來，用纖細的手指剝開墓石表面的一層綠苔，摸到了堅硬的凹字。

他仰臉皺眉地呆了一會兒，接著便念道：

「……伊格納特，綽號卡雷……天命劫數……身中轊轕矢鏃……」

「這個我們還可以研究研究，」大學生說。

盲人的手指緊張地抽搐著，指節盤曲地繼續向下端伸去。

「賊兵戕害……」

「賊兵戕害卡雷後……」大學生忙接著說，「這幾句話在敘述尤爾科身死的地誌中也有……那末，沒錯了：他也在這墓石下

---

22 權標和權杖：權標是帶有圓頭的短鐵棍或短木棍，權杖是一端帶圓頭和一綹馬尾的木杖（2.5 公尺以下），是十六世紀起，烏克蘭和波蘭軍隊中用來作為指揮官權力的象徵的。

面呢……」

「是呀，『賊兵戕害……』」彼得念道，「往下什麼都沒有了……等一等，還有：『被韃靼人用馬刀砍死』……好像還有什麼字……不，沒有了，什麼也沒有了。」

真的，在這塊立了一百五十年的大墓石下端，記載彈班杜拉的青年的全部事蹟的碑文已經剝落得蕩然無存了。

大家默然，一片死寂，只有樹葉在簌簌作響。一聲漫長的虔敬的歎息劃破了沉默。這是奧斯塔普，草地的主人，早就是一個古代哥薩克統帥安息所在地的合法所有者。他向大家走來，十分驚愕地看著這個青年人一動不動地向上凝望，用手摸認這些百餘年來風吹雨打而不可目視的字跡。

「是主的神力，」虔敬地望著彼得說，「主的神力使失明人可以做有眼人做不到的事情。」

「太太，您現在知道我為什麼忽然想起這個彈班杜拉的尤爾科嗎？」當舊馬車又慢慢地沿著塵土飛揚的道路向修道院前進的時候，大學生問道，「我和弟弟都奇怪，怎麼一個瞎子能夠跟著率領飛馳的隊伍的卡雷呢。就算當時卡雷不是紮波羅什人的首腦，而是一個普通的哥薩克頭目，恐怕也不成吧。然而人人都知道，他一向率領的都是哥薩克志願騎兵隊，並不是普普通通的蓋達馬克[23]。向來彈班杜拉的都是老叫化子，背著背囊，唱著民歌，到各個村子流浪……今天瞧見您的彼得，我不禁想像出瞎子尤爾科的身影，他背的不是槍銃，而是班杜拉，騎著馬……」

「也許，他參加過戰鬥……在征戰當中，尤其是危急關頭，一定會參加的……」青年人沉思地繼續說，「我們烏克蘭從前有過多麼轟轟烈烈的時代呀！」

---

23 蓋達馬克是十八世紀反抗波蘭人的哥薩克，與剽悍的紮波羅什哥薩克人不同。

「這多可怕啊！」安娜・米哈伊洛夫娜歎息一聲。

「這該多好呀！」青年人反駁道……

「現在這類事情不會有了，」彼得也跑到馬車跟前來，嚴肅地說。他蹙著眉頭，小心翼翼地細聽身旁馬的蹄聲，和它們並轡前進……他的面色比素日更蒼白，表明他心裡十分激動。「現在這一切都消失了，」他重複道。

「如果該消逝，就讓它消逝吧，」馬克沁冷冷地說，「他們照他們的方式過日子，你們尋找你們的……」

「您說的倒好，」大學生答道，「您向生活取得了自己的東西……」

「得啦，生活倒從我這兒拿去了我的東西，」老加里波的黨人望著自己的拐棍冷笑道。

他沉默一下，又補充說：

「我曾經嚮往哥薩克人的『雪支』，嚮往他們豪邁的詩意和自由……我也在土耳其的薩迪克[24]那裡呆過。」

「後來怎麼樣了？」青年們興致勃勃地問道。

「後來我看到，你們的『自由的哥薩克』替土耳其暴君服務，我才醒悟過來……簡直是歷史的化妝舞會和江湖騙術！……我明白了，歷史已經拋棄這些垃圾，主要的並不在漂亮的外形，而在於目標……於是我到義大利去了……連他們說話都不懂，我也願為他們的奮鬥目標犧牲。」

馬克沁說得很嚴肅，帶著鄭重高傲的神色。老斯塔夫魯琴科和兩個兒子熱烈爭論時，他通常是不置一詞的，只是笑笑而已，就是青年人把他當作盟友，向他申訴，他也只是寬容地微笑，現在，由於蒼苔斑駁的墓石碑上的一切記載，這幕感動人心的悲劇

---

24 過去烏克蘭有一個幻想家柴可夫斯基，以薩迪克將軍的名字聞名於世，曾妄想在土耳其組織哥薩克團體，使它成為獨立的政治勢力。——原注。

忽然重新浮現出來，馬克沁除了因這幕悲劇的餘音而深受感動以外，他還感覺到這段歷史故事在彼得身上奇妙地反映到與他們有密切關係的現在的一切事情上。

青年們這次不反駁，這也許是幾分鐘前在奧斯塔普的草地上，墓石十分鮮明地描述往昔的犧牲，激發了他們的感情，也許是老戰士令人敬仰的真摯言辭使他們感動所致吧……

「那麼我們現在怎麼辦呢？」大學生沉默一陣以後問道。

「還得永遠作鬥爭。」

「在哪裡鬥爭？採取什麼方式？」

「你們自己尋找吧，」馬克沁簡單地回答道。

馬克沁既然不用平日那種略帶譏諷的語調，顯然打算鄭重地講話。然而再認真地談論這個題目已經沒有時間了……馬車已抵達修道院門前，大學生俯身挽著彼得的馬轡，這時彼得的臉像是一本翻開的書本一樣顯現出深深的激動。

三

來修道院的人，總要瞻仰瞻仰古老的教堂，攀登鐘樓瞭望一下遠景。天朗氣清時，極目遠眺，看得見點點白斑的省城和地平線上蜿蜒曲折的第聶伯河。

當這一小夥人走到緊閉的鐘樓門前，讓馬克沁留在一所修齋的門庭上時，已是夕陽西垂時候了。一個細長身材的年輕修士，身穿僧衣，頭戴尖冠，一手抓著門鎖，站在拱門下……不遠處，一群孩子像受驚的鳥群似的站著，大概這個年輕修士方才跟這夥頑皮孩子發生了衝突。從他那氣勢洶洶的姿勢和抓住門鎖的樣子看來，可能是孩子們想跟在老爺們後面鑽進去，而修士卻要把他們趕開。他滿面怒容，臉色蒼白，只有兩頰上還有幾片紅暈。

年輕修士的眼睛不知怎的一動不動……安娜·米哈伊洛夫娜

首先發覺他臉上和兩眼的表情，不禁痙攣地抓住埃韋利娜的手。

「瞎子，」少女有點驚恐地低聲說。

「輕點，」母親答道，「還有……你看出來了嗎？」

「是啊……」

不難看出修士和彼得的臉上相似之處。他們的臉色都是那樣緊張蒼白，瞳孔都是那樣明淨而不動，每當聽到一種新的聲音，眉毛也是那樣警覺地慌忙蹙起，在眼睛上方蠕動著，像受驚的昆蟲的觸角一般……修士的容貌比較粗俗，身姿也比較笨拙──不過這顯得更相像了。他的兩手撳在凹陷的胸口上乾咳時，安娜·米哈伊洛夫娜，睜大眼睛望著他，彷彿幽靈突然出現在她的面前。

咳嗽完了，他開了鎖，站在門檻上，用有點嘶啞的嗓音問道：

「沒有孩子吧？呵──噓，他媽的！」他全身向孩子那邊晃了一下，然後把這幾個年輕人讓了進去，逢迎而貪婪地說：「施捨幾個錢給敲鐘人吧……走路小心點，黑得很……」

這群人沿著階梯一直走上去。安娜·米哈伊洛夫娜起初在難走的陡階前猶疑了一會兒，後來也順從地隨著大家上去了。

敲鐘的瞎子扣上了門……亮光消失了，安娜·米哈伊洛夫娜怯懦地站在下邊，過了一會兒，當青年人腳跟腳地順著曲折的梯子上去的時候，她才看見厚石墩斜縫裡投射進來的一縷幽光。它微弱地照亮了凹凸不平、落滿灰塵的石階。

「叔叔，好叔叔，讓我們進去吧，」門外傳來孩子們尖細的嗓音。「讓我們進去吧，好叔叔！」

敲鐘人怒沖沖地跑到門前，狠命地捶著鐵板門。

「滾開，滾開，該死的……叫天雷劈了你們！」他啞著嗓子叫嚷，氣得有點接不上氣來。

「瞎眼鬼，」好幾個響亮的聲音突然回答，門外傳來了幾個

赤腳孩子飛快的腳步聲。

敲鐘人傾聽著，舒了一口氣。

「你們真他媽的……不讓你們死……也該病個半死不活……哎唷！上帝！我的主呀！你怎麼留下我不把我帶走啊！」他突然用一種不同的聲調說道；聲音裡流露出受苦人絕望的心情。

「誰在這兒？……幹嗎待著？」他碰著了在下邊階梯旁站著發楞的安娜·米哈伊洛夫娜，厲聲問道。

「走吧，走吧……沒有什麼，」他接著又比較緩和地補充道，「等一等，扶著我走吧……您可不可以給敲鐘人施捨點錢？」他又用先前那種討好的難聽聲調說。

安娜·米哈伊洛夫娜從小錢包裡掏出一張鈔票，在黑暗中遞給他。瞎修士連忙接過鈔票；他們登上有微弱的光亮處時，她看見他把鈔票貼在臉頰上摩弄著。他那副和她兒子一樣明亮而蒼白的面孔上，現在突然顯出天真和貪婪的喜色。

「謝謝您的賞錢，謝謝您……真是一塊盧布……我以為您要開玩笑……耍笑瞎子呢……常有人耍笑我……」

這個可憐的婦人淚流滿面。她急忙擦乾眼淚向上走去，上邊傳來走在她前面的同伴撲通撲通的腳步聲和雜亂的說話聲，宛如牆外汩汩的水聲。

青年人在一個轉彎地方停住了。他們已經爬得很高，一縷更明亮的、疏落的光輝，帶著更清新的空氣從窄窗外射進來。在光輝照耀下，十分光滑的牆壁上現出一些題詞，多半是遊人的名字。

青年人發現了熟人的姓名，快活地交談起來。

「瞧，這裡還有格言呢，」大學生指出；他有點吃力地讀著：「『開始人多，到頭人少……』大概是指登高說的，」他開玩笑地補充說。

「隨便你怎麼解釋都成，」敲鐘人向他側著耳朵，粗魯地回

答道，他的眉頭驚惶地飛快攢動著。「這底下還有一首詩呢。你唸一唸吧……」

「詩在哪兒？什麼詩也沒有呀。」

「你光知道沒有，我說有就是有。你們睜眼人常看不見許多東西……」

他走下兩級臺階，一隻手在連白晝最弱的光線也沒有的黑暗中摸索了一會兒，說道：

「就在這兒。是一首好詩，可惜沒有燈念不了……」

彼得向他那邊走去，用手在牆上摸索著，很容易就找到了一首意義嚴肅的箴言，這大概是一位已去世一百多年的人刻在牆上的：

記取死亡時刻，

記取號角響動，

記取生離死別，

記取永久苦痛……

「也算是格言啊，」大學生斯塔夫魯琴科打算開玩笑，不知怎的卻沒有成功。

「不喜歡它嗎？」敲鐘人挖苦道。「當然囉，你還年輕呢，不過也……誰知道呀。死亡的時刻來得像黑夜的小偷一樣……是首好詩呀，」他不知為什麼又改變語調補充道。

「『記取死亡時刻，記取號角響動……』是啊，其中好像有什麼意義似的，」他惡狠狠地把話說完了。

他們再走上幾級臺階，便到了鐘樓的第一個平臺上。這裡已經夠高了，但從牆上的洞門望去，還有更難走的過道通到上邊。從最高的平臺下望，遼闊的美景展現在眼前。太陽西下了，低處橫亙著長長的陰影，東邊飄浮著濃郁的烏雲，遠方隱沒在暮靄中，只是有的地方一縷縷的斜陽，在暮色中時而照亮小土房的白牆，時而輝映著紅寶石似地閃光的小窗，時而在遠方鐘樓頂的十

字架上閃耀發光。

　　大家都肅靜下來了。高處的清風滌去了大地上蒸發的氣息，從牆洞裡透進來吹拂著小繩，甚至鑽進鐘膛裡面，不時喚起綿綿不斷的迴響。這種迴響彷彿是金屬的低沉的輕歎，此外還有一種什麼聲音鑽進耳鼓，像是遠方隱約的音樂或銅器深沉的低鳴。展現在下邊的圖景，飄浮著恬靜和無限和穆的氣息。

　　但這一小群人之所以安靜下來，還有另外一種原因。登上高樓和孤獨的感覺產生了共同的刺激，兩個盲人都走到牆洞的角落裡，雙手倚著牆，把臉迎著徐徐的晚風。

　　兩人面貌的酷似，現在已逃不過任何人的眼睛了。敲鐘人年齡稍大，寬大的僧衣披在他羸弱的身軀上構成一些褶襞，他的面容也顯得粗獷嚴肅一些。再細看他們兩人，還可以發現一些不同的地方：敲鐘人髮色淡黃，鼻子有點彎翹，嘴唇也比彼得的薄，唇上長了鬍髭，捲曲的鬚髯圈向下頦；而他的手勢，他嘴唇抽搐時出現的皺紋，兩道眉毛不停攢動的神氣，和彼得儼然是同胞弟兄。許多駝背人的面貌跟弟兄一般相似，也是這個道理。

　　彼得的臉色稍顯沉靜一些。他臉上流露出慣有的憂思；在敲鐘人的臉上，由於肝火旺盛和不時發怒，這種憂思顯得更強烈。不過，他現在似乎是心平氣和的。清風徐來，好像要熨平他臉上的皺紋，盲人看不見的畫景中的安靜氣象也隨風沁入他身上……攢動的眉毛越來越平靜了。

　　他們兩個人的眉毛又同時抖動了一下，彷彿都聽見了鐘樓下的平原上傳來一種旁人聽不見的聲音。

　　「敲鐘啦，」彼得說。

　　「這是十五俄里外葉戈裡那邊的鐘聲，」敲鐘的小修士解釋道，「他們那邊總比這裡早半個鐘頭做晚禱……你聽得見嗎？我也聽得見，別人可聽不見……」

　　「那邊真好，」他幻想地繼續說，「特別是節慶日子。你聽

過我敲鐘嗎？」

問話裡流露出天真的虛榮心。

「來聽聽吧。帕姆菲利神父……您不認識帕姆菲利神父嗎？他特地給我訂製了兩口配音的小鐘。」

他從牆角走出來愛惜地撫摩還沒有像別的大鐘那樣發黑的兩口小鐘。

「小鐘真漂亮……唱呀，唱呀，簡直像給你唱歌……特別是快到復活節的時候。」

他牽著鐘繩，手指輕快的動作使兩口小鐘發出和諧的輕顫音；舌錘那樣無力，但又那樣清晰地敲著鐘口，因此大家都聽清了這一陣陣的鐘響，但鐘聲一定傳不出鐘樓的平臺以外。

「現在你瞧這口叮……噹……叮……噹……」

這時他臉上像孩童般地浮現出喜色，然而喜色中還帶有可憐和痛苦的意味。

「小鐘倒買了，」他歎一口氣說，「就是不給做新皮襖。吝嗇鬼！我在鐘樓上簡直凍壞了……秋天更糟……真冷啊……」

他站定了，傾聽了一會兒，說：

「那個瘸子在下邊喊你們，走吧，你們該走了。」

「我們走吧，」埃韋利娜首先站起來；在這以前，她像著了迷一樣.一直盯著敲鐘人。

青年們向出口走去，敲鐘人留在上邊。彼得原來跟在母親後面，這時猛地站住了。

「您先走吧，」他帶著吩咐的口吻對母親說，「我馬上就來。」

腳步聲消失了，埃韋利娜讓安娜·米哈伊洛夫娜前面走，自己一個人屏氣斂聲地靠牆留下來。

兩個盲人以為樓頂上只剩他們兩個人了。他們一動不動地，覷睍地站了片刻，彷彿在傾聽什麼似的。

「誰在這兒？」後來敲鐘人問道。

「我……」

「你也是瞎子嗎？」

「是。你很早就瞎了嗎？」彼得問道。

「我是天生這樣的，」敲鐘人說，「我們這裡還有一個瞎子叫羅曼，他七歲才瞎眼……你能分出黑夜白天嗎？」

「能。」

「我也能。我能感覺到天明。羅曼可不成，不過他到底好受一些。」

「為什麼好受一些？」彼得忙問道。

「為什麼？你不知道為什麼？他看見過世界，自己母親的樣子他記得。你明白了罷：他夜間一睡著，就會夢見她來看他……不過他母親現在年老了，他夢中見她還是很年輕的……你也常做夢嗎？」

「不，」彼得悶聲答道。

「果然不做夢。後天失明的才會做夢。生下來就瞎的可就不會啦！……」

彼得面色陰晦地站著，好像罩上了一層烏雲。敲鐘人忽然高豎起眉毛，眉下的眼睛裡顯露出埃韋利娜熟悉的失明的痛苦表情……

「這不是一次造的孽……上帝呀，造物主呀，聖母呀！……您讓我夢見一次快樂的世界也好啊……」

他的臉皮抽搐了一下，又像先前那樣恨恨地說道：

「哼，不讓做夢……即使夢見什麼，天明一爬起來，也都記不得了……」

他忽然站住傾聽。他的臉發白了，痙攣的表情使他的容貌變形了。

「有人放那群小混蛋進來了，」他惡狠狠地說。

　　真的，從底下狹窄的過道裡，傳來像氾濫的水聲似的孩子們的腳步聲和喊叫聲。突然寂靜了片刻，大概是這群孩子跑上了中間的平臺，喧鬧聲向外傳散了。可是後來黑暗的過道又像喇叭那樣鳴響，這群高興地吵鬧著的孩子，一個接一個地從埃韋利娜身邊跑過去。他們在上面的臺階那裡停留了片刻，隨後又一個跟一個地在盲敲鐘人身邊擠過去，他氣憤得臉都歪了，握緊拳頭亂打，竭力想揍那些奔跑的小孩。

　　黑暗的過道中忽然鑽出一個新來的人。顯然這就是羅曼。他寬臉龐，滿臉麻子，顯得非常和善；閃合的眼皮遮蓋了凹陷的眼窩，嘴唇上掛著善良的笑容。他從靠牆站著的少女身邊經過，走上平臺來了。他的同伴揮著的拳頭，不覺打中了他的脖子。

　　「兄弟！」他用低沉悅耳的聲音喊了一聲，「葉戈里，你又打架啦？」

　　他們碰到一塊兒，互相摸索著。

　　「幹嗎把那些野孩子放進來？」葉戈里用小俄羅斯話問道，話音仍帶有憤恨的意味。

　　「讓他們進來吧，」羅曼寬容地答道，「他們是上帝的小鳥。你看你把他們嚇成什麼樣子了……小鬼，你們在哪兒？……」

　　孩子們躲藏在鐵欄旁邊的角落裡，他們的眼睛閃露出狡猾和有點恐懼的樣子。

　　埃韋利娜在黑暗中悄悄地挪動腳步，等她走完了第一條過道的一半，她背後傳來了兩個瞎子沉穩的腳步聲，和上邊向羅曼身邊跑去的那群孩子快活的尖聲呼叫。

　　鐘樓敲響了第一下鐘聲，這一群遊人才悄悄地離開修道院的大門。這是羅曼在敲晚禱鐘。

　　日落了，馬車沿著昏暗的田野駛去，勻調而沉悶的鐘聲伴送著它，沉沒在藍色的暮靄中。

　　大家一路無話。傍晚時，彼得好久不露面。他坐在花園的一個黑暗的角落裡，甚至連埃韋利娜喊他也不理睬，直到大家都睡下了，他才摸回房裡去……

四

　　波佩利斯基一家人在斯塔夫魯琴科家裡一連住了幾天。有時候，彼得的心情和不久以前一樣；他活潑而愉快，試彈著他過去沒有見識過的各種樂器；斯塔夫魯琴科的長子搜集的樂器種類繁多，這使彼得很感興趣，因為每種樂器都各有不同的聲音，能夠抒發特別的情感。雖然這樣，但還是可以從彼得的臉上看出一種憂鬱的神色，心情正常的時刻看來只是越來越陰暗的總的背景上的幾點閃光。

　　大家不約而同地都不再提起修道院的情景，彷彿這次旅行被大家忘記了。但是這次旅行卻顯然深深地印在盲人的心中。每當他獨自待著或者大家都沉默著，周圍沒有談話聲干擾他的時候，彼得總是在深思遐想，臉上現出痛苦的表情。這種表情是大家都見慣的，不過現在更加顯著……酷似瞎眼的敲鐘人。

　　彈鋼琴是他感情最真摯的時刻，現在他彈奏時，一陣陣小鐘的鳴響和高高的鐘樓上銅鐘漫長的低歎聲常常交織在一起……於是當時的情景使人感到如在目前，雖然誰也不打算重提那昏暗的過道，敲鐘人頎長的身影，他臉上癆病的紅暈，他兇狠的叫嚷，他對命運的怨恨，還有兩個盲人在塔頂上顯現的——同樣的姿勢，同樣的面部表情，同樣敏感的‧眉頭動作……以前，彼得的親人以為這些特點是他個人獨具的，現在看來，它們是冥冥中自然力普遍的烙印，因為自然力把它自己神秘的威力同等地加在所有的苦命人身上了。

　　「阿尼婭，」馬克沁回家以後問他妹妹，「你知道我們旅行

時出了什麼事嗎？我看這孩子正是從那一天起變的。」

「唉！都是因為碰見了一個瞎子，」安娜‧米哈伊洛夫娜歎息道。

她最近才把兩件暖和的羊皮襖和錢送到修道院去，還寫了一封信給帕姆菲利神父，求他多多照顧兩個苦命的瞎子。她的心腸本來是仁慈的，但起初她忘記了羅曼，虧得埃韋利娜提醒她，說應當對兩人都照顧。「哎呀，是呀，當然是呀，」安娜‧米哈伊洛夫娜答道，不過顯然她只惦記著一個人。在她那熱烈的惻隱心裡，還有一部分迷信的用意：她以為施捨可以感應冥冥中的神力，這種神力已經威脅到她孩子的頭上了。

「遇見了什麼樣的瞎子？」馬克沁驚奇地追問道。

「就是那個…在鐘樓上……」

馬克沁生氣地拄一下拐棍。

「真該死！瘸腿的蠢才！你忘了我沒有爬上鐘樓嗎？啊？跟婆娘總是扯不清楚的……埃韋利娜，你給我從頭到尾講一講，當時鐘樓上發生了什麼事？」

「在那上邊，」少女低聲答道，這幾天她的臉色也蒼白了。「有一個敲鐘的瞎子……他……」

她頓了一頓，安娜‧米哈伊洛夫娜兩隻手捂住滿是淚痕的、滾燙的臉。

「他很像彼得。」

「你們等於什麼也沒有給我講！那麼，後來又怎樣呢？這並不是造成悲劇的充足理由啊，阿尼婭！」他又柔和地責備道。

「唉，真可怕呀！」安娜‧米哈伊洛夫娜輕聲應道。

「有什麼可怕的？是他像你的兒子嗎？」

埃韋利娜意味深長地望望他，老頭不吭聲了。過了一會兒，安娜‧米哈伊洛夫娜出去了，埃韋利娜拿著永不離手的針線活兒留下來。

「你還沒有說完哪？」馬克沁沉默半晌以後問道。

「是的。那時候大家都下了鐘樓，彼得待在上邊。他讓安娜阿姨（她自幼就這樣稱呼波佩利斯卡婭）跟大家先走，自己同瞎子……我呢……也待在那裡。」

「偷聽嗎？」老教師幾乎是脫口而出地說。

「我不能……走開……」埃韋利娜低聲說，「他們談起來，就像……」

「就像同病相憐的朋友？」

「是的，就像是瞎子和瞎子……後來葉戈里問彼得夢見過母親沒有。彼得說：『沒有夢見過。』葉戈里也沒有。另外還有一個叫做羅曼的瞎子，他做夢看見母親總是那麼年輕，雖然她已經老了……」

「原來這樣！後來呢？」

埃韋利娜沉吟了一會兒，然後抬頭用一雙顯出鬥爭和痛苦的藍眼睛望著老頭，說道：

「那羅曼是善良而安靜的。他的臉色也顯得憂鬱，但並不兇狠……他生下來還能看得見……另外那一個……很痛苦，」她忽然繞彎子說。

「請你直截了當地說吧，」馬克沁不耐煩地插嘴道，「是另外那一個很凶嗎？」

「是的。他想揍孩子，咒罵他們。孩子們都喜歡羅曼……」

「他那股凶勁也像彼得……我明白了，」馬克沁沉思道。

埃韋利娜又默不作聲了，但後來彷彿經過一番激烈的內心鬥爭才說出幾句話來，因此嗓音十分低弱：

「他們兩人的面貌不一樣……特點也不同。但是表情……我覺得，彼得過去的表情有點像羅曼，現在倒越來越像另外那一個了……還有……我怕，我想……」

「你怕什麼？到這裡來吧，聰明的乖孩子，」馬克沁表現出

不常有的柔情說道。這種溫存使埃韋利娜心軟了，她眼眶噙著淚水走到他跟前，於是他撫摩著她柔絲般的頭髮，說道：

「你還在想什麼？告訴我吧。你呀，我看你很會想。」

「我想……他現在以為……天生失明的人全是性情凶狠的……並且他也深信，他自己……一定也會是這樣的。」

「哦，原來是這麼回事，」馬克沁突然鬆開手，說道：「親愛的，把我的煙斗給我……就在那邊窗臺上。」

過了一會兒，藍色的煙霧在他的頭上繚繞著。

「唔……對……糟透了，」他嘟囔著，「是我的錯。阿尼婭是對的。人對於從來沒有感受過的事也能感到傷心和痛苦的。而現在意識同本能結合起來向同一方向發展了。命運的際遇，真該死……不過，俗語說得好，袋子裡藏不住錐子……早晚會鑽出來的……」

他完全隱沒在灰藍色的煙霧中了……各種念頭和新的主意在老人四方形的腦袋裡翻騰著。

五

冬天來了。一場大雪深深掩埋了道路、田野和樹木。莊園裡一片白皚皚的，樹上堆著茸茸的積雪，好像花園裡又長出了白色的樹葉……大壁爐裡火旺得劈裡啪啦地響，每一位從外面進來的人，都帶來一股寒氣和清新的雪味……

盲人對初冬的情趣自有一種特殊的感受。他早晨醒來總是精神振奮，從人們走進廚房的跺腳聲、房門的吱呀聲、滿屋子難以捉摸的刺骨的寒流、院子裡踏雪的嘎嘎聲、以及從各種外界聲音裡的特殊寒意便知道冬天的蒞臨。他同約西姆乘雪橇順著初雪的橇道到野外去的時候，可以欣賞雪橇響亮的軋軋聲和道路、田野與河對岸的樹林互相呼應的喧囂顫抖的聲音。

這是使他僅感到莫大的憂傷的第一個白晝。早晨他穿上高勒皮靴，在沒人走過的小道上鑴下鬆軟的足印，向水磨走去。

花園裡萬籟俱寂。凍硬的大地上鋪著綿軟的雪層，靜寂地沒有聲音，然而空氣卻顯得特別銳敏，烏鴉的啼叫、斧頭砍樹和樹枝折斷的喀嚓聲，都十分清晰地遠遠傳來……不時還聽見一種奇異的響聲，像玻璃碎裂似的，慢慢變成高亢的音調，又好像在極其遙遠的地方沉寂下來。這是孩子們向清晨結了一層薄冰的村邊池塘投石子的聲音。

莊園的池塘也結冰了，水磨邊的溪水雖然變得又黑又渾，卻依舊在積雪的兩岸中間奔流，嘩啦啦地在水閘下喧鬧著。

彼得走近堤邊，停下來諦聽著。流水聲不一樣了——變得比較沉重而且沒有旋律。聲音彷彿使人覺得附近有一種死寂的寒意。

彼得的心也是寒冷而晦暗的。一種在那幸福的夜晚便從他的心靈深處升起的陰暗的感覺，像驚懼、不滿和疑問——現在擴展開來，佔據了內心快樂和幸福的感覺的地位。

埃韋利娜不在莊園裡。亞斯庫利斯基一家自從秋天就準備到「女善人」老伯爵夫人波托茨卡婭家去作客，伯爵夫人要兩位老人一定把女兒帶著。起初埃韋利娜不同意，後來因為父親堅持，同時馬克沁也極力贊成，才讓步了。

現在彼得站在水磨旁邊回憶自己過去的感覺，努力使它像過去一樣圓滿而且完整地再現出來，他問自己：是否感到她不在這兒呢。他感覺到了。不過他也意識到她在這裡不但不會給他幸福，反而使他十分痛苦，假如她不在，這樣的痛苦也許會淡薄一些。

就在不久以前，她的話還在他的耳邊迴響，初訴衷情的景象還歷歷在目，他覺得他在撫摩她柔軟如絲的頭髮，他聽見她挨近自己胸前時心房怦怦跳動的聲音。這種種形成了一個使他充滿喜

悅的形象。現在有一種彷彿幽靈似的盤踞在他迷茫的想像之中的幻影，陰森森地向這個形象吹襲，把它撞散了。他再也不能把自己的種種回憶，同前些時候滿懷著的和諧、完整的感覺連貫起來。在這種感覺的底層，一開始就埋下了一粒別的種子，而現在這「別的」東西罩在他的頭頂，好似烏雲佈滿天空。

她的音容已經消逝，幸福夜晚的鮮明印象顯露出一片空虛。有一種什麼東西從盲人的心靈深處升起，向這一片空虛奔去，殫精竭力地要填滿它。

他想見她！

起初他只感到有一種心神恍惚的痛苦，模模糊糊地鬱結在心頭，隱隱約約地令人心煩意亂，就像我們未曾留意的牙痛滋味一樣。

同敲鐘的瞎子相遇給這種痛苦添上了一層意識上的劇烈痛苦……

他愛她，想見她！

在寧靜的雪封的莊園裡，光陰就這樣一天天地過去了。

有時，栩栩如生的幸福的瞬間浮現在他的眼前，彼得便稍為振作一些，神色也比較煥發了。然而這種情形往往不能持久，漸漸地連愉快的時刻也顯得有幾分不安了，盲人彷彿害怕愉快的時刻消逝，永不復返。這使他對人的態度神情不能穩定：有時突然表現溫柔，有時神情十分激動，然後接連好幾天悒鬱感傷。每逢傍晚，幽暗的客廳裡的鋼琴都在哀泣，傾訴著慚慚的深愁重歎；每一聲琴音都不免使安娜·米哈伊洛夫娜心裡難過。她所顧慮的壞事終於來臨了：童年時代的噩夢又回到這個少年身上。

一天早晨，安娜·米哈伊洛夫娜走進兒子的房間。他還在夢中，但他的夢似乎是驚惶的噩夢：半睜的睡眼從隆起的眼皮下朦朧張望，面色蒼白，現出不安的神色。

母親停住腳步，凝望著兒子，竭力想發現這種驚惶的原因。

但她只見驚惶的神色越顯明,做夢的人臉上也越清晰地現出緊張吃力的表情。

忽然她依稀覺得床上有一種隱約可辨的動作。冬天炫目的陽光,投射在床頭上面的牆壁上,彷彿顫動了一下,又輕輕地滑下去了。還有……一縷晨光悄悄地射在他半睜的睡眼邊上,晨光越接近,睡者的不安情緒就越厲害。

安娜·米哈伊洛夫娜一動不動地站在那裡,彷彿墮入了噩夢的幻境,她那驚惶的目光死盯著那縷火焰似的晨光,覺得它輕輕地、明顯地、越來越近地觸動她兒子的面孔,這面孔越發蒼白了,伸長了,露出十分緊張的神色,並且顯得呆板了。微黃的反光在少年的髮上和額上戲耍閃動。母親全身前傾,本能地想盡力保護他,可是她好像真的在做噩夢,動彈不了。這時候,睡者的眼皮完全睜開了,不動的眸子閃著光芒,頭部離開了枕頭去迎接光亮。他的嘴唇上似笑又似哭地顯露出一陣抽搐,隨後整個面孔又凝然不動了。

最後,母親麻木的四肢終於恢復了知覺,走近床前,一隻手擱在兒子頭上。他哆嗦一下,醒了。

「是你麼,媽媽?」他問道。

「是的,是我。」

他欠身坐起來。他的知覺好像蒙上了一層濃霧。過了片刻,他說:

「我又做夢了……我現在常做夢,可是……什麼也記不起來……」

六

少年原來抑鬱的憂愁心情,變成了精神上的急躁易怒,同時感官素有的特別敏感也更加顯著了。他的聽覺變得非常敏銳,各

種器官都可以感到光亮，這甚至在夜間也可以覺察出來：他能夠分辨月夜和黑夜。當家裡人都入睡了的時候，他常常在院中徘徊很久，憂鬱無言地陶醉在夢幻縹緲的月色下。這時，他那蒼白的臉總是隨著在藍天上浮動的明月轉移，眼睛裡映著閃閃的寒光。

圓圓的月亮越接近大地就越大，被一層濃郁的紅霧遮住，悄悄地沒入白皚皚的地平線後面，這時盲人的面色也漸漸平和下來，於是他回到自己的房間裡來。

很難說，他在這些漫漫的長夜裡思索些什麼。一個人到了一定的年齡，只要自覺地嘗過生活中的歡樂和痛苦，多多少少總要處於一種精神上的危機狀態。當他停留在社會的邊緣時，他總要努力看準自己在自然界裡的地位，看準自己的作用和自己與周圍世界的關係。這是「生死關」，如果一個人即使命途多舛，但過關時不受很大的挫折，那也得算是幸運的。彼得的這種精神上的危機更為複雜，除了「為什麼活在世上？」以外，他還要問：「為什麼瞎子也得活著？」最後，在這個不愉快的念頭上，又加上了一種旁的、幾乎是不滿足的肉體上的壓力，而這也在他的性格稟賦中反映出來。

耶誕節前，亞斯庫利斯基一家回來了。埃韋利娜頭髮沾著雪花，滿身帶著新鮮和寒冷的氣息，活潑喜悅地從她家跑到莊園裡來。她見面就擁抱安娜·米哈伊洛夫娜、彼得和馬克沁。最初幾分鐘，彼得突然面露歡欣的光輝，但接著又現出一種執拗的憂鬱表情。

「你以為我愛你嗎？」就在當天和埃韋利娜單獨在一起的時候，他突然問道。

「我深信你愛我的，」姑娘答道。

「嗯，我可不知道，」他憂傷地反駁道，「是呀，我不知道。從前我深信我愛你勝過世界上的一切，可是現在我不知道了。離開我，隨著呼喚你走向生活的那些人去吧，趁現在還不

晚。」

「你為什麼要折磨我？」她不禁低聲埋怨道。

「我折磨你？」青年人反問道，臉上又露出很自私的表情。「是呀，我折磨你。我會這樣折磨你一生，而且不能不折磨你。這是我以前不懂的，現在懂了，不過這不是我的過錯。我沒有出生的時候，一隻奪去我的視力的魔手就使我心狠意毒……我們天生失明的全都這樣……離開我吧……你們大家都離開我吧，因為我只能用痛苦來報答愛情……我想看見──你明白嗎？我想看見，我不能擺脫這種願望。如果我能當面看一眼母親、父親、你和馬克沁，我就心滿意足了……我會記住，我會在後半世的黑暗生活中回憶這些……」

他特別固執地堅持這個念頭。他獨自呆著的時候，拿起各種東西，非常細心地反覆摸弄，然後把東西放在一邊，竭力思索他所研究過的形體。他對於物體各種色澤鮮明的表面，也是那樣細細思索，由於他的神經非常靈敏，他能用觸覺隱約地辨別出物體表面的區別。不過他只能意識到這些東西的差別，卻不能肯定地感覺到它們的內容。現在，他所以甚至能夠辨別白晝和黑夜，只是因為光明燦爛的陽光從他的意識達不到的途徑照射到了他的腦海，更強烈地刺激了他的痛苦的情緒。

七

一天，馬克沁走進客廳，正碰見埃韋利娜和彼得在那兒。少女好像顯得發窘，少年則面色陰沉。看來，他覺得有必要去尋找使他自己和別人痛苦與受折磨的新的原因。

「剛才他問，」埃韋利娜對馬克沁說，「『紅色聲音』是什麼意思？我給他解釋不通。」

「怎麼一回事？」馬克沁向彼得簡單地問道。

他聳一聳肩膀。

「沒有什麼特別。如果聲音有顏色，而我又看不見，這就是說我連聲音也不能夠充分享受了。」

「這算什麼，真是孩子氣，」馬克沁厲聲答道，「你明明知道這麼想不對。你對聲音的感受比我們完滿得多。」

「那麼，那句話是什麼意思？……它總該表示一種意思啊！」

馬克沁沉思了一會。

「這是簡單的比較，」他說，「因為聲音和光亮實際上都是一種運動，所以它們必定有許多相同的屬性。」

「屬性又該怎樣理解呢？」盲人執拗地盤問下去，「『紅色』聲音……它究竟是什麼？」

馬克沁沉思不語。

他想到可以拿相對振盪頻數來解釋，但他知道少年人不需要這樣的解釋。況且首先把光的性質形容語用在聲音上的人一定不懂物理學，只不過抓住了某種近似之點罷了。那麼，近似之點在哪裡呢？

老人的腦海裡誕生了一種概念。「等一等，」他說，「我可不知道能不能給你解釋得恰到好處……什麼是紅色聲音，你比我瞭解得清楚。在城市裡過大節日的時候你常聽見它，不過我們這邊區地方不這麼說就是了……」

「是啊，是啊，等一等，」彼得說著，急忙掀開鋼琴蓋。

他熟練地按動琴鍵，摹仿節日齊鳴的鐘聲。他想像力充沛極了。幾個低音合成的和聲似乎組成了更深沉的背景，而在背景上跳躍振盪，出現一些更高、更活潑和更爽朗的音調。總之，這就是那種節日時彌漫空際的高亢而興奮的鳴響。

「不錯，」馬克沁說，「學得很像，我們睜眼的也不如你領會得深刻。你知道嗎？……譬如我看到一種具有巨大紅色表面的

東西，我眼裡就產生了這樣紛遝的印象，好像一種有彈性地跳動著的東西似的。我覺得這種紅色似乎在變化著：在底下留有較深顏色的背景，又在某些地方出現了顏色較淺的、驟起驟落的色波，這些色波很刺眼……最低限度，很刺激我的眼睛。」

「對呀，對呀！」埃韋利娜連忙說，「我也有同感，所以我不能長時間看紅絨桌布……」

「有些人耐不住節日齊鳴的鐘聲，也就是這個道理。大概我比喻的還恰當。現在我又想到一個深一層的比喻：正如有紫紅顏色一樣，也有『紫紅』聲音。它們都和紅色很相近，不過更深邃、更勻調和更柔和。譬如鈴鐺吧，用得日子久了，聲音就像愛聽它的人們所說那樣和諧悅耳了。鈴聲漸漸失去刺耳的不和諧的雜音，人們就管這種鈴聲叫作紫紅的。要是善於選擇幾種和聲，也可以得到同樣的效果。」

彼得手下的鋼琴響起了一陣陣的驛鈴聲。

「不，」馬克沁說，「依我看，這太紅了……」

「哦，我想起來了！」

樂器響得比較平和了。聲音開始時高亢、活潑而明快，後來越漸深沉柔和了。就像俄羅斯三套馬車車弓下的一串鈴鐺的響聲，當馬車沿著塵土飛揚的大道，在夕照中向茫茫遠方駛去時，鈴聲勻調地輕輕響著，它並不高亢，而且漸趨微弱，在寧靜的田野裡，它的尾聲慢慢沉寂下來。

「正是這樣！」馬克沁說道，「你明白區別在哪兒了。你小的時候，你母親曾經想用各種不同的聲音給你解釋顏色呢。」

「是呀，我記得……你當時幹嗎不讓我們談下去呢？要不也許我早就明白了。」

「不會的，」這個老人沉思地答道，「不會有什麼結果的。不過我以為在一定的心靈深處，顏色和聲音的印象都是當作同類的東西來加以區別的。我們常說：有人把一切看成粉紅色的。這

就是說，那人的心情是樂觀的。各種聲音的一定配合也能引起同樣的心情。總之，聲音和顏色都同樣是心靈活動的標誌。」

老人點著了他的煙斗，凝望著彼得。盲人坐著不動，顯然是在貪婪地咀嚼馬克沁的話。「說下去嗎？」老人想了想，但過了片刻，他好像情不自禁地全神貫注在自己不可思議的思緒中了，然後若有所思地開始說道：

「是啊，是啊！我常有一些奇怪的念頭……我們的血是紅的，這是不是偶然現象呢？你看吧……當你腦子裡有了一個念頭，當你做了夢，醒後夢境使你發抖和哭泣，當一個人熱情洋溢，──就是說，在這些時候，血液會更有力地從心臟湧出來，像一股股紅的溪流似的注入大腦。這樣，我們的血也就是紅色的……」

「紅色的……熱烈的……」少年深思道……

「一點不錯，紅色的，熱烈的。這紅的顏色像『紅』的聲音一樣在我們心靈中留下光明、刺激和所謂『熱烈的』、沸騰的、焦灼的情欲。就連藝術家也認為紅色調是『熱烈的』。」

馬克沁吸了一口煙，四周煙霧繚繞，他又接著說：

「你在頭上一揮手，就可以畫一個半圓形。現在假設你的手是無限長的。如果你還能把長手一揮，那就可以在無限遠處畫一個半圓形……我們所見到的頭上半圓的蒼穹也是這樣遼闊的。天空是平靜、無際、蔚藍的……當我們看到這樣的天空時，心裡便產生安靜和鮮明的感覺。如果天空被起伏不定而且朦朧不清的烏雲遮住，我們心裡的鮮明感覺就被茫然失措的衝動所擾亂。在雷雨烏雲逼近時，你會感覺到的……」

「是呀，我感覺到好像有什麼東西驚擾我的心……」

「這就對了。我們都期待著透過烏雲重又見到碧藍色的天空。我們都知道，雷雨一過，就又是一碧晴空，所以在大雷雨時都很鎮定。就這樣說吧，天空是藍色的……大海風平浪靜時也是

藍色的。你母親的眼睛是藍色的，埃韋利娜的眼睛也是藍色的。」

「像天空一樣藍……」盲人恍然大悟，和藹地說道。

「是啊。人們認為蔚藍的眼睛是心地光明的標誌。現在我給你講講綠顏色。大地本來是黑色的，春天的樹幹也是黑色的或灰色的。可是溫煦的陽光一曬著它們黑色的表面，青草綠葉就茁長繁盛了。青草綠葉需要光和熱，卻怕過分，所以綠油油的十分悅目。綠色，彷彿是濕潤沁涼的溫暖，它刺激人產生一種寧靜、健康的滿意的感覺卻不能引起情欲和人們所謂幸福的那種感情……你明白了嗎？」

「不……不……不清楚……不過你往下講吧。」

「那可怎麼辦呀！……往下聽吧。夏天炎熱，綠色彷彿是由於活力過度洋溢而顯得疲憊無力了，樹葉也垂頭喪氣了，要不是沁涼的雨水稍殺暑氣，青草綠葉可能都枯萎了。但是到秋天，在疲憊的樹葉中間卻掛滿了火紅的累累果實。在多受陽光的一面，果實就格外紅一些，裡面彷彿集中了全部生命力和一切植物界的情欲。你瞧，在這裡，紅色是情欲的顏色，並且是情欲的象徵。這是歡騰、罪孽、狂暴、憤怒、復仇的顏色。人民大眾暴動時就用紅色的旗幟來表示共同的感情。紅旗像火焰一般在他們的頭上飄揚……不過你還是明白不了的，是不是？」

「反正一樣，講吧！」

「晚秋來了。果實累累，然後由樹上脫落，掉在地上。果實慢慢腐爛，但它裡面的種子還活著，這顆種子裡『可能』活著未來的植物，會長出繁茂的枝葉和新的果實。種子落在地上，這時不熱的太陽低低地在天空轉，寒風嗖嗖地刮，冷森森的烏雲飄過……不僅是情欲，連生命本身也悄悄地、無聲無息地逐漸滅亡了……綠色的大地漸漸現出黑色，寒冷的色調在天空睥睨一切……於是這樣的一天到來了：雪片紛紛落在這彷彿新寡的淒清大地

上，於是大地成了一片茫茫的素白色……白色——這是冷雪的顏色，是飄浮在九霄之外的白雲的顏色，是莊嚴瑰麗的積雪山巔的顏色……這是恬淡而冷酷的象徵，是崇高的神聖的和渺茫的未來生活的象徵。至於黑色……」

「我知道它，」盲人插嘴道，「它沒有聲音，沒有活動……是黑夜……」

「對，所以黑色是悲哀和死亡的象徵……」

彼得哆嗦了一下，低聲說道：

「你自己說了：死亡！而我的一切全是黑的……永遠是黑的，到處是黑暗的！」

「不對，」馬克沁正色道，「對你來說，有聲音，有溫暖，有活動……你周圍有愛情……你像瘋子似的輕視的東西，卻有許多人寧願犧牲眼睛的光明去換取……你太自私了，念念不忘自己的痛苦……」

「是的！」彼得熱烈地喊了一聲，「我的痛苦是不由自己的。它老是跟著我，我該怎樣躲避它呢？」

「如果你懂得世界上還有比你苦上百倍的痛苦就好了，你這安適而處處受關懷的生活和那種痛苦比起來，可以說是莫大的幸福了，——那時候……」

「不對，不對！」盲人依舊帶著情緒激動的語調，氣沖沖地插嘴道，「我情願做一個窮叫化子，因為他比我幸福。瞎子根本不要別人關懷，要人關懷是十分錯誤的……只要把瞎子領到大路上，讓他們呆在那兒，就任憑他們求乞好了。如果我不過是一個叫化子，也許我可能不那麼不幸。清早起來，我會一心只想怎樣要飯，數一數要來的戈比，生怕錢少了。如果要的多，我就會快活，而後我得盤算找個地方過夜。要是要不到錢，我會受饑寒的痛苦……我時刻都惦記著這些念頭……還有……還有我受窮受苦，也總比我現在受折磨強……」

「你這樣想嗎？」馬克沁冷冷地問道，又朝埃韋利娜那兒望一眼，老人的目光裡閃露著憐惜和關切。姑娘嚴肅地坐著，臉色蒼白。

「我相信是這樣的，」彼得固執地答道，「我現在常羨慕葉戈里，羨慕他在鐘樓上。早晨醒來，特別是院外刮起暴風雪時，我常常想起他，恍恍惚惚地看見他爬上鐘樓……」

「他冷啊，」馬克沁提醒道。

「是呀，他冷，他戰慄、咳嗽。他咒罵帕姆菲利不給他買皮襖。他凍僵的雙手抓著鐘繩，敲早禱鐘。於是他不再想到自己是瞎子……因為不瞎的人在那裡也冷……而我卻總想到自己是瞎子，雖然我……」

「雖然你沒有什麼可咒罵的！……」

「對！我沒有什麼可咒罵的！我的生活中只有一種失明感覺。誰都沒有錯，可是我比哪一個叫化子都不幸……」

「我不跟你爭論了，」老人冷冷地說。「也許這是對的。不管怎樣，如果你環境不好，也許你本人會感到更好受些。」

他憐惜地再向少女那邊望一眼，便拄著拐棍從房間裡走出去了。

這次談話以後，彼得心情更加緊張了，越來越陷入苦惱的沉思默想之中。

有時候，他突然發現馬克沁所談的那些感覺，把它們和他的空間概念聯繫起來。幽暗悲愁的大地向遠方伸展，彼得測量它，卻找不到它的邊際。地面上似乎有個什麼別的東西……回憶裡面是雷聲轟鳴，呈現出寬闊和天空廣漠的概念。後來雷聲平息了，但天上卻仍然彷彿有一種什麼東西，使人在心中產生莊嚴而明朗的感覺。有時候，這種感覺明確起來，同埃韋利娜和母親的聲音聯繫在一起，因為「她們的眼睛，像天一樣藍」；於是從想像的極深處浮現出一個十分明晰的形象，卻又突然消失了，隱沒到別

的地方去了。

　　所有這些陰晦的概念都使他苦惱和不滿。它們需要他費勁地
思索，而且是這樣模模糊糊，使他總是只感到不滿和內心隱隱作
痛，而徒勞地企圖恢復自己完滿的感覺所引起的一切病弱的內心
痛苦是和這種疼痛同時產生的。

八

　　春天臨近了。

　　離波佩利斯基的莊園約六十俄里，在斯塔夫魯琴科村對面有
一個小鎮，那裡有一幅顯靈的天主教聖像。深知底蘊的人們都千
真萬確地肯定說它有靈驗的神力。據說，凡是在聖像節會時徒步
來頂禮的，都會得到「二十天的寬免」，就是說在二十天內所造
的罪孽來生都會勾銷。因此每年初春的一天，小鎮就熱鬧得辨認
不出它本來的面目了。這座古老的教堂一到這天，便裝飾上初春
的花草，小鎮的上空不斷震盪著歡樂的鐘聲，軋軋響著老爺們的
「四輪馬車」，朝聖的人熙熙攘攘地擁滿街頭，廣場上，甚至遠
處野地裡也全是人。來這裡的不光是天主教徒。聖像聲名遠近皆
知，所以宿疾未愈和心中有愁事的正教徒也到這裡來，而且多半
是城裡人。

　　到了節日這天，在小教堂兩側，一路上盡是五光十色的人
流。如果攀上環鎮的山崗向下望去，便會覺得人群像一隻巨獸紋
絲不動地偃臥在小教堂旁邊的道路上，只是不時翻動它那朦朧而
且色彩駁雜的鱗片。在擠滿人的大路兩旁，有許多乞丐排成兩行
在伸手求乞。

　　馬克沁拄著拐棍，旁邊是彼得和約西姆手拉著手，沿著通向
野外的街道慢慢走過來。

　　人聲鼓噪，猶太小販的吆喝，轔轔的馬車——這些像驚濤駭

浪一樣滾滾而來的轟鳴，在他們身後融合成一片怒潮澎湃的吼聲。雖然這裡人比較稀少，但仍然時常聽到腳步的橐橐聲，車輪的轆轆聲，人們的話語聲。一串楚馬克車25隊從野外軋軋地駛來，笨重地轉到附近胡同裡去了。

彼得順從地跟著馬克沁，茫然聽著這熙攘的聲音。他有時冷得掩上大衣衣襟，一邊走一邊腦海裡縈繞著沉重的思緒。

當他全神貫注地只想到自我的時候，不知什麼東西突然有力地驚動了他的注意力，他哆嗦了一下，不由得站住了。

這裡是小鎮最末的幾排房舍，寬闊的驛道穿過籬垣和荒野插入鎮內。就在鎮邊的野地上，有一根虔誠的信徒從前豎起的石柱，上面有聖像和吊燈，不過吊燈從來沒有點過，只是常常被風刮得嘩啦啦地響。石柱柱基下有一群瞎眼乞丐，他們鬥不過睜眼的乞丐，佔不到有利的位置。他們捧著木碗，坐在那裡，不時高聲唱著求人憐憫：

「看在基督的面上……給瞎子施捨點錢吧……」

天氣寒冷，這些叫化子從一早就迎著野外的寒風坐在這兒。他們擠作一團，不可能走動走動暖暖身子。他們輪流哼著的淒涼歌聲，帶著肉體痛苦和孤苦無助的本能的淒怨。最初聽起來還很清晰，可是後來從他們受壓抑的胸口就只擠出唏噓的哀歡聲，最後隨著身體輕輕的顫抖而沉寂了。連在街頭喧鬧聲中漸漸消失的微弱尾聲也抒發著無限的痛苦，使任何人聽見都不能無動於衷。

彼得站住了，面容變成灰白色，他面前的這種痛苦的哀號彷彿是自己耳朵的一種錯覺。

「你怎麼害怕啦？」馬克沁問道，「這就是你不久以前羨慕的幸福的瞎乞丐呀，他們就在這裡行乞呢……當然，他們有點冷。不過照你的說法，他們因為冷反倒會感到好受。」

_____

25 楚馬克車是古代烏克蘭農民用以賣糧食並運回鹽布等物的牛車。

「我們走吧！」彼得拉著他的手說。

「啊，你想走！你聽見別人受苦，心裡就沒有旁的感觸嗎？等一等，我要跟你認真談談，我真高興，碰巧到這裡來了。你不怨恨時代變了，今天不會在夜戰中殺死瞎子，像殺彈班杜拉琴的尤爾科那樣，你抱怨的是，你不像葉戈里那樣可以咒罵咒罵別人，因而你內心裡咒罵你的親人，以為他們使你不能像這些瞎子那樣幸福。我用人格擔保，你也許是對的！是呀，我敢用老戰士的人格擔保，人人都有權支配自己的命運，再說你也成年了。現在你聽我說：如果你想改正我們的錯誤，如果你要把你從搖籃時開始享受的一切特權一概交給命運，如果你想經歷這些可憐人的境遇……我，馬克沁·亞岑科一定會尊重你，幫助和支持你的……彼得·亞岑科，你聽見我的話了嗎？當年我在戰火中。出生入死的時候，比你現在的年紀也大不了多少……我母親也曾為我哭過，就像你母親將來為你哭一樣。不過，這簡直是見鬼！我認為我過去有自己的權利，你現在也一樣有自己的權利！……既然每一個人終生都受命運的支配，命運會說：你選擇吧！那麼，只要你願意……費奧多爾·坎德巴，你在這兒嗎？」他向一群瞎子那邊喊道。

一個聲音撇開了嗚嗚的合唱，答道：

「我在這兒……是你叫我嗎？馬克沁·米哈伊洛維奇？」

「是我！過一個星期到我告訴你的地方來。」

「老爺，我一定來，」這個瞎子說完便又唱他的歌。

「你會見到這個人，」馬克沁目光炯炯地說：「他怨天尤人都是有理由的。跟他學學怎樣忍受吧……而你……」

「咱們走吧，老爺，」約西姆生氣地看了老人一眼，說道。

「不，等一等，」馬克沁怒衝衝地喊了一聲，「誰從瞎子跟前走過，也得給他們一個銅子兒呀。難道你不給他們一點施捨就走開嗎？你就會自己吃得飽飽的，還說羨慕別人餓肚子……」

彼得像被鞭子抽了一下，抬起頭來。他掏出錢包，向瞎子們走去。他用棍子在前面探路，一隻手摸到盛銅錢的木碗，便小心翼翼地把錢放進去。有幾個過路人站定了，驚訝地望著這位衣著華麗的俊秀的少爺，摸索著給瞎子施捨，瞎子也摸索著接過去。

馬克沁突然轉身，一瘸一拐地沿著大街走去。他滿臉通紅，眼睛也發紅了……顯然，他又犯那怪脾氣了；從小認識他的人都知道他的脾氣。現在他已經不是咬文嚼字的教師，而是任性發洩憤怒的激情的人了。老人斜睨了彼得一眼，才好像心平氣和起來。彼得臉色白得像紙一樣，兩眉緊蹙著，神色十分激動。

他們背後，寒風簸起街心的灰塵。後面，瞎子們為了彼得施捨的錢在嚷叫爭吵著……

九

不知是因為著了涼，還是因為解除了長期精神上的危機，抑或是這兩種原因都湊到了一起，第二天彼得發高燒躺在自己的房裡了。他臉色煞白的在床上輾轉反側，有時像是在諦聽什麼，還掙扎著要跑到什麼地方去。從小鎮上請來的一位老大夫摸過了脈，說是受了春寒。馬克沁皺著眉頭不看妹妹。

病情很沉重。病人到了危險期，幾乎連動也不能動地在床上躺了好幾天。但是青春的體質終於戰勝了。

有一次，在一個明媚的春天的早晨，燦爛的陽光射進窗口，照在病人床頭上。安娜‧米哈伊洛夫娜看見了，對埃韋利娜道：

「把窗簾放下來……我很怕這光……」

少女站起來照她吩咐的去辦，可是病人在病中突然第一次發出聲音阻止她道：

「不用，不要緊。勞駕……讓它就那樣吧……」

兩個女人快活地在他身前彎下腰來。

「你聽見了嗎？……我在這兒！……」母親說道。

「是啊！」他答道，後來好像要竭力回想什麼似的，沉默了。

「啊，是啊！……」他又低聲說，而且忽然想欠起身來。「那個……費奧多爾來了嗎？」他問道。

埃韋利娜和安娜‧米哈伊洛夫娜互相使了個眼色，於是安娜用手捂住他的嘴：

「安靜點，安靜點！別說話啦，說話對你沒好處。」

他把母親的手緊貼在嘴唇上，不住地吻它。他噙著盈眶的淚珠。他哭了好久，因為這樣覺得輕鬆些。

一連幾天他都在神思恍惚地默想，可是每逢馬克沁走過房門口，他的臉上就現出驚恐的神情。婦女們看出這種情形，便請馬克沁躲遠一點兒。不料有一天彼得自己卻央人請他來，讓他們倆單獨呆在一起。

馬克沁走進屋來，握著他的手，溫柔地撫摩著。

「唉！我的孩子，」他說，「我似乎應該請你原諒……」

「我明白，」彼得也握著他的手，低聲說，「你教訓了我，我得感激你。」

「去他媽的教訓吧！」馬克沁禁不住皺眉蹙額地答道，「教師當的太久，就會蠢得要命了。不，這回我不想教訓你什麼，不過我很惱你，也惱我自己……」

「這麼說，你真想讓……」

「想，想！……人瞎鬧的時候，誰知道他想幹什麼……我曾經想讓你嘗嘗別人的痛苦，那你就不會老惦記著自己的痛苦……」

他們兩人都沉默了……

「那支歌，」過了片刻彼得說，「我甚至說夢話的時候也記得它……你叫他來的那個費奧多爾是什麼人呀？」

「費奧多爾‧坎德巴，我的一個老朋友。」

「他也⋯⋯天生是瞎子嗎？」

「他，更倒楣⋯⋯他的眼睛是打仗燒瞎的。」

「他也唱著這支歌到處流浪嗎？」

「是的，他用唱歌養活一群父母雙亡的侄兒。他還給每個孩子說笑話，跟他們開玩笑⋯⋯」

「是嗎？」彼得沉思地反問，「不管怎麼樣，這裡面一定有什麼秘密。我願意⋯⋯」

「你願意什麼，我的孩子？」

過了一會兒，聽見腳步聲響，安娜・米哈伊洛夫娜走進來，惶惑地端詳著他們的臉。顯然，他們臉上還掛著談話時的激動神色，她走進來打斷了他們的談話。

年輕的體質一旦戰勝了病魔，就很快地征服了病魔的餘毒。大約過了兩個星期，彼得已經能下地行走了。

他大大地改變了，連面部的輪廓也改變了──臉上看不出從前那種強烈的內心痛苦。從前的強烈激動的情緒現在變為幽思和閒愁了。

馬克沁擔心這只是疾病減輕了神經的緊張所引起的暫時變化。一天黃昏，彼得病後初次來彈琴，像往常一樣彈奏即興的樂調。旋律顯得憂鬱而有節奏，正如他的心情一樣。可是充滿憂愁的樂聲裡面，忽然瀉出盲乞們的歌曲的前奏。旋律一下子散亂了⋯⋯彼得連忙站起來，臉色變了，兩眼噙著淚。看來，他不能克制生活的不調和的強烈印象，生活的不調和在他面前表現為刺耳而痛苦的怨尤。

這天晚上，馬克沁又和彼得單獨談了很久。此後過了幾個星期，彼得的心情也沒變。對個人的痛苦過分敏銳而自私的感覺（這種個人的痛苦使他心中感到消極，壓抑他天賦的精力），現在似乎搖搖晃晃地讓位給別的什麼了。他又擬定了目標，制訂了方案。他身上誕生了新的生命，破碎的心靈長出了嫩芽，好像一

株枯萎的樹木，春天又給它吹送來生命的氣息……在這時期，已
經商定了彼得這年夏天到基輔去，以便從秋季開始跟一位著名的
鋼琴家學習鋼琴。但是，他和馬克沁堅持只他們兩人同去。

　　一個暖和的七月的夜晚，套著兩匹馬的敞篷馬車停在樹林邊
緣野地裡過夜。次日天破曉時有兩個瞎子從小路走了過來。一個
人搖著原始的樂器的搖柄：木軸在空匣的小孔裡轉動，磨擦著上
緊的弦，發出一種單調淒涼的嗡嗡聲。老頭的歌聲略帶鼻音，但
顯得悅耳中聽，他在唱早禱的歌。
　　一群霍霍佬駕著運鱒魚的大車從大路上駛過，看見有兩個在
野外宿夜的老爺坐在馬車旁邊鋪開的毛毯上，把這兩個瞎子叫到
跟前。過了一會，這些趕車的歇在泉邊飲馬的時候，瞎子們又從
他們身邊走過，不過這一次成了三個人。前面走的是一個鬚髮皆
白的老頭子，拿著一根長棍探道。他的額上滿是舊傷疤，像是被
火燒的，眼窩裡只剩下兩個凹坑。他肩上搭著一條寬帶，一端系
在第二個瞎子的腰帶上。第二個瞎子是一個身材魁梧的青年，一
臉麻子，神情急躁。兩個瞎子好像在探尋自己的道路似的抬頭望
天，但卻邁著熟練的步子向前走去。第三個瞎子很年輕，穿著一
身新買的農民服裝，他臉色蒼白，好像還有點驚慌的樣子。他腳
步不穩，走著走著就站一下，彷彿在傾聽背後的什麼聲音，這一
來影響了同伴們的前進速度。
　　快十點鐘的時候，他們已走遠了。身後的樹林在天邊留下一
條藍帶。周圍一片草原，前面是一條橫越塵土飛揚的小路的公
路，公路兩旁被太陽曬得炙熱的電線吱吱作響。三個瞎子走上公
路向右轉了，因為後面傳來了馬蹄聲和鐵輪輾壓石子的軋軋聲。
他們排列在路旁，於是木軸撥弦的聲音嗡嗡地響了，老瞎子拉長

聲調唱起來：

「給瞎子施捨幾個錢吧……」少年的撥弦聲和木軸的嗡嗡聲配合著。

噹啷一聲，一枚銅幣落在年老的坎德巴腳跟前。轔轔的車輪聲不響了，大概是乘客停下車來，想看看瞎子是不是找著了銅幣。坎德巴立刻把它找著了，於是他臉上露出滿意的神色。

「上帝保佑你，」他朝著馬車那邊說道；馬車的坐墊上隱約可見一位白髮的老爺的方形身影，還有兩根拐杖從旁邊伸出來。

老人端詳著瞎少年。他站著，面色蒼白，但心情已經平靜了。歌聲起時，他雙手便急撥琴弦，彷彿要用琴聲壓過那刺耳的歌聲……馬車又駛動了，但老人還回頭望了很久。

頃刻間，車輪的軋軋聲在遠處沉寂下來。瞎子們又排成一行，沿著公路向前走去……

「尤里，你的手真巧，」老瞎子說，「彈得好極了……」

過了一會兒，走在中間的瞎子問道：

「你許了願要到波恰耶夫去嗎？……為上帝許的嗎？」

「是的，」那個少年低聲答道。

「你想你能復明嗎？…」他又帶著苦笑問道。

「有復明的，」老瞎子溫和地說。

「我出來流浪很久了，可就沒碰上過這樣的事，」麻子憂鬱地反駁道。他們又默默地走下去。太陽越升越高，大地上只隱約地現出像箭一樣直的公路的白線，瞎子們黯淡的身影，以及前面像一個黑點似的馬車。後來到了岔路口，馬車向基輔駛去，瞎子們折入村道向波恰耶夫走去。

不久，莊園裡收到馬克沁從基輔寄來的信。他說他們身體健康，一切順利。

這時候，三個瞎子已經走出很遠。現在他們的步調快慢一致了。坎德巴走在前面，雖然仍用棍子探路，但他很熟悉道路，總

能趕上大村莊的節日和市集。人們聚攏來聽小樂隊奏出和諧的樂聲，坎德巴的帽子裡銅幣不斷地叮噹作響。

那少年激動和恐懼的神色早已消失，換上了另一種表情。他每走一步，便迎面傳來一種不可思議的、廣闊世界的新的聲音，現在這個世界代替了幽靜的莊園裡懶洋洋的、催人欲眠的蕭瑟聲……失明的眼界擴大了，胸懷開擴了，聽覺靈敏了。他也瞭解了自己的旅伴——善良的坎德巴和暴躁的庫茲馬，他蹣跚地跟在楚馬克車隊軋軋的聲音後面走了很久，在草原的篝火旁邊宿夜。他聽見了墟集和市場的喧囂聲，曉得了瞎子和睜眼人的苦楚，因而不止一次地使他內心痛苦……真奇怪，現在，他的心靈裡卻找到了容納這些感覺的餘地了。他十分熟悉了瞎子的歌曲，於是內心深處那種對於不可能的事的渴望，在這像大海般咆哮的聲音下一天一天地平靜下來……敏銳的記憶力記住了任何一首新的歌詞和旋律，當他在途中撥動琴弦時，即使暴躁的庫茲馬臉上也會現出安靜的神情。他們走得離波恰耶夫越來越近，這一群瞎子的人數也越來越多了。

深秋。少爺忽然帶著兩個衣衫襤褸的瞎子，沿著積雪的道路回家了，這使莊園裡的人們驚訝萬分。到處傳說他為了求波恰耶夫的聖母使他的眼睛復明，曾到波恰耶夫去還了願。

然而他的眼睛仍然是那樣清瑩，那樣看不見。不過心病無疑是痊癒了。那可怕的噩夢彷彿從莊園裡永遠銷聲匿跡了……馬克沁還繼續從基輔往家寫信，等他最後也回來的時候，安娜・米哈伊洛夫娜一見他就說：「我永遠，——永遠不會原諒你這一點。」但她的神色與她嚴厲的話語是不相稱的……

一連好多夜晚，彼得講說自己的漫遊情形，黃昏時候，鋼琴便響起了從前誰也沒有聽見他彈過的新曲調……基輔之行延緩了一年，全家都在關心彼得的希望和計畫……

第七章

一

同年秋天，埃韋利娜向亞斯庫利斯基老兩口聲稱一定要嫁給
「莊園裡」的盲人。老母親哭了，老父親只好在聖像前祈禱了一
會兒，然後說，他看上帝對這事的意旨正是這樣的。

他們舉行了婚禮。彼得從此享受著青年人恬靜幸福的生活，
但是這種幸福生活還經常受到某種惶恐感的擾亂：就是在快樂的
時候，他的笑容也流露出憂鬱的疑慮，彷彿他並不認為這幸福是
合法的、牢固的。旁人告訴他，他也許要作父親了，他聽了不禁
惶恐起來。

但是，他現實的生活一面要認真地自修，一面還要惴惴不安
地想念著妻子和未來的孩子，因此不允許他像從前那樣作無益的
妄動。然而甚至就在操心這些的時候，他心中也還不時想起瞎子
們哀怨的歌聲。每當這時候，他就到村邊去，那裡有一所費奧多
爾・坎德巴和他麻臉侄兒新蓋的小木房。費奧多爾拿八弦琴來彈
奏，或者兩人長談，這時彼得的思緒便安靜下來，對各種計畫又
信心十足了。

現在他對外界光線的刺激已經不那樣敏感，以前常有的內心
激動也緩和了。器官的警覺力也消失了：他現在並不打算有意識
地用那種把各種不同的感覺融為一個整體的意志來喚醒器官的警
覺力。生動的回憶和希望代替了以前那些無益的妄動。但是有誰
知道這種心靈的平靜也許只能促進無意識的器官活動，這些模糊
散亂的感覺也許會從相互交錯的方向，更順利地鋪設進入大腦的
通路。所以，做夢時大腦常會不受拘束地創造意念和形象，如果

受意志支配，這些意念和形象是永遠不能創造出來的。

二

　　從前生彼得的那個房間裡現在一片靜悄悄，只有嬰兒的呱呱啼哭聲來劃破寂靜。他生下已經好幾天了，埃韋利娜也很快復原了。然而彼得這些天來很沮喪，好像感到將要發生什麼不幸似的。

　　醫生來了。他抱起嬰兒，把他放在緊靠窗口的地方，立即隨手拉開窗簾，讓一縷亮光照射進來，然後拿著醫療器械，俯身望著孩子。彼得還是那樣沮喪冷漠地低頭坐在那裡。好像他已預知結果，而認為醫生的舉動是毫無意義的。

　　「他一定是瞎子，」彼得絮絮叨叨地說，「就不該讓他生下來。」

　　青年醫生不理睬他，仍然默默地繼續觀察著。最後他放下檢眼鏡，於是房裡響起了他那平靜而堅定的聲音：

　　「瞳孔會收縮。嬰兒肯定是有視力的。」

　　彼得哆嗦了一下，連忙站了起來。這個動作表明他聽見了醫生的話，但從他的臉部表情上看，又好像他不瞭解這兩句話的意義。他一手顫巍巍地扶著窗臺，蒼白的臉向上仰望，呆呆地站在那裡出神。

　　在這以前，他的心情異常激動。他好像忘記了自己，但殷切的期待卻使他身上的一切細胞都活躍顫動起來。

　　他意識到黑暗包圍著他。他想擺脫黑暗，情不自禁地感覺到黑暗是無邊無沿的。黑暗向他壓來，他在捉摸著黑暗，彷彿要和它較量一下高低。為了要保衛自己的孩子免遭這盪無邊漆黑海洋的侵害，他想挺身而出迎擊黑暗。

　　醫生默默地作準備工作的時候，他的心情就是這樣的。從前

他雖然也擔心害怕過，但是那時候他心裡還存著希望。現在這種沉重的、可怕的恐懼心理緊張到了極點，甚至把極端興奮的神經都制服了，而希望消失了，隱藏到他內心深處去了。乍聽「嬰兒有視力」這句話，他的心情突然一變。恐懼心理頓時消散，希望也立即變成信念，照亮了盲人敏感興奮的心境。這是突如其來的轉機，這是真正的一擊，它用令人眼花繚亂的閃電般的光芒湧進他黑暗的心靈中。醫生的一句話似乎在他的腦海裡點燃起了道路上的輝煌燈火……彷彿火花在心中一閃，照亮了他身體內部的最後的隱秘角落……他身上各部分都顫動了，他全身顫動得好像一根上緊的弦被突然敲動那樣。

隨著電光一閃，在他先天失明的眼睛前面，突然掠過一片奇異的幻影。這究竟是光亮呢？還是聲音呢？他自己作不出答案。這的確是聲音，它現在復活了，具有形體了，帶著萬道光芒向前躍進了。這聲音好似蒼天的穹窿，閃耀著；這聲音好似天上的紅日，滾滾轉動著；這聲音好似蔥綠草原上蕩漾著的沙沙響聲一樣地激動著；這聲音好似凝思的山毛櫸樹枝，不斷搖曳著。

這只是最初的一瞬間，就在這一瞬間，只有紛亂的感覺停留在他的記憶裡。後來他把其餘的都忘記了，只是倔強地肯定了他在這一瞬間曾看見過東西。

他到底看見了什麼，怎樣看見的，是不是真的看見了，這仍然是一個謎。許多人對他說，這是不可能的，可是他固執己見，深信他看見了天地、母親、妻子和馬克沁。

他容光煥發地仰面站了一會兒。他顯得那樣不平常，所以大家都不由得望著他，於是四周也變得沉寂了。大家覺得站在房中間的他不是他們熟識的那個人，而是另一個陌生人。由於神秘感突然降臨到他身上，以前的他好像隱匿不見了。

他獨自跟這種神秘感待了一霎那……後來就只剩下一種滿意的感覺和他當時看見東西的奇怪信念了。

事實上是不是可能呢？

盲人全身緊張顫抖地向著陽光的時候，各種模糊不清的光的感覺，循著不可知的途徑鑽進他黑暗的腦海裡，而現在趁著一陣極度的興奮，在腦海裡顯出影來，像是模糊的底片顯影一樣——這是不是可能呢？

於是在他失明的兩眼前面，呈現出蔚藍的天空，明朗的太陽，清澈的小河和他兒時曾在那裡有許多感觸、在那裡常常哭泣的小山崗……隨後又呈現出水磨，使他不勝苦惱的繁星閃爍的夜空，寂寥淒清的月色！……又呈現出塵土飛揚的土道，筆直的公路，那車輪鐵箍閃光的大車隊，五光十色的人群，而他自己則在人群中間唱著盲人的歌曲……

他腦海裡浮現出一片山巒的神奇幻影，遠方橫亙著的神秘的平原，樹木的奇妙的幻影在不可思議的波平如鏡的河面上搖盪，明澈絢爛的陽光——他世世代代的祖先都曾見過的陽光——灑滿了這幅畫面。也許，這些景色都是腦中浮現的虛無的幻境吧？

也許，以上種種都是由於無形的感覺在黑暗大腦深處浮現的緣故？因為馬克沁曾經說過，光明和聲音在大腦裡一律形成歡樂或憂鬱，愉快或煩惱。

後來他只記住了那一瞬間在他心靈中鳴響的和音，在這種和音裡面，他的一切生活印象、對大自然的感覺和真切的愛情都融為一體了。

有誰知道呢？

他只記得，這種神秘感怎樣降臨到他的身上和怎樣離開了他。在這最後的一瞬間，各種聲音的形象混合交織在一起，它們振盪著，鳴響著，像有彈性的琴弦一樣，忽而顫動，忽而靜寂——開始的時候比較高亢、響亮，後來漸漸低微，幾乎聽不清了……好像有什麼東西沿著龐大的空間滾進一團漆黑之中……

它滾著滾著，沒有聲息了。

　　黑暗與沉寂……一些朦朧的幻影還試圖從重重黑暗中再起，可是它們已經沒有形體、聲調和顏色了。只是在遙遠的低處還有悠揚的旋律，五光十色的音流刺破黑暗，流入遼闊的空間。

　　到這時候，他突然跟平常一樣地聽到了外界的聲音。彷彿好夢初醒一般，但他依舊喜笑顏開地緊握著母親和馬西克姆的手，站在那裡。

　　「你怎麼了？」母親驚慌地問道。

　　「沒有什麼……我覺得，我看見了你們。我……不是在做夢吧？」

　　「現在呢？」母親激動地問，「你記得嗎？你能記得嗎？」

　　盲人一聲長歎。

　　「不，」他吃力地答道，「不過沒有關係，因為……我把一切都交給了……他……孩子和……和大家……」

　　他身子一晃，失去了知覺。他臉色蒼白，但卻依然泛現出喜悅滿足的回光。

尾　聲

過了三年。

在基輔契約大集市 [26] 期間，無數的聽眾聚集在基輔來欣賞一位獨具風格的音樂家的演奏。他是瞎子，但關於他的音樂天才和他個人命運的奇蹟卻風傳遠近。有人說，彷彿他幼年曾被一幫瞎子從富家搶走，在一位著名教授未發現他的卓越音樂天才以前，他一直跟瞎子們在一起流浪。還有人傳說，他是因為某種浪漫的動機而離家行乞的。不管怎樣，基輔契約大集市的大廳裡擠得水泄不通，全場滿座，但聽眾不知道票款是用作慈善事業的。

一個面色蒼白和有一雙美麗大眼睛的青年人在臺上一出現，大廳裡便鴉雀無聲了。如果他的眼睛不是那樣凝然不動，不是一個金髮女郎給他引路（據說，她是音樂家的妻子），那麼，誰也不會認為他是瞎子。

「難怪他給人這麼強烈的印象，」人群中一個好吹毛求疵的人對身旁的人說，「他的外表很有戲劇性。」

真的，他那蒼白面孔的深思神色，凝然不動的眼睛和整個身姿都令人產生一種極不尋常的感覺。

南俄的聽眾大都喜愛和珍視自己故鄉的曲調，甚至來逛基輔契約大集市的形形色色人群在這裡也立時被這深刻誠摯的樂聲所陶醉了。故鄉大自然栩栩如生的情感，與民間曲調巧妙而天才的結合，都從盲音樂家彈奏的即興曲中流露出來。富有色彩的、悠揚悅耳的樂曲像汩汩的泉水一樣湧流：忽而像莊嚴的頌歌似的昂

---

26 回想一下，基輔契約大集市是基輔定期市集的名稱（見第一章第三節注）。——原注。

揚，忽而像動人心魄的淒涼低吟似的飄蕩。有時像狂風暴雨響徹雲霄，在茫茫的空際滾動，有時只有草原的勁風在蔓草裡、丘陵上颯颯悲鳴，使人徒添對往事模糊的緬想。

他彈完一曲，人群狂歡鼓掌，響徹大廳。盲人低頭坐著，驚愕地傾聽著這山呼海嘯般的聲音。但是他又舉起手來，按動琴鍵。擠滿人的大廳立刻寂靜下來。

這當兒馬克沁走進來了。他注意地打量著聽眾，他們都懷著同樣的感情、用貪婪而熱烈的眼光凝望著盲人。

老人傾聽著，等待著。他比人群中任何一個人更瞭解樂聲中真實的悲劇。他覺得，音樂家心靈自然流露的感情強烈的即興曲，會像從前那樣突然被驚惶痛苦的問題打斷，而暴露出他的盲學生的心靈新創傷。可是聲音反而增強、緊湊、渾厚充實，越發有威力了，使得屏息靜聽的人群心神嚮往。

馬克沁越聽下去，覺得盲人彈奏中間他熟悉的調子越發明顯。

是的，這是喧嚷的街道。光亮的、轟鳴的、充滿生活的聲浪滾滾而來，銀花萬點，閃閃發光，迸發成千百種音響。聲浪忽而升騰、增大，忽而又跌落下去，變成連綿隱約的轟鳴，但它始終是幽雅而恬靜的，冷漠而淡泊的。

馬克沁忽然感到心中悽楚。音樂家的手指下又像從前似的飛來呻吟聲。

呻吟聲只一響就沉寂了。接著又聽到活躍的轟鳴越來越明晰有力，這是閃耀的、流動的、幸福的、光明的聲音。

這已經不單是個人痛苦的呻吟，也不單是盲人的怨訴。老人落淚了。他身旁的人們也眼噙淚珠。

「他的眼睛復明了，是呀，是真的，他復明了，」馬克沁想道。

一種動人心弦的調子，像草原的風一樣幸福而自由地，也像

他本人一樣無憂無慮地，在那鮮明活躍的旋律裡面，在那繽紛而遼闊的生活熙攘聲中間，在那有時凄涼、有時莊嚴的民謠裡面，越來越頻繁、頑強、有力地傾瀉出來。

「好呀，好呀！我的孩子，」馬克沁暗自讚歎道，「你在歡欣和幸福中間去追求它們吧……」

過了片刻，只聽見宏偉而迷人的盲人歌，在大廳裡如醉如癡的人群上空振盪：

「給瞎子施捨點錢吧……看──看在基督的面上。」

然而這已不是乞討的祈求，也不是湮沒在街頭喧鬧聲中的哀怨啜泣。它包含著從前發生的一切景象，──以前，在外界事物的影響下，彼得曾經因禁不住盲人歌帶來的刺心的痛苦而面容變色，從鋼琴邊跑開。現在他戰勝了心頭的隱痛，用深刻和驚心動魄的生活真相征服了人們的心靈……這是亮光背景上的黑暗，這是美滿幸福生活中的悲哀徵兆。

彷彿人群上空一聲霹靂，每一顆心臟都在顫抖著，就像盲人飛快的手指觸動了他們的心扉。樂曲早已奏完了，但人群還保持死一般的寂靜。

馬克沁低頭想：

「是的，他復明了……生活的感受在心靈中代替了自私的、不可抑止的失明的痛苦，他感覺到人生的痛苦，也感覺到人生的歡樂，他復明了，他能夠提醒幸福的人想著不幸的人……」

老戰士的頭垂得更低了。他總算完成了自己的事業，他沒白活一輩子，飄蕩在大廳中和籠罩在人群頭上的、充滿活力的宏偉樂聲向他說明了這一點。

．．．．．．．．．．．．．．．．．．．．．．

這就是盲音樂家初次公演的情形。

1886-1898

馬卡爾的夢
──耶誕節的故事

一

　　這是一個夢──馬卡爾的夢。他，馬卡爾是一個窮苦的鄉巴佬、莊稼漢，住在那遙遠的、偏僻的荒村的老林裡。人人都知道──他，這個馬卡爾，一生倒楣晦氣，窮困潦倒。

　　他的故鄉，名叫恰爾崗，是一個偏遠的小村莊，孤零的坐落在四周都是無邊無際的雅庫特原始森林裡。當初，馬卡爾的祖輩和父輩們，曾在這片原始森林裡，開出一小塊凍土地。儘管四下裡全是陰森森令人毛骨悚然的敵意森林，可他們並沒有灰心退縮。他們把這塊土地開墾出來，圍起柵欄蜿蜿蜒蜒，立起草堆、禾垛──簇簇擁擁的；炊煙嫋嫋的小帳篷，逐漸多了起來。終於，儼然似勝利的旗幟一般，一座小鐘樓，出現於村子中央的小山崗上，直沖雲霄。這個恰爾崗呀，搖身一變，成了大村鎮了。

　　馬卡爾的祖祖輩輩，運用刀耕火種的方法，同原始森林搏鬥，在這個過程中，他們本身卻茫然不覺地變野了。他們娶了雅庫特女子做老婆，學說雅庫特方言，融入了雅庫特的風俗習慣。大俄羅斯民族的部族特徵漸漸磨滅，蕩然無存了。

　　儘管如此，我們這位馬卡爾仍然牢記著，他的根在卡爾崗是

當地土生土長的農民。他在這裡出生，成長，估計也會死在這裡，他對自己的出身非常自豪，有時候還罵人家是「雅庫特壞蛋」，說實在的，無論是生活習慣，或生活方式，他本人與雅庫特人並沒有什麼差別。他不常說俄語，並且說得很糟。他身上穿的是獸皮，腳上蹬的是毛向外的高筒皮靴，平素常啃大餅還是就著磚茶吃，只是在過節的時候，或者別的什麼特殊的日子，他才吃上熬過的黃油，而且還得盡著桌面上擺有多少。他擅長騎公牛，騎術精湛；他一旦有病，便去請巫師。那巫師假裝鬼魂附體，咬牙切齒地向他撲去，一心要把附在馬卡爾身上的鬼魂嚇跑。

他不顧死活的拼命勞動，日子過得很苦，經常挨餓受凍。他不時地為粗茶淡飯著急，除此之外，他哪裡還有什麼別的心思呢？

不錯，他是有過一些想法。

當他喝醉的時候，他經常痛哭流涕。他會大聲笑喊著：「天呀！我們過得是什麼日子啊！」另外，他還說過，他想把一切丟掉，乾脆逃到「山上」去。他在那裡，不必撒種耕田，也毋須砍柴負薪，更不要推磨碾米。總之，他將得到解脫。然而，那裡究竟是什麼山，它在哪裡，馬卡爾卻搞不清楚。不過，他知道，第一，確實有這麼一座大山，第二，這山在遙遠的地方，遠得連什麼酋長頭人和警察局也找不著……自然，賦稅也就不必交納了。

清醒時，他就把這些念頭忘在腦後了。也許，他知道，不可能找到那座神山。可他一喝醉，膽子就壯起來。他設想，也許找不到那座山，有可能撞到另外一座山。「到那時候，我就完蛋了！」他心裡說。可是，他還是打算前往試一試。這一心願之所以未能實現，大概是因為韃靼移民總賣給他劣酒之過，這是一種為加大度數敷泡過馬合煙的烈酒，馬卡爾一喝這酒就全身無力，病了起來。

二

　　這事發生在耶誕節前夕。馬卡爾明白，轉天就是個盛大節慶日。每逢這種情況，他的酒癮便發作了。但是，他已經拿不出什麼來買酒了。糧食也快吃沒了。可馬卡爾還欠著本地商販和韃靼商人的債。同時，明天是大節日，不能幹活，如果不開懷痛喝一通，該去幹什麼呢？想到這裡，他感到十分不幸。他過的是什麼樣的生活呀！甚至在這麼一個隆冬大節氣，竟然喝不上一瓶燒酒！

　　他腦子裡猛然冒出一個好主意。他站起身來，披上那件破皮襖。他的老婆，身強力壯，非常有勁，並且長得很醜，一向對他的拙笨的餿主意瞭若指掌，這一次又猜著了他的心思。

　　「老鬼，你要上哪兒去？又想獨自個兒去喝酒呀？」

　　「閉嘴！我買瓶酒去，趕明兒個咱們倆一塊喝。」他用力拍了一下她的肩膀，拍得她身子直搖晃，他鬼頭鬼腦地對她擠眉弄眼。女人的心腸總是軟的：她心裡明白，馬卡爾一定是在哄她，可是，她還是被丈夫的溫存魅力感動了。

　　他走出房門，到院子裡牽上那匹老馬，捋著馬鬃，把馬拉到雪橇跟前，套上這車，一剎那老馬便把主人拉出了大門外。這會兒，它在門口站了站，扭過頭來，好像要問話似的，望著沉入深思中的馬卡爾。這時馬卡爾把左邊的韁繩一拉，策馬向村口馳去。

　　村頭有一個帳篷樣的小屋。這小屋，和別的帳篷一樣，裡面壁爐裡冒出來縷縷青煙，冉冉升上高空。這煙氣，嫋嫋娜娜，凝成一團團白霧，遮住了寒星和明月。屋裡火花歡騰，顏色變換，透過暗色的冰塊，在空中閃爍著，反射出片片紅光。門外靜悄悄，一片死寂。

　　這裡的住戶，是一幫從遠方過來的外地異鄉人。馬卡爾搞不

清楚，他們是怎樣流落到這裡的，是那股狂風把他們刮到這個荒涼的深山老林的，同時，他對這事並不關心。不過，他很樂意跟他們做買賣打交道，因為他們不欺詐他，付款方面也不太苛求。

馬卡爾進了屋，立刻走到爐子跟前，伸出凍僵的兩隻手，烤起火來。

「嘿！」他叫了一聲，這聲音說明他剛才身上很冷。

這幫外來的異鄉人都呆在家裡沒有出門。桌上點著蠟燭，看來，他們什麼都沒幹。有一個人在床上躺著，沉思地注視著他吐出的渦形煙圈，大概這使他勾起遙遠的往事回憶。另一個人坐在爐子對過，同樣若有所思地瞪眼盯著木柴燃燒的熊熊火苗。

「大夥好哇！」馬卡爾為了打消使他憋氣的沉悶，大聲說道。

不用說，他並不知道，這些異鄉人今晚有什麼傷心事，更不知道，他們腦海裡翻起了什麼樣的回憶，在那煙火閃動、顏色奇妙的變幻中，他們眼前閃現了什麼形象。何況，他自己也有很煩的心事。

一個年輕人，坐在爐子跟前，他抬起模糊的眼神，看了看馬卡爾，似乎沒有認出來人是誰。接著搖了一下頭，馬上從凳子上站了起來。「喲，是馬卡爾啊！你好，你好！好極了！和我們一起來喝茶吧？」這一招呼，使嗎卡爾滿心高興。

「請我喝茶？」他再問一句，「好哇！……兄弟，好哇，好極了啦！」

他連忙脫衣服。當他脫下皮襖，摘掉皮帽後，一下子覺得渾身輕快了許多。這當兒，他看見茶炊裡的木炭燒紅了，便熱情地對年輕人說：

「我可真是喜歡你！……你教我喜歡，好喜歡呀……知道嗎？我整宿整宿睡不著……」。那個外鄉人扭轉身來，臉上顯出一絲苦笑。「啊，你喜歡？」他說，「你想要什麼？」馬卡爾有

點難為情，不好意思往下說。「是有樁事情」他答道。「你從哪裡曉得的……好吧，等喝了茶再說。」

因為，這一回，是主家主動請馬卡爾喝茶，所以，他便認為可以隨心所欲了。

「有沒有烤肉？那，我喜歡吃。」他說。

「沒有。」

「沒事兒，」馬卡爾用自我安慰的口氣說，「下次再吃……行嗎？」他又說道，「下次吧？」

「好吧。」

這會兒，馬卡爾以為，那些異鄉人真的欠了他一塊烤肉，他對這類的債務是從來不含糊的。

一小時後，他又坐上自己的雪橇。

他以比較合適的價格，預售了五大車木柴，拿到了不多不少整整一個盧布。真的，他一再對天起誓，今個兒絕不把這錢喝掉。可是，打心眼裡，又打算把錢立刻喝了。這是怎麼回事呢？這是忽然上來的酒癮，壓下了良心的譴責。他甚至連想也不去想，當他喝醉回家時，他將受到他那受騙的忠實老婆一頓狠揍。

「馬卡爾，你去哪兒呀？」外地人瞧見馬卡爾並不把馬一直前趕，卻使馬兒朝左拐，直奔韃靼人那裡，便笑著叫道。

「吁！……吁！……瞧，這該死的馬向哪兒跑呀！」馬卡爾一邊辯白，一邊仍緊拽著左邊的韁繩，並用右邊的韁繩輕輕地抽打著那匹白額馬。

聰明懂事的馬兒，自責似地搖著尾巴，慢慢地、一顛一顛地，朝著主人要求的方向走去，霎那間，馬卡爾的雪橇，便吱呀一聲停在韃靼人的門口了。

三

　　有幾匹備著雅庫特人高大馬鞍的馬栓在韃靼人門口。

　　小木屋很窄巴，叫人憋悶難受。屋裡充滿刺鼻的馬和煙味，霧氣騰騰的，慢慢的通過壁爐散出去。外來的雅庫特人，有的坐在桌旁，有的坐在凳子上。桌上擺些杯子，裡面盛滿了酒。有的地方，聚著一堆人，在那裡賭牌。他們滿頭是汗，面紅耳赤。賭牌人的眼睛死盯著紙牌。錢從有些人的口袋掏出來，又塞進別人的袋子裡。在屋子一角的草堆上，坐著一個喝醉酒的雅庫特人，讓他搖晃著身子，拉長聲音，哼著小調，他提高嗓門，發出粗野而嘶啞的聲音，用各種不同的曲調反覆唱道：明天就是盛大節慶日，今天哪，他卻喝的酩酊大醉。

　　馬卡爾交了錢，人家給他一瓶酒。他把酒瓶揣進懷裡，悄悄地離開大夥，躲到黑暗的角落裡。他在這裡，一杯接一杯地喝著，開懷暢飲。酒味很苦，趕上過節，酒裡兌了四分之三的水。看來，馬合煙沒少摻。馬卡爾每喝一杯，就得喘一口氣，兩眼直冒金星。

　　他很快就喝的醉醺醺的。他一屁股坐在草堆上，兩手抱著膝蓋，把沉重的腦袋擱在膝蓋上。他的喉嚨裡發出了一些亂七八糟的嘶啞聲。嘴裡哼哼唱著：「明天就過節了，可今天他已喝掉了五大車柴禾。」

　　這時，小屋的人多起來，顯得越發擁擠了。又進來一些新的顧客，他們是雅庫特人，是來這裡做祈禱的，順便來喝喝韃靼人的燒酒，店主人看出客人的座位馬上不夠用了，他從櫃檯上站起身來，用眼掃了一下大夥兒。他的眼神落在那暗淡無光的角落裡，一眼瞧見呆坐在那裡的雅庫特人和馬卡爾。

　　他走到雅庫特人身邊，抓起他的衣領，把他從屋裡扔出去了。然後，他又走到馬卡爾跟前。那個韃靼店主對這個本地人更

加重視：他把大門打開，從後面朝這個可憐蟲身上飛起一腳，把他踹出門外。這個馬卡爾便一頭栽進雪堆裡。

人家這樣對待他，他是否感到羞辱，這不好說。他只是覺得滿臉是雪，衣袖裡也灌滿了雪。他好不容易從雪堆裡爬出來，走到自己的白額馬跟前。

月兒高高地升起來了。大熊星座的尾部已轉移下方。嚴寒更加凌厲了。看北方，剛剛出現的北極光的火紅光柱，從一團半圓形的烏雲中，閃閃爍爍噴射出來。

那匹白額馬，充分理解主人現在的處境，只好加倍小心地，慢慢著回家去。馬卡爾坐在雪橇上，身子搖搖晃晃，嘴裡還不停地哼著曲兒。他唱到：今個兒，他把五車柴錢都喝光了，老婆得狠狠揍他一頓。他嗓子裡冒出的聲音，吱吱喳喳，哼哼唧唧，飄蕩在晚風中，聽起來是那樣的悲傷凄涼，以至此時此刻到帳篷頂上關爐子煙囪的外鄉人聽見之後，也難受得心酸起來。這時，白額馬把雪橇拉上山崗，村子的輪廓遙遙在望了。雪地裡灑滿月光，明晃晃的，一片銀裝世界。一陣一陣地，月光好像不大亮了，雪地漸漸暗了起來，這時候，北極光的反光立刻閃現出來與月光交相輝映，五顏六色。人們不由得感覺到，白雪皚皚的小山崗，和山上的原始森林，時而向人靠近過來，時而又匆匆遠去了。在原始森林附近，馬卡爾看清楚了那塊雅瑪拉赫山崗上的積雪空地。在那個山崗後面的原始森林他設下了幾處捕捉林中鳥獸的陷阱。

於是他的思維一轉，改了唱詞。他唱道：「只有狐狸落入我的陷阱，明天去賣掉狐皮，老婆子就不揍我了。」

馬卡爾剛進房門，便聽見第一聲鐘聲，從寒氣逼人的半空中傳來。他對老婆說的第一句話，就是他們的捕獸器夾著了一隻狐狸。他竟然把老婆沒能和他一起喝酒的事兒，完全忘在腦後了。使他十分驚慌的是，老婆並不在意這個好消息，而是立馬抬起腿

來，朝他的後背狠狠地踹了一腳。接著，等他趴在床上時，她又朝他的脖子猛打一拳。

就在這時，莊嚴的節日鐘聲，敲響在恰爾崗的上空，悠悠揚揚，向遠方飄去。

四

他在床上躺下來。腦袋滾燙，身上像一團火，在熊熊燃燒。煙草浸在酒精裡的強烈溶液，在他血管裡奔騰，融化了的冰涼雪水，順著他的臉和背，向下流淌。

老婆心想，他是睡著了。但他沒睡。他腦子裡晃蕩著狐狸的影子。他深信不疑，那隻狐狸確實落在了陷阱裡。他甚至知道掉進哪個陷阱。他好像眼睜睜地瞧見，——它被夾在沉重的圓木下，用爪子刨著雪，想掙脫逃跑。他似乎瞧見了從密井陣中，透過來的月光，在它金色的皮毛上閃爍，照見那狐狸的眼睛賊亮賊亮地正沖他瞪著。

他忍耐不住，便從床上爬起來，向他的忠實的白額馬走去。他要去大森林。

這是怎麼啦？難道是老婆用狠勁的雙手揪著他的衣領，又把他按在床上了？

不，不是的。瞧，他已來到村外了。雪橇在凍硬的雪地上滑行，發出均勻的軋軋聲。恰爾崗已被甩在後面了。教堂裡莊嚴的鐘聲，在身後響著。有一對頭戴尖頂高帽的雅庫特騎士，出現在澄明天空的暗淡地平線上，他們的黑色身影，時隱時現。這是正趕往教堂做禮拜的雅庫特人。

這時，月亮下去了。當空蒙上了淡淡白雲，閃閃變幻著磷光。後來，這片雲彩彷彿扯斷了，接著拉長了，又忽然噴落而出。五光十色的火帶從雲堆裡迅速伸向四方，而那北邊半圓形的

烏雲更加陰暗了。於是，它變得越發黑了，比馬卡爾走近的那片森林還黑。

　　一條小路彎彎曲曲地穿過矮小稠密的叢林。左右兩邊，都是隆起的丘陵山崗。越往遠處，樹木漸漸高大。於是，出現了大片茂密的森林。這森林充滿神秘，一片沉寂。光禿禿的落葉松枝梢上，鋪滿銀色的霜。北極光穿過林梢，把柔和光輝灑在樹幹上，它時而映照在積雪的林中空地上，時而又反射在覆雪的、折斷的龐大樹枝上。……霎那間，一切又淹沒在黑暗之中——這黑暗充滿了死寂與神秘。

　　馬卡爾停下來。就在這裡，現出了他設下的陷阱網，這網幾乎一直延伸到大路上。他藉著磷光，清清楚楚地看見了枯樹枝搭成的矮柵欄，甚至瞅見了頭一個圓木夾子。這是在一根木樁上，用三根又重又長的木頭搭成的物件，下面有許多佈置巧妙的棍棒繩索支撐住。其實，這些都是別人做的捕獸陷阱。可不是嗎，別人的陷阱，一樣會掉進狐狸的。馬卡爾匆匆忙忙地走下雪橇，把聰明的馬兒撂在路邊，機警地諦聽起來。

　　原始森林裡寂靜無聲。只有莊嚴的鐘聲，從遙遠的在視線內消失的村子裡，隱約傳來。

　　沒有必要擔驚受怕。陷阱的主人，此刻可能正在教堂裡。這個恰爾岡人的名字叫阿遼什卡，是馬卡爾的鄰居，也是他不共戴天的仇人。平滑的地面上，由於剛剛下了雪，看不見一絲蹤跡。

　　他抬腿進了樹林——沒見什麼。腳下積雪，沙沙作響。只見那捕獸夾子，一排排地緊在那裡，真像張著炮口，靜靜待命的一列大炮似的。

　　他前前後後走了一圈……什麼也沒有找到。於是，他又上了大路。

　　不過，嘿！……聽有輕輕的窸窣聲。這一次，在森林亮處，突然閃現出小野獸的紅色皮毛，離的這麼近！馬卡爾清清楚楚瞧

見了那隻狐狸兩隻尖耳朵，它的毛絨絨的尾巴左右擺動，彷彿誘使馬卡爾快進林子裡去。在馬卡爾設置的幾處陷阱那裡，狐狸竄進了一堆樹幹中，看不見了。只聽見一聲低沉、巨大的劈啪響聲，從森林中傳出。這劈啪之聲，先是斷續的，深沉地響著，後來再一聽，好像是從叢林的棚子下面發出來的，接著悄悄地在遠方深谷裡消失了。

馬卡爾的心跳得很厲害，不錯，一定是捕獸夾倒下逮著野物了。

他縱身一跳，鑽進密林。他的眼睛被冰冷的樹枝打的生疼，臉上濺滿了雪花。他跌跌撞撞，跑得氣喘吁吁。

他跑過來，跑到他以前開闢的一條林間通道上。通道兩旁，矗立著霜打變白的樹林。下面，遙見一條小路，蜿蜿蜒蜒，向前延伸，越遠越細。小路的盡頭，有一個大的捕獸夾子，正張著口，警惕地守候在那裡。……近在眼前了……

突然，在小路上，捕獸夾子跟前，閃過來一個人影，一晃又不見了。馬卡爾認出了，這正是恰爾岡人阿遼什卡。他明明白白瞧見，那個弓著矮胖的身腰，跟狗熊似的，向前挪動步子，馬卡爾覺得，阿遼什卡那張黑臉顯得越發熏黑了，他呲著滿口大牙，比平時更大更嚇人了。

馬卡爾怒不可遏。「瞧這個笨蛋！……他膽敢來瞄我的陷阱」。其實，就在剛才，馬卡爾還偷看了阿遼什卡的捕獸夾子呢；但情況不同，這是兩碼事。……不同的地方是：他偷瞧別人的東西時，生怕別人碰上；當別人偷瞧他的捕獸夾子時，他非常惱火，恨不得當場抓住這個侵權的傢伙。

他縱身直奔捕獸夾倒下的地方。那裡夾著一隻狐狸。阿遼什卡抬著腳步，搖搖擺擺，像狗熊似的，也正朝那裡移動。必須搶先一步趕到前面。

這就是那倒下的獸夾。夾子下面，躺著一隻紅色皮毛的小野

獸。這隻狐狸正在用爪子刨雪，這和他以前見到的情形一模一樣；同時，它還用銳利、充血發紅的兩眼瞪著他，也像過去似的。

「推推瑪！（別動它）……這是我的！」馬卡爾向那人喝了一聲。

「推推瑪！（不許動）」阿遼什卡的話，像回聲似的呼叫道。「是我的！」

他們倆同時向前跑去，爭先恐後地匆忙把獸夾抬起，去鬆開夾住的野物。夾子剛一舉起，被夾的狐狸便掙脫站了起來。它向前一蹦，接著又站住，用譏諷的眼神瞄了瞄這兩個恰爾岡人，然後低頭舔舔被木頭夾傷的地方，歡快地搖著尾巴，興高采烈地向前方跑走了。阿遼什卡拔腿正要向前追它，馬卡爾從他身後一把抓住他的後衣襟。

「推推瑪（別動）！」他喊一聲，「這是我的！」他自己跑過去追那隻狐狸。

「推推瑪！」阿遼什卡用回聲一般的嗓音吼道，這時馬卡爾覺著，那人也拽住了他的衣服，一眨眼又跑到前面去了。

馬卡爾怒氣衝天，他顧不得狐狸了，直奔阿遼什卡追去。

他們倆越跑越快。落葉松的樹枝掛掉了阿遼什卡的帽子，可他沒有功夫拾它。馬卡爾一聲怒吼趕上了他。可是，阿遼什卡一向比那個倒楣蛋馬卡爾機靈。他猛地站住，扭轉身，低下頭。馬卡爾跑得很急，肚子正好撞在那人頭上，一個跟頭栽倒雪地裡。當他倒在地裡的時候，那該死的阿遼什卡，從馬卡爾的頭上一把抓走帽子，鑽進大森林不見了。

馬卡爾慢慢站起身來，他感到自己一敗塗地，太倒楣了。他氣急敗壞，情緒低落。狐狸本來已經到手，可現在……他恍惚瞧見，狐狸在黑暗的角落裡搖著尾巴，在嘲笑他，接著，便徹底無影無蹤了。

天色全黑了。高空隱約可見淡淡的白雲。這片白雲彷彿又悄悄消散了。北極光的餘暉有點疲倦似的，懶洋洋地從雲端透漏出來。

融化了的雪水，急流一般，在馬卡爾熱燙的身上滾滾流淌。雪水流滿了他的袖子和衣領，然後，從背上往下淌，最後流到他的皮靴外緣。阿遼什卡那該死的東西把他的帽子搶走了。手套在奔跑的時候不知丟在哪裡了。真糟糕！馬卡爾心裡明白，在冰天雪地的嚴寒裡，對於進入原始森林而不戴帽子和手套的人，可不是鬧著玩的。

他已走了很長時間。他盤算著，他該走出雅瑪拉赫山地，看見鐘樓了。可是，他依然在大森林裡打轉。密林彷彿施展魔法，把它緊緊地箍在懷裡。那莊嚴的鐘聲，不住地從遠處傳來。馬卡爾覺著，他正朝著鐘聲的方向走，可是，那鐘聲卻越來越遠去了。隨著那鐘聲越變越小，於是，馬卡爾心頭徹底蒙上了一層徹底絕望的情緒。

他疲勞萬分，他神志沮喪，他兩腿癱軟。他那受傷的身子，隱隱作痛。他呼吸緊促，喘不過氣來。腿腳和兩手都凍僵了。他那裸露的光頭，好像被灼熱滾燙的髮箍，緊緊扣著。

「可不是嗎，我快完蛋了！」——他腦子裡頻頻閃出這個念頭。但他還是向前走。

大森林悄然無聲。他身前身後，儘是密密麻麻的樹林，好像頑強的敵人，包圍著他，到處沒有一點光明，一線希望。

「我可是真要完了！」他一直這樣想著。

他一點力氣也沒有了。這會兒，小樹的嫩枝毫不客氣徑直地拍打他的臉龐，好像在譏笑他的困境。一塊林中空地上，有一隻小白兔跑過來，坐在後腿上，輕輕擺動著布滿黑斑的長耳，一邊用爪子洗臉，一邊放肆地朝馬卡爾做鬼臉。它讓他明白，它很瞭解他，瞭解他這個馬卡爾。知道他，就是在大森林裡布下巧妙機

關，專門殺害兔子的馬卡爾。現在該它來嘲弄他了。

馬卡爾痛苦萬分。就在這時，大森林卻生氣勃勃，熱鬧非凡，似乎對他懷有敵意似的。現在就連遠處的樹林，也伸出長長的樹杈，擋住他的去路，掛他的頭髮，碰他的眼睛和臉龐。從隱蔽巢窩裡飛過來一群母烏雞，好奇地對他瞪著滾圓的眼睛。幾隻公烏雞拖著散開的長尾巴，怒氣沖沖地張大翅膀，在母烏雞當中跑來跑去，大聲地對母雞數落馬卡爾，指責他的奸計。最後，在遠處叢林裡，有成群的狐狸露出頭來。他們呼著氣，擺動著尖耳，帶著譏諷的眼神盯著馬卡爾。好些兔子，用後腿站在他的面前，嘻嘻哈哈，來報信說：馬卡爾迷路了，從大森林裡出不來了。這太過分了，簡直要命。

「我要完蛋了！」馬卡爾心想，乾脆，馬上就完才好。

他躺倒在雪地裡。

嚴寒更重了。北極光微弱的最後餘暉掠過長空，熒熒閃光，穿過樹林，照見馬卡爾的身影。鐘聲餘音嫋嫋，從遙遠的恰爾岡飄來。

接著，北極光又猛然一閃，便熄滅了。鐘聲也停了。

那馬卡爾嗚呼哀哉──一命歸天了。

五

他沒有察覺，事情是怎樣發生的。他只知道，有什麼東西應當從他的身上出現，於是，他靜靜等待，這不，他馬上就要出現了。……但是，什麼也沒有出現。

同時，他意識到，他是已死了的人啦，因此，他就安安靜靜地躺在哪兒，一動也不動。他在那裡躺了很久──簡直躺得厭煩了。

天完全黑了下來，這時候，馬卡爾覺得，有人用腳蹭了他一

下。他扭過頭來，睜開緊閉的眼睛。

此刻，頭頂上的落葉松，顯得十分沉靜、柔和，彷彿對自己剛才的淘氣感到羞愧。毛茸茸的羅漢松把白雪覆蓋的寬大枝條伸出來，輕輕地迎風晃動，亮晶晶的雪花，慢悠悠地在空中飛舞。

明亮而和藹的星星，透過茂密的樹枝，從蔚藍高空向下窺視，好像說道：「瞧，這個苦命的可憐蟲死了。」

老牧師伊凡來到馬卡爾身邊，站在一旁，正用腳踢他。白雪沾滿了牧師的道袍。他的皮帽上，肩膀上，長鬍子上，也盡是雪。最令人驚詫、不解的是，這個人竟然是四年前死去的那個伊凡牧師。這位牧師是一個善良的好心人。他從來不強逼馬卡爾交宗教捐，也從來不叫他出聖禮錢。馬卡爾隨意給他點洗禮錢和祈禱費，就行了。

現在想起來，那陣子有時給的嫌少點有時甚至沒給，真叫人感到羞愧。可是伊凡牧師並不計較，他只有一個要求：每次來，帶瓶白酒就可以了。如果馬卡爾沒錢買酒，伊凡牧師便找人去弄一瓶，取來他們一塊喝。那牧師一定要喝得酩酊大醉，儘管如此，卻很少發酒瘋，即便打鬧，也不厲害。馬卡爾常把這個醉得不醒人事的牧師送回家，交給牧師太太照顧。

不錯，這是一個善良的牧師，可是，他沒得好死。有一天，家裡人都出去了，只留他一個人在家。當時，他喝得醉醺醺的，在床上躺著，突然他想抽煙。他爬起身來，走到熊熊燃燒的大火爐跟前，想就火來點煙斗。由於他醉的太厲害，身子一晃，便一頭栽進火堆裡了，等到家裡人回來，發現他燒的只剩下兩條腿了。

大家都痛惜這個善良的牧師；因為他只剩下這兩條腿，世界上沒有一個醫生能把他救活。只好把腿來安葬了。後來，上峰任命另外一個牧師，來填補伊凡的空缺。

正是這個牧師，此刻完好無缺的，站在馬卡爾身邊，用腳推

動他。

「起來吧，馬卡魯什加，」他說，「一塊走吧。」

「叫我上哪兒去？」馬卡爾滿心不高興地問。

他認為，他既然已經「完蛋了」，就應當讓他安安靜靜地躺在那裡，沒有必要再在連路也沒有的原始森林裡跑來跑去，他何必就此完蛋呢？

「咱們一起去見大老爺托依翁去*。」

「幹嗎我非去見他？」馬卡爾問道。

「他要審判你，」牧師帶著悲哀，還有點憐憫的聲調說。

馬卡爾站起來了：人死後，的確應到什麼地方受審。他過去在教堂裡曾經聽說過。這樣看來，牧師說得對。他只得站起身來。

於是，馬卡爾爬起來，嘴裡喃喃地自語道：人死了，也不讓人家安生。

牧師走到前面，馬卡爾跟在後面。他們直直地往前走。兩邊的落葉松溫順地閃開讓路。他們一直向東走去。

馬卡爾瞧見牧師伊凡走過，在雪地沒有留下腳印，有點納悶兒。他又瞧瞧自己的腳底下，也沒瞧見足跡。那雪兒白得像桌布一般：又乾淨、又平整。

他忽然想到，這會兒去琢磨別人捕獸器可太方便了，因為，誰也不會知道底細；可牧師顯然猜透了他的心思，轉過身來，對他說道：

「卡背司（得了，甭想）！難道你不明白，要是有了這種念頭，你會遭災呀！」

「呸，呸！」馬卡爾不以為然道，「連想也不行啊！你這會兒怎麼這樣厲害呢？閉嘴你！……」

---

* 指陰間的閻王爺。

牧師搖搖頭，繼續向前走。

「要走得遠去嗎！」馬卡爾問。

「遠著哩」，牧師傷感地答道。

「那麼，咱們吃什麼？」馬卡爾又惶惶不安地問道。

「你忘了嗎？」牧師扭轉身答道：「你是死了的人，你現在不要吃，也不要喝。」

馬卡爾對此滿心不快。當然，沒東西吃，倒沒什麼；不過，這時候，就該躺著，像他才死那樣地躺著。可是，現在要向前趕路，還得走很遠，什麼東西也沒得吃，那就不合乎情理了。他又喋喋不休地埋怨起來。

「別抱怨了！」牧師說。

「好吧！」馬卡爾的話聲帶著怨氣，回答道，但他仍然滿腹牢騷地喃喃自語，埋怨這些規矩太壞，不近人情，強迫人家走路，又不叫人家吃東西！這事沒聽說過！」

他走在牧師後頭，心裡一直很不痛快。眼見得，他們已經走了很長時間了。儘管，馬卡爾沒見天明的曙光，但，照走的里程來看，他覺得，他們大概已經走了整整一個星期了；因為他們已經越過了那麼多峽谷和山峰，還把許多河流、湖泊、森林、原野拋在身後，馬卡爾回頭一看，他發現，那蓊蓊鬱鬱的大森林正在從他們身邊向後退去，白雪皚皚的崇山峻嶺好像融化在朦朧的夜色中，接著，迅速地消失在地平線後面了。

他們似乎越爬越高。星星也顯得越大越亮。當他們登上頂峰的時候，早已墜落的月亮，從山脊背後，露出半邊臉來，好像急於溜走，而馬卡爾和牧師卻跟蹤趕上。它終於又慢慢升起地平線上。他們二人在平坦的、但很陡峭的山地上走著。

這時候，天光明朗起來──比剛入夜時亮多了。當然，這是由於他們離星星越來越近的緣故。那閃閃的繁星，個個如同蘋果那樣大小。而那月亮，竟然像一個大金桶的桶底，亮得跟太陽一

樣，光耀奪目地普照原野四方。

落在地平線上的細小雪花，片片清晰可辨。原野上的路分岐，縱橫交叉，條條通向東方。路上行人，有的徒步，有的騎馬；衣著不同，模樣各異。

突然，馬卡爾定睛注視，瞧見一個騎馬的人，他立刻拐下大路，跑去追他。

「站住，站住！」牧師喊道，可馬卡爾不理會他。馬卡爾認出了這是個熟人。這是六年前牽走了他的花斑馬，五年前死去的那個韃靼人。這會兒，這個傢伙正騎著那匹花斑馬呢。瞧那馬兒正在踩躂子蹦躂呢。蹄子底下濺起了一團團帶泥的雪水，在星光下閃出五顏六色的光暈。馬卡爾覺得奇怪，眼睜睜地瞧著前面的怒馬狂奔，而他這個步行的人，居然能夠輕易地追上騎馬的韃靼人。不過，那韃靼瞧見離他只有幾步遠的馬卡爾一廂情願地拉馬站住了。馬卡爾怒氣沖沖地向他撲去。

「走，咱們找村長去，」他喊道，「這是我的馬。這馬的右耳割過口子……瞧，這馬多乖巧！……嗨，有人騎在別人的馬上，而那馬的主人反像叫花子似的，在地上步行。」

「等等！」韃靼答話道：「不必找村長。你說這是你的馬？……好吧，你牽走！這該死的破牲口！我騎了它五年了，它老在原地打轉，不動勁似的。那些步行的人往往趕在我的頭裡；真叫一個韃靼好漢，丟人！」

他抬腿正準備下馬，這時候，跑得氣喘吁吁的牧師來到他們跟前，一把抓住馬卡爾的手。

「你這個倒楣蛋！」他大聲喊道，「你要幹嘛？難道你沒看出來，這個韃靼人想哄騙你嗎？」

「不錯，他是在騙我，」馬卡爾揮動兩臂，高叫道，「這是一匹好馬，真正能幹活的好馬，……它三歲時，就有人肯出四十盧布要向我買它……不行，老弟！如果你使壞了這匹馬，我就宰

了它吃肉，那麼，你就得賠我現錢。你以為，你是韃靼人，就無法無天了嗎？」馬卡爾暴跳如雷，故意大聲叫喊，想多招些人來到自己身邊，因為他一向怵韃靼人。可是牧師攔住了他：

「小聲點，小聲點，馬卡爾！你總愛忘事，你忘了，你已經死了……你要馬匹幹什麼？再說，你沒瞧見，你步行，比韃靼人騎馬還快的多嗎？」

馬卡爾一下子明白過來，那韃靼人為什麼卻心甘情願把馬給他。

「老滑頭！」他想著，於是，轉臉對韃靼人說：

「得了！你騎走吧，我呢，兄弟，以後還要告你。」

韃靼人怒目瞪眼把帽子往額下一拉，朝馬身上抽了一鞭。那馬兒揚起前蹄站起來，團團雪片紛紛抖落下來。在馬卡爾等尚未抬腿動身之前，那個韃靼人寸步不離，並不急於走開。

他怒氣沖沖地吐了一口吐沫，對馬卡爾說：

「喂，道高爾(朋友)，你有馬合煙葉嗎？真想吸口煙，我的煙葉，在四年前就抽光了。」

「狗才是你的朋友，那不是我！」馬卡爾惡狠狠地答道。「瞧你：偷了人家的馬還向人家討煙來抽，你徹底完蛋了，我不會可憐你。」

這話說完，馬卡爾便向前趕路去了。

「不給他馬合煙，不，你做得不對，」伊凡牧師對他說，「你要是做了這樁好事，托依翁（閻王爺）在審判你時，會赦免你上百條罪哩。」

「那你怎麼不早些對我說呢？」馬卡爾頂撞他道。

「現在教導你是遲了。你生前就該向你的那些牧師打聽這樁事。」

馬卡爾氣得要命。那班牧師沒給過他一點好處：光知道收錢，什麼時候該給韃靼人一點煙葉來贖罪，連這點道理也沒有給

講過。這是鬧著玩的嗎，能贖一百條罪啊……總共才要一片煙葉，……太值了！」

「等等，」他說，「我只給咱們留下一大片煙葉，其他四片我馬上給韃靼人。這能頂下四百多條罪呢。」

「你回頭看看」，牧師說。

馬卡爾回頭一望，身後是一片白茫茫的荒涼原野。那韃靼人在遠處一閃，瞬間變成了一個小黑點了；馬卡爾似乎看見了飛奔著的那匹花斑馬，揚蹄縱身，煽起一層白色煙塵；一剎那，連這個小黑點，也無蹤影了。

「唉，唉，」馬卡爾說，韃靼人不要煙也好。你瞧，這個該死的，把馬兒快害死了。」

「不，」牧師說，「他騎的不是你的馬，這馬是偷來的。難道你沒聽老人們說過，偷來的馬騎不遠嗎？」

馬卡爾的確聽老人們說過這話。可是，他生前經常看見，這些韃靼人騎著偷來的馬匹大搖大擺地進城；所以，自然他就不信老人說的話了。現在他才信服，認為老人們有時說的對頭。

原野上有很多騎馬的人，他都一一趕過了他們。這些人跟前面第一名騎士一樣，都騎的飛快。那一隊馬匹像鳥兒一般飛掠前去，把騎手們累的汗流浹背，然而，馬卡爾卻時時趕超他們，把他們遠遠甩在後面。

那騎手當中，多半是韃靼人；但也碰到一些本地的恰爾岡人。這恰爾岡人裡面有幾個騎著偷來的牛，用柳條趕著。

馬卡爾瞧著這般韃靼人，滿腔怒火。每次都喃喃抱怨，沒有好好整治他們。可是，每當碰到恰爾岡人時，便站定腳步，同他們親熱地聊一陣兒：因為他們畢竟還是鄉親嘛，雖說他們做了賊。有時候，還對他們表示表示關注：把掉在地上的柳條撿起來，熱心地幫他們趕趕牛馬。可他的行動太快了，剛剛邁了幾步，就把這幫騎手遠遠的拋在後面，他們變成了剛剛看的見的小

黑點了。

原野浩渺遼闊，一望無垠，他們二人不時地趕超騎馬的人和步行的人。而四下裡，空空蕩蕩，一片寂寥。在每列兩個行路人中間，似乎相距好幾百里，甚至有數千里之遙。

在另外一夥行人當中，有一個陌生的老漢，叫馬卡爾碰見了。這人從面容、穿著、走路的姿勢看來，顯而易見，是個恰爾岡人。可是，馬卡爾怎麼也記不起來，他以前在什麼時候見過他。老漢戴一頂破舊皮帽，穿一件大皮袍，腿上蹬破舊不堪的皮褲，腳上是破爛的牛皮長靴。但是，特別不像樣的是，別看他自己已這麼大年紀，他肩背上卻背一個更衰老的老太婆，老婆子的兩腳在地面上耷拉著。這老漢氣喘吁吁，吃力地搖搖晃晃拄著拐杖。馬卡爾見他非常可憐，站了下來。老漢也站住了。

「坎賽（說說）！」馬卡爾一團和氣地說。

「沒什麼說的，」那老漢答道。

「聽說什麼了嗎？」

「什麼也沒聽說。」

「看到什麼了嗎？」

「什麼也沒有看見。」

馬卡爾稍稍沉吟一下，覺得是不是可以問問老頭兒，他是誰，從哪兒來的，到哪兒去。

老頭兒說出了自己的姓名和情況。他說，好久以前，但他已不記得，過去多少年了，──他離開了恰爾岡村，遠行上「山」修行，自我解脫。他在那裡不幹活，不做事；吃野果、啃草根；不耕種，不碾穀；更不用繳納賦稅。後來，他死了，這時，來到托依翁那裡受審。那閻王托依翁問他，他什麼人，是幹什麼的。他說，他上「山」修行來著。「那好，」托依翁說，「你的老伴在哪兒？去？把你的老太婆接到這裡吧。」於是，他去接老伴，可老婆子臨死之前靠討飯過日子，無人養活她。她本人沒有屋

住，沒有糧吃，沒有耕牛。她衰弱不堪，寸步難移。於是，現今他只好背著老婆子去見托依翁。

老漢失聲大哭，老太婆便拿腳踢他，像踢公牛似的。

「快背我走！」

馬卡爾更加可憐老漢了。它衷心感到欣慰的是：幸而他自己還沒有來得及上「山」。否則的話，老婆子身材那樣粗壯高大，叫他背她，就更作難了。另外，要是她像踢牛一樣，用腳狠踢他的話，那麼，肯定會把他折磨得再死一次的。

他出於同情，想幫幫那老漢，過來要去拖住老太婆的腿腳。但，剛邁出兩三步，就得趕快鬆手，否則，她的兩腳就會留在他手中。一瞬間，那背人的老頭兒便消逝不見了。

馬卡爾在繼續前進的路上，再沒有遇見值得注意的人群。只見有幾個偷兒，背著贓物，像馱物的牲口似的，一步一步地向前趕路；還有幾個胖乎乎的雅庫特酋長，騎著高頭大馬，搖頭晃腦坐在高高馬鞍上。他們頭戴尖頂高帽，宛如寶塔，直沖雲端。從旁邊，過來一群貧苦的共諾其特（傭工），乾瘦碩長，步子輕快，像兔子似的，蹦蹦跳跳，向前走著。這裡，還見到一個陰險的殺人犯，一身血污，目光兇殘。他縱身跳進潔白的雪堆裡，想擦去身上的血斑。但是枉費力氣。那白雪霎那間起了泡沫，四圈兒都紅了起來。殺人兇手身上的血跡更明顯了，他眼光裡露出兇狠，絕望與恐慌。他繼續走著，一路上竭力躲開別人驚慌的目光。

小孩子們幼稚的魂兒，宛如小鳥一般，時時在空中閃現。他們一群一群地大隊擦身飛過，馬卡爾並不覺得驚奇。粗劣的食物，骯髒的環境，爐火的熏烤，透風冰涼的帳篷，奪去了上百成千恰爾岡兒童的小命。當他們走近殺人兇手跟前時，嚇得他們成群結隊地一齊飛散，逃到遠處去了。過很久後，仍然聽見他們的小翅膀在空中急促驚恐的拍打聲。

馬卡爾注意到，相對來說，他走路要比別人快得多；於是，他連忙把這歸結為自己的高尚修行。

「聽我說，阿加貝（神父），」他說，「你以為怎樣？我雖然生前愛喝上一口，可我是一個大好人。上帝愛我呀！……」

他用試探的目光，看一眼伊凡牧師。他心裡別有用意：想從老牧師嘴裡套出點什麼。但是那位卻回答的很乾脆：

「別得意！已不遠了。你很快自己就會明白的。」

在先馬卡爾並未發覺，大地似乎明亮多了。首先，地平線上露出幾線晶瑩的曙光。這一道霞光迅速布滿了天空，使原來明亮的星星黯然失色。接著，星光熄滅了，月亮落山了。積雪的原野，忽然暗下去了。

這時候，原野上空升起一片晨霧，頗像儀仗隊似的，團團繚繞在原野四周。

東邊某個地方，霧不那麼濃，透出淡淡的光來，好像身穿金甲的武士，展露面容。

後來，霧氣輕輕擺動起來，金甲武士俯身面向山谷。

太陽從霧中露出頭來，在金甲武士脊背上騰騰升起，環視著原野四方。

整個原野呈現出從來未見過的、璀璨耀眼的光亮。

那霧靄團團起舞，為成一個大圈，雄壯地浮在空際；隨後，飄到西邊，被撕成碎片，來回游動一陣兒，又向上飛散而去。

馬卡爾覺著他好像聽見了一曲奇妙的歌唱。這彷彿就是以前常唱的那首熟歌，大地每每唱著它來歡迎日出。可是馬卡爾平時從來沒有對它留心過，現在才第一次懂得，這是一首那麼好聽的歌。

他站著腳，傾耳細聽。他不想往前走了，只想永遠站在這裡聽歌……

不過，這時伊凡牧師卻拉了一下他的衣袖。

「進去吧，」他說，「咱們到目的地了。」

此時，馬卡爾才看見，他們正站在一座大門前面。先前是濃霧把這門遮住了。

他真不想走，但是，沒有辦法，他只好從命進去了。

六

他們走進一所漂亮而寬敞的房子。剛一進屋，馬卡爾就覺出來，房外奇冷嚴寒。屋子正中，放著一個雕刻精美，圖案奇妙的小火爐。爐子裡面正燃燒著金黃色的木柴，火力散發出平緩、均勻的熱度，熱氣立刻撲上全身。這個爐子裡神奇的火苗既不刺眼、也不烤人，只叫人暖和；於是，馬卡爾又只想站在這裡取暖。伊凡牧師也走到小火爐跟前，伸出凍僵的兩手來烤火。

這所房子有四扇門，只有一扇通到院外，其餘幾扇經常有一些身穿白褂子的年輕人出出進進。馬卡爾心想，他們一定是托依翁這裡的僕人。他覺著，他好像在哪裡見過他們，他究竟在什麼地方，一時想不起來。

另外，還有一個情況使他驚異不止：那就是，每個僕人背上，都耷拉著又大又白的翅膀；所以，他又想，托依翁大概還有別的工人，因為，這些僕人肯定不能背著翅膀，竄進密林去砍柴、放樹的。

其中有一僕人也走到火爐旁邊，轉身背朝爐子，開始和伊凡牧師談起來：

「你說說看！」

「沒有什麼好說的，」牧師回答。

「你在人世間聽說過什麼沒有？」

「什麼也沒有聽到。」

「見過什麼？」

「什麼也沒看見。」

兩人都黯然，不做聲了。接著，牧師說：

「瞧，我領來一個人。」

「是恰爾岡人嗎？……」僕人問。

「是呀，是恰爾岡人。」

「那麼，就該預備下一臺大秤。」

於是，他走開了，進了一扇門去張羅。這時，馬卡爾就問牧師，要秤幹嘛，為什麼還要大的呢？

「你瞧，」牧師有點尷尬，回答說，「秤是少不了的，得用它秤秤你生前做過的好事和壞事。別地方的人做過的事，善惡方面大致相等，唯獨恰爾岡人罪惡深重，因此，托依翁吩咐為這些罪人，製作一台帶大盤的大秤。」

馬卡爾聽罷此言，心裡忐忑不安起來，他有點膽怯了。

僕人們取來一架特大天平，放在那裡。那天平一端有一個金質小秤盤，另一端是一個很大的木秤盤。突然發現木秤盤下有一格很深的黑洞。

馬卡爾過來，仔細觀察天平，看看是否有假。並未弄虛作假。來年兩邊的秤盤平平穩穩，一點不歪，也不搖晃。

可是，他對天平的構造完全外行，他寧願使喚提桿秤。在他漫長的一生中，他巧妙地使喚這種秤買入賣出，佔過一些便宜。

「托依翁過來了，」突然，伊凡牧師說，一邊連忙整理衣衫，拽拽長袍。

中間的門大開，一位老者——年事極高的人走過來，這就是托依翁。他那銀白色的長鬚，過腰垂在胸前，他身穿高貴的皮褥，華麗的綢衣——這些馬卡爾從未見過，不知其名；腳上那雙暖和的皮靴，綴著波斯絨鑲邊，——這馬卡爾過去曾在舊聖畫像上見過的。

馬卡爾一瞧見這位老者托依翁，就認出了他正是自己在教堂

裡見過的畫像老人。只是現在他跟前沒有孩子罷了。馬卡爾想，大概他兒子有事出去了。不過，卻有一隻鴿子這時飛進屋來，在老人頭頂上盤旋一圈，然後落在他膝蓋上。托依翁坐在專門為他準備的椅子上，一隻手撫弄著鴿子。

托依翁這位老者，面容顯得很慈祥。當馬卡爾心中痛苦的時候，看看這幅和顏悅色的面孔，他覺得輕鬆、寬慰一些。

他心裡之所以這樣難受，是因為他忽然回憶起自己整個一生的大小遭遇。回憶起自己每走一步的坎坷路程，每舉一斧的砍柴情形，以及如何伐到一棵樹，每回怎樣行騙，還有那一飲而盡的每杯苦酒。

他感到既可恥，又害怕。但，他抬頭瞧一眼托依翁和善的臉色，又振作起來了。

他打起精神，心想，也許，能夠鑽一卜空子，隱瞞點什麼。

那老者托依翁望望他，問他是誰，打哪裡來，叫什麼名字，年齡多大。

馬卡爾回答之後，那老者托依翁又問：

「你一生都幹過什麼？」

「你自己知道，」馬卡爾答道，「你那裡簿子上必定都記著吧。」

這兒，馬卡爾是在試探托依翁老人，想知道，他那裡是否真的什麼都有記載。

「你自己說，別吞吞吐吐！」老托依翁說。

馬卡爾又鼓起勇氣。

他把自己幹過的事兒，都一一列舉出來。儘管他清清楚楚的記得他幹過每一樁活兒：例如，他砍倒的每一棵樹，一車木柴，犁過的一塊地；可是他多報了許許多多：說成好幾千棵樹，幾百車木柴，幾百車圓木，幾百普特種子。

當他如數家珍說完之後，托依翁老人扭過頭來對伊凡牧師

說：

「把生死簿拿給我。」

這時候，，馬卡爾才明白，原來伊凡牧師是托依翁掌文書的「蘇魯蘇」（司書）。作為朋友，已先沒告知他，這使他非常氣忿。

伊凡牧師拿來一冊厚厚的簿子，把它打開，—— 開始唸起來。

托依翁說：「先查一查，當地有多少棵樹？」

伊凡牧師看看簿子，心情沉重地說：

「你多說了整整一萬三千棵樹。」

「他胡說八道，」馬卡爾氣急敗壞地大叫一聲，「他一定搞錯了，因為他是酒鬼，他沒得到善終。」

「你閉嘴！」托依翁老人說，「他從你那兒多收了洗禮費或婚禮費了嗎？勒索過贍養費嗎？」

「說這些沒有必要！」馬卡爾回答道。

「瞧你！」托依翁說，「我本人瞭解他，知道他好喝酒⋯⋯」

這時托依翁惱怒起來。

「現在唸唸簿子上登的他的罪惡。我信不過他，他是個騙子，」他對伊凡牧師說。

此時，僕人們把馬卡爾幹過的事兒，包括伐過的樹，砍過的柴，其他農活，等等全都放進金秤盤上。數量如此之大，竟使天平上的金秤盤下墜，而木盤高高地抬起，高得連手都夠不著。於是少壯的神僕們展翅飛起，整整一百員人手用繩索才把它拽下來。

瞧，這個恰爾岡人幹過多麼繁重的活兒！

伊凡牧師著手核算他欺騙的把戲。統計結果，顯示出來總共欺騙二萬一千九百三十三回。牧師接著計算馬卡爾喝過多少回燒

酒，共有四百瓶。牧師又往下唸，馬卡爾眼見得天平的木秤盤壓過了金秤盤。瞧見它正往黑洞裡下沉，牧師越唸，它越下沉。

這時，馬卡爾心裡直犯嘀咕，想到，大事不好；趕緊走到天平秤跟前，想要神不知鬼不覺地用腳把秤盤頂住。可是，被一個僕人瞧見了，於是，大夥起哄嚷嚷起來。

「那兒怎麼了？」托依翁問道。

「他想用腳頂住秤盤」僕人回答。

當時，托依翁勃然大怒，轉臉對馬卡爾說：

「我早看出來，你是個騙子、懶漢和酒鬼……你還欠繳稅款，牧師正要算算你欠下的贍養費，縣警察局長為你犯了過錯，因為他每次見到你，……」

托依翁老人又轉身問伊凡牧師：

「在恰爾岡，是誰給馬馱的東西最重？誰使喚的馬最累？」

牧師回答說：

「是教堂裡當差的，他趕郵車，接送縣警察局長。」

於是，老托依翁發話道：

「叫這個懶漢給教堂差役當騸馬去。讓差役使喚他給縣警察局長拉車，直到他筋疲力盡……以觀後效。」

老托依翁的話剛落地，大門開了，托依翁的兒子進來，在他身邊右側坐下來。

他兒子開言道：

「我聽見了你的判決……我長久生活在人世間，深知人間的情況：要叫這個可憐蟲給縣警察局長拉車，真是夠他受的！不過……就這樣辦，試試也好！……也許，他還有什麼話要說。說吧，巴拉珊（可憐的倒楣蛋）！」

這時，出現了怪事。正是這個馬卡爾，在生前，連一句連貫的話也說不利索，突然發現自己有語言天才，善於辭令了。他口齒伶俐，滔滔不絕，連自己都感到驚奇。這時，馬卡爾依然判若

兩人：一個慷慨直言，另一個在驚異中傾聽。此刻，他簡直不敢相信自己的耳朵。他的話語既慷慨激昂，又從容不迫。他出口成章，妙語連珠；激憤陳詞，毫無懼色。如果說，他偶爾磕巴打盹兒，那他立刻就改過來，嗓門更大，話聲提高一倍。而且，重要的是——他覺得，他的發言，很能叫人信服。

起初，托依翁老人見他出口不遜、粗野無理，有點惱火；稍停，開始十分用心去聽，彷彿他已深信，這個馬卡爾，並不像原先想像的那樣傻。伊凡牧師甚至大吃一驚，連忙拉拉馬卡爾的衣襟。但馬卡爾轉身掙脫繼續往下說。後來，牧師不再害怕了，甚至，滿臉笑容可掬；因為，他看到他教區的教民敢於面對真理，直言不諱；同時，這也正中托依翁的下懷，符合他的心意。連老托依翁家裡身穿長掛子、長有白翅膀幹活的年輕僕人，也都從自己的屋裡擠到門口彼此用胳膊互相碰撞著，吃驚地諦聽馬卡爾講話。

他先從他不願意當騸馬說起。他不願去教堂差役那裡，並不不是怕幹重活，而是因為判決不公。既然判決不對，他不從命。他置之不理，一步不動。任憑這樣發落好了啦！他說：「那好吧，就算把我交給魔鬼，永遠為奴也罷，我也不給警察局去拉套，因為那樣做太不公平。別以為，我怕當騸馬受罪：教堂差役驅使我幹活，可還餵我吃燕麥哩。我累死累活受了一輩子苦，可還沒有人給我吃過燕麥哪。」

「誰逼你受苦啦？」老托依翁關切、動情地問。

他說：是的，他被逼、受壓、苦了一輩子啦！村長、鄉長、審判長、縣警察局長逼他繳納稅款。牧師逼他交贍養費。貧窮、饑餓也逼迫他、威脅他。嚴寒、酷暑、陰雨、旱災威逼過他。冰凍的大地和兇惡的密林也禍害過他！……他簡直像一口牲畜似的，瞧著大地，被人一個勁的驅趕著向前走，不知道將被趕到哪裡……他還被……難道他聽得懂，那牧師在教堂裡哼哼唧唧唸的

什麼經，為此他還得付贍養費？難道他知道為什麼把他大兒子抓去當兵？抓到哪裡去了？後來，死在了哪裡？他的屍首現在埋在何處？

「人們不是說，我嗜酒如命，喝的太多了嗎？不錯，說得對，我酷愛燒酒。……」馬卡爾接著說。

「你查查，他喝了多少瓶酒？」老翁問。

「四百瓶，」伊凡牧師瞧了一眼生死簿，答道。

「好呀！難道這些都是酒麼？」馬卡爾繼續說，「四分之三是水啊！只有四分之一是真燒酒，裡面還摻著煙末。所以，得從賬簿上減掉三百瓶才對。」

「他說的這些全是真的嗎？」托依翁老人問伊凡牧師，看樣子，他還在氣頭上。

「都是真的，一點不假，」牧師趕緊答道，而馬卡爾又接著往下說。

「說我多報了一萬三千棵樹嗎？就算是這樣！就算是砍過一萬六千棵。難道這數目少嗎？而且，有兩千棵樹是在我前妻重病時砍的，……那時我心情很沉重，只想一心守護在老婆身邊，可是貧窮逼得我不得不鑽進大森林砍樹。……我在森林裡嚎啕大哭，淚水直流，凍結在睫毛上；由於，極度悲傷，嚴寒鑽進了心窩……可我還得砍呀！」

馬卡爾又說下去：後來，老婆死了。得埋葬她，沒有錢，怎麼辦呢。為了支付前妻在陰間房費（墓穴及棺材錢），他又被人雇去砍柴……商人見他窮困情急，每車只給他十個戈比……老婆一人躺在沒有生火的、冷冰冰的破屋裡，而他只得又去砍柴，邊砍邊哭。他以為，這柴該有五車之多了，甚至更多。

托依翁眼裡湧出了淚水，馬卡爾瞧見，天平的兩個秤盤擺動一下，那木秤盤托起，金秤盤下沉了。

馬卡爾繼續說：「你們的生死簿上，記得很全……讓人查查

吧：我在何時何地受過何人的恩惠？歡迎？待見？我的孩子們哪裡去了？他們有的死了，我萬分悲痛；有的長大成人，離我遠去，獨自在艱難困苦中掙扎。現在，剩下我和後妻進入老境。眼看著日漸年老力衰，孤獨無靠，苦命難熬。我們兩口是這樣孤苦伶仃，好像草原上兩株孤單的松樹，四面八方受著嚴酷暴風雪的吹襲、寒凍。」

老托依翁又問？「他說的是真的嗎？」

「一點也不假，全是真的！」牧師連忙回答。

這當兒，天平秤又震動一下……於是，老托依翁遲疑不決，沉思起來了。

「這是怎麼啦，」他說，「本來麼，我管的地面上確實有真正的高尚好人，他們目光炯炯、面容溫馨、衣冠整潔……他們心地和善，好似那優良的沃土，孕育出良種，能生長奇花異草；花香撲鼻，令我心曠神怡。你呀，瞧瞧你自己的模樣……」

於是，大家的目光一齊盯住了馬卡爾，他羞愧得無地自容。他深感自己老眼昏花，面容黧黑，蓬頭垢面，衣衫襤褸。雖然，他死以前，很久以來，一直想買雙新靴子，打算像一個好樣的農民，穿上它去接受審判，可是，他總是把錢酗酒喝得一乾二淨，眼下，他站在托依翁面前，穿著破爛不堪的舊靴子，一副倒楣的雅庫特人的潦倒窮相……他真想鑽進地底下去。

老托依翁繼續說道：

「你面色陰鬱，兩眼昏濁，衣服破爛；你心中雜草叢生，長滿了荊棘苦艾。這就是，為什麼我喜歡那些體面的高尚人士，討厭像你那樣一類的瀆神造孽的面孔。」

馬卡爾痛苦得心都抽緊了。他感到自己呆在這裡，實在可恥。他本來垂頭喪氣，但忽然抬起頭來，又開口說起來了。

托依翁談到的體面高尚人士，是些什麼人呢？如果指的是：和馬卡爾同時在世、住在富麗堂皇的高樓大廈裡那種人，馬卡爾

對他們最清楚不過……他們目光明亮有神，是因為他們不像馬卡爾流過那麼多眼淚，他們面容光鮮，那是用香水擦出來的；至於他們漂亮的衣服，都是窮人雙手縫製的。

馬卡爾低下頭，但馬上又抬起來。

然而，也許他不懂得，他生下來，是和其他人一樣的——有著圓睜、明亮的眼睛，那清澈的眼光裡映照著大地和天空，他的心和別人一樣純潔，願為世上一切美好的事物敞開。如果他現在意欲把自己的暗淡、羞辱的身影，隱形地下，這不是他的罪過……究竟是誰之罪？這個他並不知道……可是有一點，他是再清楚不過：就是他心裡，忍耐已到盡頭！

七

毫無疑問：如果馬卡爾不夠瞭解，他說的話對老托依翁本人造成了多大的作用；如果他看明白了，他的每一句氣忿言語，像鉛秤砣一般重重地壓在金秤盤上，他的心情可能會平靜下來。可是，這一切他並沒有理會到，因此，他心頭一片茫然和絕望。

於是，他回顧了自己悲慘的苦命一生。直到如今，他怎麼還能繼續忍耐如此可怕的沉重呢？過去他之所以一直忍耐，是為那時還有一線希望，彷彿迷霧中的小星似的，在前面閃閃發亮；以為只要活著，興許以後還會交上好運呢……可現今他已成了死人，這點希望也破滅了……

這時，他心裡充滿了一片暗淡、迷茫，胸中怒火猛燒，如洶湧的狂濤，又像是空蕩蕩的草原上深夜狂起驚天動地的大風暴。他此刻已忘記，自己身在何處，面對何人，——除了滿腔忿怒，他忘了一切……

可是，老者托依翁向他說：

「等等，別急，苦命人！你現在已不在人世啦……對你來

說，這裡是有公道真理的……」

　　馬卡爾聽了，身子哆嗦一下。他心裡明白過來，還有人在可憐他，於是，心軟下來。但是，他那可憐的一生的悲慘情景，連他自己也不忍親睹，感到可悲可憐；於是，他放聲痛哭……

　　連老托依翁也哭起來……老牧師伊凡也哭了，年輕的神僕們個個都淚流滿面，忙著用寬大的白褂袖子擦淚珠。

　　天平繼續不停擺動，那木秤盤越來越高地向上抬起！……

怪哉，這女子！
——八十年代記事

一

「車夫，快該到站了吧？」

「還早著呢，暴風雪刮來之前，怕到不了啦。瞧啊，那霜天彌漫，霧氣騰騰的，北風又刮起來啦。」

不錯，暴風雪來臨之前，顯然是到不了驛站啦。剛剛黃昏，天氣越來越冷起來。馬車駛過，只聽得那雪兒，在滑木的壓軋下，發出吱吱啞啞的響聲；冬天寒冷的朔風，掠過黑沉沉的一片松林，嗚嗚呼嘯著；雲杉的杈椏細枝，四處伸展，交叉掩映在林間小徑狹窄的上空；在愈益擴展的暮色冥冥中，這些樹枝，迎風憂傷地瑟瑟抖動。

天寒地凍，很不好受。驛車很窄，擠得要命，加上，那兩個解差的軍刀和槍支晃來晃去的，叫人硌得難受。在暴風雪的呼嘯聲中，驛車的鈴鐺鳴響著冗長、單一乏味的曲調。

幸好，在遠處嗷嗷呼號的松林邊緣空地上，閃現出驛站孤零零的熒熒燈光。

押解我的兩個憲兵，來到一間光線昏暗、四壁熏黑的小木屋裡，這屋裡爐火生得很旺，暖烘烘的；他們抖掉身上的落雪，那全身武器披掛，隨即叮叮噹噹地響了起來。屋子裡什麼也沒有，

簡陋得很，觸目淒涼。女主人手拿一把冒煙的松明子，正走過去插好。

「女老闆，你這裡有什麼吃的東西嗎？」

「我們這兒，什麼也沒啦……」

「有魚嗎？你們這兒不遠有一條河呀。」

「先前有魚，可是都叫水獺吃光了。」

「那，有土豆嗎？」

「哎呀！老天爺！今年土豆凍壞了，全凍爛了。」

有什麼辦法呢。不過沒想到，倒弄來一個茶炊。我們喝會兒茶，才暖和過來，女主人還端來一籃子麵包和蔥頭。院外的暴風雪越刮越猛，細碎的雪花灑向窗來，時不時地，那松明的火焰隨風刮得搖搖晃晃，抖索不定。

「你們這可走不了啦，住下吧！」這老婦人言道。

「好吧，就住下吧。嘻，先生，反正你也不急著上哪兒去。你瞧瞧，這地方真夠戧！再朝前走，那也更糟，──你就聽我的話吧，」一個解差說。

小屋裡一片寂靜。女主人收起掛紗線的紡車，熄滅了松明，歇息去了。四下裡一片漆黑，鴉雀無聲。只有一陣陣刮來的狂風，呼號咆哮，打破著這寂靜。

我睡不著。我腦海裡，伴隨著風暴的呼嘯聲，一連串愁緒和憂思，紛由遝飛來。

「先生，看來，您是睡不著吧？」那個解差又說。他是正解差，是個和藹可親的人。他有一張叫人愉快的、甚至有點像知識份子的臉。他這人挺麻利，熟悉自己的業務，因而並不吹毛求疵。一路上，他從不搞那些不必要的限制和形式主義名堂。

「是啊，睡不著呀！」

有好大一會兒，四下裡悄無聲息。不過，我還是聽見，我的鄰伴並沒有入睡，──我估摸著，他也睡不著，腦子裡在想事

兒。另外一個年輕的解差，他的「副手」，卻像是一個累壞了的壯漢，睡得很香甜。他嘴裡還不時地說些含糊不清的囈語。

「我對你們真弄不懂，」我又聽見那個正解差軍士從丹田裡發出的厚重聲音，「年紀輕輕的，出身名門，又有教養，——可你們是怎樣過日子的呀……」

「怎麼啦？」

「唉，先生呀！難道我們看不出來嗎?!……我們很清楚，你們沒有過過這樣的生活，從小就不習慣於這樣的……」

「嗨，你淨空口說白話……過去的生活習慣，已經疏遠了……」

「難道你們這樣會快活嗎？」他的口吻裡帶著懷疑。

「那麼，你們日子過得快活嗎？」

他默不做聲。加甫利洛夫（以後我就用這個姓名稱呼我的正解差），看來，心裡想起了什麼。

「不，先生，我們並不快活。請相信我的話，有的時候，我簡直覺得，活在世上沒什麼意思……為什麼這樣，我不清楚，——只不過有時候，好像給一把尖刀捅了似的，就這麼著。」

「是因為，差事很苦吧？」

「差事總歸是差事……當然，當差不是兒戲，何況，上級又很嚴厲，不過，壓根兒不是因為這個……」

「那麼，是為什麼呢？」

「誰知道？……」

又是一陣沉默。

「當差沒什麼。只要自己規規矩矩，就行啦。再說，我快該回老家了。我原本是當兵的，服役期限快滿了。可是長官對我說：『加甫利洛夫，你留下吧，你回農村幹嘛呢？你工作幹得不錯嘛』……」

「你要留下嗎？」

「不，說實在的，回老家也沒勁兒……農活已經幹不慣了……農村吃的也不習慣了。還有，不用說，待人接物，生活習慣……鄉下那種粗野……」

「那麼究竟為什麼呢？」

他想了想，便接著說：

「先生，要是你不厭煩的話，讓我給你講一樁我經過的事……我曾經遇到……」

「你講吧！……」

二

我於一八七四年開始入伍服兵役，由新兵直接撥入騎兵連。我幹得蠻好，可以說，當差很盡職，上級常常派我出去：參加閱兵式啦，劇院裡值勤啦，——諸如此類的任務。我有點文化，能讀會寫，所以，上頭還看得上我。我們的少校是我的同鄉，他見我工作賣力，有一天，把我叫到他那裡，說：「加甫利洛夫，我想報告上級升你當軍士……你以前出過差嗎？」——我說，「大人，沒有。」他說，「好，下回有差事我派你去當一名副手，你可見習見習，這差事好幹，不難。」我說，「是，大人，願意效勞。」

我確實一次也沒有幹過解差這行當，——就是說，從未押送過你們這號人。雖說，這差事並不難，可是，要知道，總得掌握上級定的規章制度，辦事還得機靈點兒。唔，就這麼著……

約莫過了一個禮拜，值日兵來喊我去見長官，同時，還叫了一名軍士。我們去了。長官說，「現在派你們倆出一趟差。這個人，」他指著我對軍士說，：「派他給你當副手。他還沒幹過這種差事。你們當心點兒，不要粗心大意，」他說：「弟兄們，好好地幹；現在派你們倆從監獄裡提一個小姐押解外地，她是一個

政治犯，姓莫羅佐娃。這是派遣令，明天領上路費，就出發吧！……」

那個叫伊凡諾夫的軍士，和我一塊出差，他是正解差，我是副解差。——就像現在跟我同夥的那個憲兵似的。公家的錢由正解差掌管，款子和公文都在他手裡；他負責簽發收據，收支帳目；當副手的，不過給他打雜兒：跑跑腿啦，看管東西啦，幹這樣那樣的雜活兒。

好，就這麼著，第二天一大清早，天剛亮，——我們打長官那裡出來，一瞅，我的夥伴伊凡諾夫不知跑到哪裡已經喝夠了酒。他這人哪，說實在的，幹這差事不合適，——現在已被開革了。……他在長官眼面前，很像軍士的正經樣兒，有時甚至還造謠中傷別人，逢迎巴結上級。可是，長官一眼不見，他馬上就胡來起來——頭一樁，就是去喝酒。

我們來到監獄裡，照例，先遞交公文，然後站在那裡等著。心裡有點兒納悶兒——我們要押送什麼樣的小姐呢，押解的行程又那麼遠。那一回我們走的也正是這條路，不過，是把她押送到縣城裡，不是去邊遠的鄉村。我第一次幹這差事，不免有點好奇，——我說，究竟是什麼樣的政治犯呢？

我們站在那兒呆了將近一個鐘頭，等她收拾好東西——可她的行李僅僅是一個小小的包袱，裙子呀，以及別的什麼可想而知的東西。還有幾本書，她帶的再沒有什麼了；我想，可見，她的父母並不富裕。她剛被帶出來，我睜眼一瞧，她還年輕得很呢，簡直像個小娃娃。頭髮是淡黃色的，編成一條辮子，臉蛋紅撲撲的。可是，後來我發現她的臉色很蒼白，並且，一路上臉上一直沒有血色。我心裡立時可憐她起來……不過，我心裡想……當然，上頭是不會平白無故地懲辦人的……請您原諒我直說。這說明，她在政治上出了點什麼事兒……反正……我還是覺得她很可憐，真個兒，怪可憐的！

　　她著手穿戴起來：穿大衣，穿套鞋……她的東西叫我們過了目——這是規矩：上級規定必須檢查犯人的衣物。我們問她：「你帶了多少錢？」原來她只有一個盧布二十戈比。——正解差拿過來放進自己衣袋裡。又對她說道：「小姐，我們要對您搜身。」

　　她一聽此言，怒不可遏。兩眼冒火，勃然變色，頰上紅暈更重了；兩片薄嘴唇鼓起，氣呼呼的。……你看她，用眼睛直勾勾地瞪著我們——信不信由你，我可嚇壞了，不敢靠近她。不過，那個正解差，喝醉了酒，膽子大，卻湊到她跟前，說：「這是我的責任。我是照章辦事的！……」

　　她聽了這話，突然大喝一聲——嚇得連伊凡諾夫直向後退。我向她抬眼一看，——只見她面色蒼白，沒有一絲血色，兩眼黑黢黢的，樣子兇狠極了。……她跺著腳，嘴裡嘰哩呱啦，話說得飛快——不過，我沒聽明白，她在說什麼。……監獄長也嚇壞了，給她倒了一杯水端過來，懇求她說：「請您冷靜點吧，您也得多多保重自己！」哼，她連他也不給面子。她說：「你們這些人，太野蠻了，都是些奴才走狗！」接著又說了一大堆這一類惡狠狠的話。不管怎麼說，反抗上級總是不好吧。哼，我心裡想，這女子不好惹，是條蛇，……簡直是貴族中的敗類！

　　我們就這樣沒有搜她的身。監獄長把她領到另一間房子裡去了一下，馬上同女看守帶她出來了，說：「她身上什麼也沒有。」她眼睛望著監獄長的臉，好像在笑，不過眼光還是兇神惡煞似的。可是伊凡諾夫那人，是個出名的天不怕地不怕的傢伙，直瞪著眼，嘴裡不住嘮叨：「這不合法；」他說，「我得按規章辦事！……」可是，監獄長不睬他。是的，他那時已經喝得醉醺醺的。怎麼能信賴一個醉漢呢？！

　　我們動身了。馬車從城裡過的時候，——她老是向車窗外眺望，好像是告別這地方，或者是想看看有沒有過往熟人。但伊凡

諾夫一抬手，把窗簾拉了下來——視窗給遮住了。她躲到車子的一角，縮在那裡，看也不看我們一眼。可我，說實在的，心裡有點不忍：掀起窗簾，裝著我自己想向外瞧，——拉開一個叫她能看見的縫兒。……不過，她並不看，在車廂一角怒氣沖沖地待著，咬緊雙唇……我暗中思量，嘴咬得快出血了。

我們上了火車。這天是個好晴天，那時候正是秋天，在九月裡，陽光燦爛，可是風卻涼颼颼的，秋風嘛。她打開車廂的窗子，迎風坐在視窗旁邊。按照規定，是不准開窗的，不過，伊凡諾夫上了火車，就趴在那裡呼呼睡了，鼾聲如雷，而我又不敢說她。後來，我大著膽，走到她跟前，說：「小姐，關上窗子吧。」她不做聲，好像人家不是跟她說話。我在那兒站著，又站一會兒，這才又說了句：

「小姐，你會感冒的，——外邊很冷。」

她轉臉過來，瞪人眼睛瞅著我，好像有什麼好奇怪的。……她瞧了一會兒，說：「不用你管！」又把頭伸出窗外。我萬般無奈，便不再理她，到一邊去了。

她似乎安靜了一些。關上窗，緊緊地裹在大衣裡，暖和暖和。我說，風啊，夠涼的，簡直冰冷。過了一會兒，她又坐到窗前，又迎著風口——看來，她在監獄裡呆得久了，看不夠外面的世界。她看著，看著，開心起來，露出笑容。這陣子，她叫人瞧著，有多好看啊！……說良心話……（講故事的人住口不說了，沉思起來。過了一會兒，他又繼續講，神色彷彿有點難為情似的。）

當然，那時還不習慣……後來，押解的次數多了，也就習慣了唄。可那一回我真有點納悶兒：我尋思著，我們把她，把這女娃娃押送到哪裡去呢？……後來……先生，我跟您說實話，您可別責怪我：我心裡盤算著，何不請求上級讓我娶她當老婆呢……說不定我可以開導、開導她，可以把她感化過來。我這人，不管

怎麼說，總算是個幹公事的人吶！……當然，這個想法很幼稚……簡直是愚蠢。……現在，我才明白過來。……那時，我在懺悔的時候，把這念頭向神甫坦白了，他說：「這個念頭使你中邪了。因為，像她這種人，沒準兒，連上帝也不信仰的。」

我們到了科斯特羅馬，從那裡，換乘一輛三拉套的馬車。伊凡諾夫那傢伙天天喝得醉醺醺的：酒醒過來，還要去喝。他從車廂裡出來，到處閒逛。唉，我想，壞了，他可別把公款弄丟了。過後，他爬進郵車裡，倒頭便睡，立時鼾聲大作。那位小姐坐在他身邊——感到很不自在。她兩眼盯著他，就像打量一個壞蛋似的。她悄悄地躲到一邊——為了不碰著他，把身子蜷縮在車廂角落裡，我呢，只好坐在駕駛臺上。車子一開，那寒風呼呼地叫——把我凍得直打冷顫。那小姐咳得很厲害，拿起手帕捂著嘴，我瞪眼一看，手帕上全是血。當時，我心裡真像有人用針猛紮一下似的。「哎呀，」我說，「小姐啊，這怎麼行！你有病呀，這麼遠的路，——又是秋天，天冷起來了！」……我說，「這哪兒成啊！」

她抬頭瞥我一眼，又望了一會兒，彷彿心裡有很大的怨氣。

她說：「你這是怎麼啦？裝傻嗎？難道你不清楚，我不是自願來的嗎？」她又說，「你可好，押我上路，可又說些可憐巴巴的話！」

我說：「您應該向上頭提出申請，最好能住進醫院裡去，也勝似在這裡寒天冷風裡趕路。要知道，路程遠著呢！」

「我們去哪裡？」她問。

要知道，上級是嚴禁我們告訴犯人把他們押解那裡。她見我吞吞吐吐的樣子，便轉身扭過頭去。她說：「別說了，我不過隨便問問……什麼也甭講，不過，別再煩我。」

可我憋不住。我就給她說了，要去哪裡。「那地方可不近呀！」她閉緊嘴，皺著眉，一言不發。我不住地直搖頭。……我

說：「唉，唉，小姐啊，您還年輕，不懂什麼是好歹！」

我傷心透了⋯⋯我心頭火起，氣呼呼的。⋯⋯可她又打量著我，說：

「你這是白操心。我很知道好歹，可我不能去醫院裡。謝謝你啦！就是死，寧可死在外頭，死在自己人那裡。再說，也許我的病會好起來，那麼，呆在外頭，自由自在，比呆在你們監獄一般的醫院裡強。」她還說：「你以為，我受了風，得了感冒，生病了，是嗎？才不是那回事呢！」我便問：「你那邊有親人嗎？」我所以這樣問，因為，她說過，她想在自己人身邊休養。

「沒有，」她說：「我那邊既沒親人，也沒朋友。我對那個城市，完全陌生。不過，我相信，那邊也有和我一樣被流放的人，有同志。」我很奇怪，她怎麼把陌生的外人，叫做自己人呢。我想：「難道，那邊有人不要錢，白白養活她這個素不相識的人嗎⋯⋯」不過，我不便再問，我見她：擰起眉毛，不滿意我來問她。

於是，我心裡想⋯⋯算了吧⋯⋯隨她便吧！她還沒受過窮。叫她吃吃苦，她就會明白，流落異鄉的難處⋯⋯

傍晚時分，烏雲密布，冷風勁吹，——途中又下起雨來了。路上以前的泥巴還沒有乾，這會兒更加泥濘不堪——簡直成了爛泥塘，哪裡是路呢！我的背上濺滿了泥，她也濺了一身。總而言之，她運氣不好，碰上這樣頂壞的天氣：那雨點直撲臉上打；馬車雖然有頂篷，上面我還蓋上了蒲蓆，可是，不濟事！到處嘩嘩淌水。她突然打了個寒噤，我一看，她全身都在抖，兩眼全合上了。雨注滿面流著，兩頰蒼白，一動不動，像是昏過去了。我嚇壞了。我一瞧，情況不好，事情壞了⋯⋯伊凡諾夫喝醉了——在那裡打著鼾，什麼也指望不上⋯⋯怎麼辦呢！偏偏我又是第一次幹這差事！

這天晚上，我們到了雅羅斯拉夫縣城。我推醒伊凡諾夫，下

車出來走到驛站，叫人把茶炊燒好。這個城邊，有輪船通行。可是按照上級指示，嚴禁我們押解犯人乘坐輪船。儘管這樣做，對我們哥兒們有利，坐船省錢，合算得多，可是我們不敢。要知道，碼頭上有員警，要不然，我們的同行——本地憲兵在那裡巡邏，他們那些人隨時可能去告密。可是，那位小姐卻沖著我們說：「朝前走我可再也不願意坐驛車了。」她說：「跟你們明說吧，一定得讓我坐輪船。」伊凡諾夫睜開惺忪的醉眼，怒吼起來，說：「這件事用不著你來操心。朝哪裡押解，您就去哪裡！」她沒理睬他，只對我說：

「你們聽好，我說過了，再不坐馬車了。」

於是，我把伊凡諾夫叫到一邊，對他說：「坐船是對的。對你也有好處：可以省錢。」他同意了，只是還有點膽怯。他說：「這城裡駐著一個上校，可別惹出什麼事來。」他說：「你去請示一下，這會兒我有點不舒服。」那上校住處離這兒不遠。我說：「咱們一塊兒去吧，把小姐也帶上。」我擔心的是，伊凡諾夫再喝醉了酒倒在那裡呼呼大睡，說不定會出什麼事。弄不好，她要是逃跑了，或者尋了短見，出了責任事故，就了不得啦。那好，我們就去拜訪上校，他出來接見我們，問：「什麼事兒？」那小姐就向他解釋，可她同他說話，口氣挺硬，要是她和和氣氣地好好講：如此這般，請他多多關照，事情就好辦多了。可她卻堅持自己的一套，說什麼「根據哪條哪條法律，」之類的話。她說的淨是你們那些政治犯掛在嘴邊的狂言亂語。你要知道，長官不喜歡這一套，他們喜歡溫順。可是，這位長官聽她說完，倒沒有什麼，只是客氣地回答：「我沒辦法。」他說：「我無能為力。得照法律辦事。不行啊！」我一看，小姐氣得滿臉通紅，眼珠黑得像煤球兒似的。「法律！」她說著，放聲大笑起來，那笑聲十分響亮，充滿怒氣。上校對她說：「說得對，是法律，小姐！」

　　不瞞你說，這時候我有點忘乎所以，不知道自己算老幾，貿然說：「不錯，大人，是法律；可是，大人，這位小姐有病啊。」他嚴厲地狠瞪我一眼，問：「你姓什麼？」接著又對小姐說：「你既然有病，為什麼不住監獄的醫院裡去呢？」她一句話不說，扭過身子便朝外走。我們跟在她後頭。看來，她確實不願意進醫院；這也難怪：既然早先在原地沒進醫院，那麼，在這裡，人生地疏，手無分文，確實是不行的。

　　唉，毫無辦法。伊凡諾夫沖著我，埋怨道：「這一下可好，以後該倒楣了。就是因為你，你這傻瓜，我們倆一定脫不了干係啦！」他吩咐套馬，也不等在這裡過夜，連夜動身。我們到她跟前，對她說：「小姐，走吧，馬好了。」那陣兒，她正在長沙發上躺著，剛剛暖和過來。一聽此言，她突然跳了起來，身子直挺挺地站在我們面前，眼睛直直地盯著我們。不瞞你說，她那樣真嚇死人哪！「你們這般該死的傢伙！」她說，隨後，又嘰哩呱啦說些我們聽不懂的話。她說的，確實像是俄國話，但是，一點也聽不明白。不過，看她那樣子，又氣又恨，說：「好，現在，隨你們的便吧，你們折磨我──你們想怎樣就怎樣辦吧。我坐車走！」可那茶炊還在桌上擺著，她還沒喝。我和伊凡諾夫把茶沏好，我給她倒上一杯。我們這裡有白麵包，我也給她切上一塊兒。我說：「吃吧，吃飽了好上路。沒關係，再暖和一會兒也好。」她正在穿套鞋，忽然不穿了，轉過臉，瞅著我，望呀，望了一會兒，聳聳肩膀，說：

　　「你這人簡直莫名其妙！我看你，真像一個瘋子！」她說：「我才不稀罕你們的茶呢！」聽了此話，當下，我氣壞了：直到如今，我清楚記得，那當口兒，血直往上沖，滿臉通紅。拿您來說吧，跟我們一塊吃飯，並不嫌我們。過去，我們也押送過魯班諾夫先生，──他還是一個大官參謀長的兒子呢，也並不嫌棄我們。可她卻厭惡我們。後來，她吩咐在另一張桌子上，單獨給她

弄茶炊。不用說，茶錢和糖錢得加倍給。可她身上的錢哪──只
有一個盧布零二十戈比啊！

三

講話的人不再言語了。有好大一會兒，小屋裡一片寂靜。時
不時的，只有那個憲兵副解差的均勻的呼吸聲和窗外暴風雪的呼
嘯聲，打破這寂靜。

「您沒睡嗎？」加甫利洛夫問我。

「睡不著，請講吧，──我在聽呢。」

說話人沉吟了一下，又接著往下說：

……當時，我為她，確實吃了不少苦頭。要知道，那時是在
夜裡趕路，老是下雨，天氣很壞……我們穿過一片森林，那林子
嗚嗚咽咽在呻吟。陰雨天，夜很黑，伸手不見五指，我根本看不
見她，可是，你相信不，──她好像就站在我眼面前，好像跟大
白天似的，我把她看得一清二楚：彷彿看見她的眼睛，滿面怒容
的臉，看見她全身在發抖，看見她望著前方，好像在想心事。我
們從驛車一出發，便把一件光板皮襖給她披在身上。我說：「穿
上皮襖吧，總會暖和點。」她把皮襖一甩，說：「你的皮襖，你
自己穿吧。」但皮襖確實是我的，我明白了她的意思，便對她
說：「不是我的，這皮襖是公家的，按照規定，就是給犯人穿
的。」嗯，她這才穿上……

可是，一件皮襖並不頂事：──天剛一亮，我朝她看一眼，
只見她凍得面無血色，不像人樣兒。當我們從另一站又出發的時
候，她硬叫伊凡諾夫坐到駕駛臺上去。他嘟嘟囔囔，可是，不敢
不聽，特別是，這陣兒他已經有點酒醒了。我便和她並排坐著。

三天三夜，我們的馬車向前趕路，哪裡也沒有宿夜。上頭的
指令規定：頭一樁要緊的事，是：沿途不得住宿，「如疲勞過

甚」，──可在有設防的城市過夜。唉，你要知道，這一帶哪裡
有什麼城市呢！

我們終於到地方了。當我遠遠望見城廓的時候，我如釋重
負，好像從肩頭卸下一座大山。實話對你說，後來，她在車上，
差不多是躺在我懷裡。我瞧見，她昏迷不醒地躺在車裡，路上有
坑坑窪窪不平的地方，馬車一震動，她的頭就在草墊子上撞一
下。於是，我用右手把她抱起來；這樣，總算好受一些。起初，
她總要推開我，說：「到一邊去！別挨我！」過了一會兒，便不
說什麼了。因為，她大概已經昏厥、神志不清了。……她的兩眼
緊閉，眼圈兒全黑了，面色和泛了一點，不再那麼氣呼呼的。尤
其是，有一陣兒，她在夢中笑起來，臉也開朗，快活了，直向我
身上靠，想偎著我暖和暖和。可憐的人兒呀，準是夢見好事了。
我們快進城了，這時，她醒過來了，坐起身。……壞天氣已經過
去，太陽從雲端裡露出臉兒──她滿心高興起來。……不過，到
了這省城裡，沒有讓她留下，還得往遠處發遣。因為當地的憲兵
都出差去了，還得我們向前邊押送。我們正要走，──抬頭一
看，警察局院子裡聚滿了人：有年輕的小姐，有大學生，都是流
放來的……這些人，像熟人一般，跟她說話，拉著她的手，親親
熱熱，問長問短。他們送給她一些錢，還給她一條頂好的毛頭巾
路上用……大家送她老遠。

她一路快活起來，只是頻頻不住地咳嗽。對我們連看也不看
一眼。

我們終於來到了那個指定她居留的縣城。我們把她移交當地
警察局，取得了收條。這當兒，她馬上說出某某一個人的姓名。
問：「這個人在這兒嗎？」人家回答她說：「在。」縣警察局長
坐車來了，說：「你準備住在哪兒呢？」她說：「我不知道。眼
下暫且住到梁贊采夫那裡。」縣警察局搖了搖頭。她收拾收拾，
一逕走了。連招呼也沒同我們說一聲。……

四

　　講話的那人又不言語了，他在聽，我睡了沒有。

　　「你以後再沒有見著她嗎？」

　　「見過她，可是，還是不見的好。……」

　　……不久我又見著了她。我們回去交了差以後──馬上又派遣我們出差，還是那條老路線。這一回押送的是一個大學生，名叫查格里雅斯基。這是個快活的小夥子，歌唱著很好，喝酒也不含糊。他流放的地方更遠。那時，我們正好打她留住的縣城路過，我很想打聽打聽她現在的生活情況。我就問人家：「我們上次送到這裡的小姐在嗎？」他們回答：「在呀，只不過，她這人很古怪：一來這裡，就直接到一個男流犯那裡，後來誰也沒再見過她──她就住在他那裡。有人說：她病了，還有人說，她跟那個男的住一起做他的情婦。這自然是瞎說。……當時我想起，她曾這樣說過：「就是死，也想死在自己人那裡。」於是，這引起我更大的好奇心。……這不僅僅，哪裡是好奇啊，簡直是一心嚮往，控制不住情感了。我想，一定要去看看她。我沒有對不住她的地方，她不至於會恨我。試試，去一趟吧。

　　我去了，──有好心人，把去的路線指給我。她住在城根兒前。房子挺小，房門很低，我走進那個男流犯的屋子，一看，家裡乾乾淨淨，屋裡亮亮堂堂，牆角放一張床，用簾子隔開。書很多，桌子上，書架上，擺得滿滿的……旁邊像是一個小小的手工作坊，那裡放著一條長凳，上面鋪著另一套被褥……

　　我走進去，──看見她披著長圍巾，盤著腿，坐在床上，在做針線活呢。那個男流犯……那個姓梁贊采夫的先生……坐在她床邊的長凳上，手裡捧一本書，正在給她唸。這男的戴著眼鏡，看樣子，蠻嚴肅的。她一邊做針線，一邊聽他唸。我推了一下門，她一見我，馬上從床上欠起身子，抓著男的手，直嚇得呆在

那兒了。她那雙眸子，大大的，黑黑的，很嚇人……啊，她一切如舊，只是臉色顯得更蒼白一些。她緊緊抓住他的手——他嚇壞了，縱身跳到她跟前，說：「你這是怎麼啦？安靜點兒！」那個男的並沒有看見我。後來，她鬆開她的手——想下床站著。她說：「永別了，再見吧，看來，連死，他們也不甘心讓我安安穩穩地死去。」這當兒，梁贊采夫這才轉過身，回過頭一看見我，立刻跳了起來。我想，他要撲過來了……也許，會打死我的。何況，他這人又高又大，身體很壯……

要知道，他們誤會了，心想，解差又來找她麻煩了。……可是，當他看見……只我一個人，站在那裡嚇得半死不活。他扭過臉，拉著她的手說：「你安靜些。」緊接著，便問我，「喂，老總，你來這兒有什麼要緊事？……有何貴幹？」

我跟他們說明，什麼事也沒有，只不過，我自己隨便來看看。我說，前陣子，押送這位小姐時，見她身體很不好，所以前來看望。瞧，他馬上態度緩和了。可她依然怒氣衝天，兩眼冒火。何必這樣呢？不錯，伊凡諾夫當時不通人性，可我，一直在呵護著她呀。

梁贊采夫弄清了事情的原委，笑著對她說：「你瞧，我怎麼跟你說來著？我早對你說過了呀！」我這才明白，他們曾經談到過我……看來，那小姐把路上的情況給他講過了。

我說：「請原諒我吧，使你們受了一次驚嚇……我來的不是時候，不然……我這就走。」我又說：「再見吧，我有對不起的地方，請你原諒；我有什麼好處，請你別忘；再見！」

他站起身來，望著我的臉，伸出手來。

他說：「這樣吧，等你回來的時候，如果得空兒，請過來坐坐。」可是那小姐睜開大眼望著我們，苦笑著，笑得有點瘮人。

小姐說：「我不理解，他來這裡幹嘛？為什麼要請他來？」他對她說：「沒關係，沒關係，只要他願意再來，就叫他來好了

……來吧，來吧，沒關係。」

接著，他們倆又講了一些話，老實說，我沒有完全聽懂。可不是嗎，你們這些先生小姐們有時候自己彼此交談起來，實在深奧難懂……可是我有點好奇，真想聽聽。嘿，要是老呆在那裡聽人家講話，太尷尬了不是，──不要讓人家對我有什麼想法。我就走了。

嗯，我們剛把查格里雅斯基先生押送到目的地，正在返回途中，路過這裡。縣警察局長把正解差叫去，對他說：「你們得先留下，等候上級的指示再走。我收到了一份電報，說，要你們等一件郵寄的公文。」自然，我們就留下了。

於是，我又一次去看他們。我心裡唸叨著，去就去吧──哪怕是向房東打聽一下她的情況也好啊。我去了。房東對我說：「她身體很壞，怕活不長了。我怕，說不定要擔干係，因為，他們連神甫也不準備請呢。」我們正站在那裡說話，這時候，梁贊采夫從屋裡出來了。他看見我，招呼一聲，說：「又來啦？那好，請進吧。」我悄悄地走進來，他在我後面跟著。她一瞧見我，就問：「這個怪人又來啦……是不是你叫他來的？」他說：「不是，我沒叫他，──是他自己來的。」我忍不住，便對她說：

「怎麼啦？小姐，」我說：「為什麼你心裡對我總是反感？難道我是你的敵人咋的？」

她說：「正是敵人，難道這個你還不明白？當然，是敵人！」她的聲音漸漸微弱了，沉靜了，她的臉頰燒起一片紅暈，臉龐看起來非常美……叫人看個不夠。唉，我想，她在世上活不久了，──我得請求她對我原諒。我想，讓她不諒解就死去，不大好吧。我說：「請你寬恕我吧，如果我有什麼地方對不起你。」人人皆知，我們信奉基督的人就應該這麼說的……而她，瞅我一眼，又發起火來：「寬恕！哪有這麼容易！我決不會原

諒，你休想，決不！我快死了……你放明白點：我沒寬恕你！」

說話的人又不言語了，沉思起來。過了一會兒，他接著說下去，但聲音更小，話語更扼要、集中了。

他們兩個互相之間又談起來。瞧，您是有學識的人，肯定懂得他們的話。讓我把我還記得的那些話，說給你聽聽。這些話給我的印象很深，至今我還清楚地記得，不過我不懂是什麼意思。梁贊采夫對小姐說：

「你要明白：現在，來看你的不算是憲兵……通常，憲兵押送過你們，也押解別人，全是奉上級命令行事的。可是，眼下他到這裡來，難道也奉了上級的命令嗎？」接著，他對我說：「喂，我問你，老總，可我還不知道怎樣稱呼你……」

我說：「我叫斯捷潘。」

「那你的父名怎麼叫？」

「彼得羅維奇。」

「那麼，斯捷潘·彼得羅維奇，你為什麼要到我們這裡來呢？是為了人情吧？對嗎？」

我說：「當然，是為了人情。」我又說：「你剛才說得很對，如果按照上級規定，我們決不應該無緣無故到這裡來。上級要是知道了——是不饒的。」

「嗯，你看明白了吧，」他對她說，拉住她的手。她又奪手抽了回去。

「我什麼也沒看出來，」她說：「你看見的，不是實際情況。不錯，我們同他（這裡，「他」就是指我）固然都是普通的平常人，但是，敵人總歸是敵人，空談是無用的。他們的任務，——是監視，我們的任務——是戒備。你瞧，他站在那裡不動，在聽呢。可惜，他聽不懂，要不，他會全記下來向上級報告……」

梁贊采夫轉過身來，面對著我，通過眼鏡，注目凝視著我。

他的眼睛很敏銳，但帶著善意。他對我說：「你都聽見了吧？你該怎麼想呢？……不過，不必多解釋：我看出來，你聽了心裡很難過。」

可以這樣說，事情明擺著，理所當然嘛。……按照上級指示的規定，我曾經宣過誓，如果發現違法亂紀的事，哪怕是親爹，也必須告發……不過，我來這裡，並沒有接受什麼任務；當然，我聽了這種話，感到很委屈，簡直傷心得很。我轉身向大門口走去，可是，梁贊采夫攔住了我。

他說：「斯捷潘‧彼得羅維奇，你等一下，先別忙著走。」他扭頭對她說：「這樣不大好……你不寬恕他也罷，不和解也罷，這都不必再說了。他如果能夠充分理解一切情況，也許，他自己也不會原諒自己。……可是，敵人也是人嘛，常常也有『有人性』的……可你對這個一點也沒有認識。」他又說：「你是一個宗派主義份子，沒錯兒！」

而她對他說：「就算是吧，可你這人卻是姑息放任，敵友不分。你呀，只知道死啃書本……」

梁贊采夫聽了這話，真奇怪，他好像身上挨了一拳，突然跳了起來。我明明看見，她也嚇得不輕。

「姑息放任，敵友不分？」梁贊采夫說，「你很清楚，你說話不實事求是。」

「也許，」她答道：「可你對我說話實在嗎？」

「我說的千真萬確，」他說：「你可算是地地道道的貴夫人莫羅佐娃[1]……

小姐沉思了一會兒，向他伸過來手；他握著她的手，而她覷著眼，對著他的臉看了又看，然後說：「是啊，也許您說得

---

[1] 費‧普‧莫羅佐娃是一個女貴族，十七世紀俄國教會分裂派的領袖之一，後被沙皇流放，死於監禁中。

對！」我像個傻瓜似的，呆呆地站在那裡，冷眼望著他們，可是我的心口隱隱作痛，難過極了。過了一會兒，她向我轉過身來，怔怔地瞧著我，不再有慍怒的樣子，並且，向我伸出來手。她說：「喂，你聽著，我告訴你：我們到死都是仇人……好吧，願上帝保佑你，我現在向你伸出友情的手，——希望你將來有一天成為『人』——真正的『完人』，而不是聽上級差遣，惟命是從的奴才。……」接著，她轉臉對他說：「我累了。」

我從屋裡走出去。梁贊采夫也跟在我身後出來。我們在院子裡站了一會兒。我看見：他眼裡閃著淚花。

他說：「嗯！斯捷潘‧彼得羅維奇，你在這兒還會呆多久？」

我說：「我不知道。也許，要呆兩三天，等郵件來。」

「如果，你還想來看看，」他說：「沒關係，儘管來吧。看來，雖然你幹的是官差，可是你為人還是蠻好的……」

「請原諒，」我說：「我打擾了，驚嚇著她了……」

「說的是呀，」他說：「你來的時候最好跟房東太太說一聲，先打個招呼。」

「有一句話我想問一下，」我說：「你剛才提到貴族夫人莫羅佐娃。這麼說，小姐也是貴族出身？」

「貴族也罷，不是貴族也罷，」他說，「反正她生性是這樣。」他接著說：「她可以忍受磨難……你們已經把她折磨得不輕了……可是，要叫她屈服——大概你自己親眼看見了：這種人是決不會屈服的。」

說到這裡，我們就分手了。

五

……她很快就死了。她殯葬的情況，我沒能親眼瞧見——因

為我去縣警察局長那裡了。不過，第二天，我卻見著了男流放犯
——叫梁贊采夫的那個人。我走近他，一看，他臉上沒有血色，
蒼白得嚇人。

他這人身材高大，相貌威嚴。以前，他看見我，面色和善，
態度和藹，這次，他卻兩眼直勾勾地瞪著我，像野獸一般。他剛
剛伸出手來，正要同我握手，突然，甩掉我的手，把臉扭了過
去。他說：「現在，我不願再見到你。去吧，老兄，看上帝份
上，走你的吧……」他低下頭，走開了。於是，我回到下處，痛
苦萬分。說真的，有兩三天我簡直吃不下飯。打這時起，我總覺
得心中有難言的悲苦，好像中了邪似的。

又過了一天，縣警察局長把我們叫去，對我們說：「你們現
在可以走了：公文已經來了，可惜，來遲了。」原來，又要我們
來押解她，可是上帝可憐她：把她召回升天了。

……不過，後來，我又碰到一些事兒——故事還沒完呢。在
返回的路上，我們到了一個驛站上。……我們一進屋，看見桌上
擺著茶炊，有各式各樣的吃食，有一個外來的老太太坐在那裡，
正在招呼女主人一塊喝茶。這個老太太打扮得乾淨清爽，個頭兒
挺小，樂呵呵的，又說又笑。她把自己的家裡事兒，都說給女主
人聽，她說：「就這樣，我收拾好家裡東西，把從祖上繼承下來
的房產賣掉，就動身來探望我的小寶寶了。她一見我來，一定很
高興！她準會罵我，我知道，會發脾氣，她對我要發脾氣——可
是，總是滿心歡喜的。她給我寫信，不讓我來。說什麼也不許我
來看她。可這，不要緊，沒有什麼關係！」

這陣子，好像有人在我腰上捅了一捶。我出來，進了廚房。
我問那個年少的女傭。她說：「這就是你們上回押送的那個小姐
的親娘。」我聽了這話，身子一搖晃，差點摔倒。那個女孩子，
見我神色不對，趕忙說：「老總，你怎麼啦？」

我說：「你小聲點，別大喊大叫的……那位小姐嘛——死

了。」

　　這女孩子聽了這話──這裡要說明一下，這姑娘是一個浪蕩的娘們兒，常常跟過往的客人調情賣俏──她聽了，嚇得一拍手，哇的一聲哭起來，從屋裡跑出去了。我拿起帽子，也出了屋。──只聽見那老太太還在廳堂裡同女主人喋喋不休地閒聊。我為這個老太太害怕起來──怕得沒法形容。我拖著沉重的步子上了大路。後來，伊凡諾夫坐著馬車趕來，我這才上車，一道走了。

六

　　……情況就是這樣……顯然，是縣警察局長向上級告發了我，說我到流放犯那裡去過，還有，科斯特羅馬那個上校也告發了我，說我包庇流放犯──告發的事，接連不斷。於是，長官不想再提拔我當軍士了。他說：「你哪裡配當軍士，你簡直是個婆娘！本來該把你這個傻瓜，關禁閉！」但是，那時候我什麼也不在乎，對於這，一點也不覺得可惜。

　　倒是，對於這個愛發脾氣的小姐，我始終忘不了。直到如今，還是這樣：她的身影常常出現在我面前。

　　這可怎麼說呢？要是有人能給我解釋明白就好了！嗯，先生，你睡著了嗎？

　　我沒有睡……座落在叢林深處的這間小屋裡，漆黑一片。那黑暗撕裂著我的心。我眼前，時時出現那個死去小姐的愁苦、哀怨的面影；我耳邊，不停地轟鳴著暴風雨深沉的悲戚呼號聲。……

深林在喧囂

歲月悠悠，世事滄桑。

一

深林，嘩、嘩、嘩，一片喧囂聲……

這座森林的呼嘯聲，從來沒有停息過──這聲音平穩而悠遠，像是從遠方回蕩來的隱隱鐘鳴，這聲音沉靜而含蓄，像是沒有填詞的曲調，它仿佛在回憶依稀往事。這兒的呼嘯聲從未停息過，因為這座古老的茂密松林，還沒有經過木材商人斧鋸的砍伐。百年老松，高大挺拔，紅色的樹幹，矗立上空，宛如森嚴、隱現的軍隊佇列；青翠的樹頂密密匝匝，緊緊地連綴成一團。林陰下一片岑寂，飄來陣陣松香的氣息，松針散落一地，松林縫裏探出鮮綠的羊齒植物，蓬蓬松松，宛如一綹綹奇異的穗子。連葉片也不顫動一下，安詳地待在那裏。濕潤的角落裏，長滿了綠茸茸的高杆青草；乳白色的三葉草，好像有點困倦似的，耷拉著發沉的腦袋。上空，林濤呼嘯，颯颯聲不絕於耳，猶如這座老林的歎息聲。

此刻，這沉沉歎息聲越發深沉，越來越強勁了。我騎著馬穿過林間小徑，雖然抬頭看不見天空，可是林子似乎黯了下來，我便覺出來天空籠上了濃重的烏雲。天光已經不早了。從樹幹的罅隙裏，射出來一縷縷夕陽的殘照，但在灌木叢中，早已暮色冥冥

了。黃昏時分雷雨要來了。

可今天只得打消打獵的念頭了，必須在雷雨來到之前趕到住宿的地方。我的馬，蹄子踩在裸露地面的樹根上，嘚嘚響著，它吼吼地打著響鼻，豎著耳朵，諦聽著樹林裏傳來的響亮回音。馬兒朝著它熟識的守林人小屋，主動地加快了腳步。

獵犬汪汪汪吠叫起來。幾堵土牆，透過漸漸稀落的樹幹，顯現出來。一縷青煙，嫋嫋地盤旋在一片綠陰上空。歪歪扭扭的小木屋，破破爛爛的屋頂，棲身在一排紅樹幹的牆下。這小屋仿佛陷進地裏，而那挺拔高大的紅松在高處驕橫地搖晃著腦袋。幾株小橡樹，緊緊偎依在一起，長在林間空地的中央。

經常同我一起打獵的夥伴——守林人紮哈爾和梅可馨住在這裏。顯然，這會兒，他倆都不在家，因為那隻大狼狗叫得這麼凶，卻沒有人出來看看。只有那位禿頂、白鬍子的老爺爺，坐在牆角土臺上，正在用樹皮編草鞋。老爺子的白鬍子長長地飄到腰間，他兩眼昏沉無光，似乎老爺子總在回憶什麼，可一時又想不起來。

「老大爺，你好。有人在家嗎？」

「咳！」老爺子搖搖頭說，「紮哈爾和梅可馨都沒在家，莫特麗亞呢，到林子裏找母牛去了……母牛不見了——興許，被狗熊……吃了……就這麼著，誰都不在家！」

「哦，不要緊，我和你坐一會兒，等等他們。」

「你就等等吧，等等吧。」老爺子點點頭，我把馬拴在橡樹枝上的當兒，他用那微弱、昏暗的眼光瞅著我。……老爺爺夠可憐的：老態龍鍾，眼睛看不清東西，兩隻手也直哆嗦。

「小夥子，你是誰呀？」我在土臺上剛剛坐下，他便向我問道。

我每一次來這裏，都聽他這樣問過我。

「咳，這會兒知道了，知道了，」老爺子說，又拾起草鞋編

起來。「人老了，腦子不中用了，就像篩子似的，什麼也把不住。那些早年死去的人們，我都記得——咳，一清二楚地記得，至於新認識的人嘛，我總是忘——我在這世上活得太長久了。」

「老爺爺，你在這樹林子裏住很久了吧？」

「咳，很久啦！法國人打進咱沙皇的疆土上。那陣子，我就住在這兒了。」

「那你這輩子見的可夠多啦。要不，你跟我講點什麼聽聽。」

老爺子驚異地望著我。

「小夥子，我能見過什麼呀？我只見過森林……森林嘩嘩地響，不管晝夜，不分冬夏，一個勁兒颯、颯、颯……而我，就像那棵老樹，在森林裏過了一輩子，什麼也沒有覺察出來……啊，現在該入土進墳墓了。小夥子，有時候我想，我在人世上究竟活過沒有，連我自己也弄不清楚……咳，就是這麼的！或許，我在世上根本就沒生活過……」

一片烏雲，掠過濃密的樹頂，壓在林間空地的上空，空地周邊的松樹枝椏迎風搖曳著，林濤聲喧囂滾滾而來，像是強勁的琴音轟鳴。老爺子舉起頭來，細心地聽著。

「暴風雨就要來了，」他過了一會兒說，「這個我可懂。咳，狂風暴雨一吼起來，會把松樹刮倒，還要連根都拔出來呢！……森林的神就要顯靈了……」他低聲念叨著。

「老爺爺，你是怎麼知道的呢？」

「咳，那我可知道！我很懂，樹林講話的聲音……小夥子，樹也挺膽小的。瞧那該死的白楊樹，總在那兒嘰嘰喳喳地饒舌——儘管沒有風，可它還要顫抖。深林的松樹，晴天也颯颯價響，可是剛一起風，它便呼嘯嗚咽個不停。這還不算什麼……那麼你這會兒聽聽。我雖然眼睛不好使，不過耳朵挺好用，聽得真切，你聽，柞樹嘩嘩響起來了，空地上的橡樹也抖動起來……表

明暴風雨就要來了。」

真的，空地中間那幾棵矮壯多枝的橡樹，雖然受到高牆似的松樹林的圍繞保護，卻也抖起結實的樹枝，發出低沉的颯颯聲，這聲音顯然有別於松樹響亮的喧囂聲。

「咳，小夥子，聽到了沒有？」老爺子面帶孩子那樣調皮的微笑說，「我早知道啦：這樣吹打橡樹，說明森林之神夜間就要來了，要毀樹了……不，毀不了，橡樹可結實啦，連林神對它也沒辦法……就是這麼回事兒！」

「老爺爺，哪里有什麼林神？你不是親口說過：是暴風雨摧毀樹林的呀。」

老爺子狡黠地搖搖頭。

「咳，這個我可知道。——聽說，如今世上有那麼一些人，對什麼都不信。竟有這樣的事，我就像這會兒看見你一樣，我看見過林神，只怕更清楚些，因為那時我年輕，眼神好，現在老眼昏花了。瞎，我年輕時候眼睛有多好啊！」

「老爺爺，你跟我講講，你是怎麼瞧見他的？」

「當時，和現在的情況一樣；起初，松樹林嘩嘩地響……一會兒呼呼地叫，一會兒開始呻吟，嗚……嗚……嗚！——過一忽兒，靜了下來，接著又呼叫起來。過一會兒又叫了，一陣比一陣緊，聲音也越來越淒慘。咳，那是因為半夜裏林神把林子毀得很凶。末後，橡樹說起話來。快到黃昏時分，聲響就厲害起來了，到了夜裏，林神便一陣風兒似地轉出來了：繞著林子跳來跳去，一會兒笑，一會兒哭，一會兒轉圈圈，一會兒手舞足蹈，不停地撞著橡樹，一心想把它連根拔起……那一年，秋天，我從窗口朝外瞧瞧它，那它就不樂意了：它跑到窗前，砰地一聲把一根大松樹枝子砸進窗子裏來，差一點沒把我的臉打破，可惡極了；可我也不笨——趕快跳到一邊。咳，小夥子，你瞧，他有多凶，脾氣夠大的吧！……」

「他的模樣是個什麼樣子呢？」

「他的模樣麼，長得和沼澤地裏的老柳樹是一個模子，像極啦！……頭髮呢，很像樹上長的絲絲縷縷乾枯寄生草；鬍子呢，也是這個模樣；鼻子麼，像是半截粗粗的樹枝；臉哪，淨是些坑坑窪窪，仿佛長滿了皰疹。呸，醜死了！千萬別讓哪個基督徒長得像他……當著上帝說，真是那樣！嘿，還有一次，我在沼澤地裏見著了他，很近很近地……要是你想看見他，那你冬天裏來，一定會見著他。你順著那邊爬上山——那座山長滿了樹——你爬到一棵最高的樹上，爬到樹頂。有時候你從那兒就能望見他：他在樹林頂端走動遊蕩，很像一根白色的柱子，一忽兒還轉圈圈，從山上飄落到深谷。他跑呀，跳呀。鑽進林子，便無影無蹤了。嘿！……他走過的地方，像是撒滿了一層白雪……你要是不信我這老頭子的話，那麼，什麼時候，你自己來看看就明白了。」

這老漢說順了嘴，滔滔不絕地談起來。看來，是這林子驚魂未定的喁喁細語和空中滾滾而來的雷鳴，使得這個老年人的血又沸騰起來。老爺子點著頭，微笑著，眨巴著暗淡無光的老眼。

突然間，仿佛有一片陰影，掠過老人佈滿皺紋的隆起的前額。他用胳膊肘碰了我一下，神秘地說：

「小夥子，你知道嗎？我還要跟你說什麼？當然，那個林神，就是討人嫌的傢伙，這話是真的。凡受過洗禮的基督徒們，沒有誰個心甘情願地看見他醜陋的嘴臉……不過也得說他一句公道話，他絕不做害人的勾當……跟人開開玩笑，總歸是開玩笑，壞事他是從來不幹的。」

「老爺爺，你剛才親口說他要用松樹墩子砸你，這是怎麼說？」

「唔，他不過想嚇唬嚇唬我！他對我從視窗朝外瞧他，確實生氣了，就是這麼的！只要你不招惹他，他對你就不幹壞事。他就是這樣的一個林中怪魔……你可知道，有人在森林裏幹的可怕

的壞事可多著哪⋯⋯嘻，千真萬確！」

老爺子垂下了頭，坐在那裏默不作聲。後來，他抬眼看看我，透過眼上蒙著的昏暗的雲翳，眼底閃出仿佛是記憶蘇醒過來的火花。

小夥子，我來跟你講個我們森林出過的一椿真事。正好就在這個地方，是很久很久前的事了⋯⋯我清清楚楚記得，真像做夢似的，樹林越是嘩嘩地呼嘯，就越發勾起我的全部回憶⋯⋯願不願意聽，我跟你講講吧，嗯？」

「願意聽，願意聽，老爺爺！快講吧。」

「咳，那我講啦！你好好聽著！」

二

你聽我說，我的爹媽早就死了，那陣子我還是一個小孩子家。咳，他們撇下我一個人孤單單地在世上。瞧，好苦啊。於是村裏人就琢磨著：「現在我們對這個小孩子該咋辦呢？」老爺爺呢，心裏也在盤算⋯⋯正在這時候，守林人羅曼從林子裏出來，對大夥兒說：「把這孩子給我帶回守林小屋去，讓我來養活他吧⋯⋯我在林子裏可以快活些，他也有飯吃了⋯⋯」他這麼一說，村裏大夥就對他道：「那就帶走吧！」他就把我帶來了，就這麼的，從那時起，我一直待在森林裏。

羅曼在這兒把我撫養長大。他這個人，太可怕了，上帝保佑⋯⋯個子高大魁梧，濃眉黑眼，從他的眼神看，他的心性是憨厚而又粗獷的，顯得有一股子野勁，因為他這輩子獨自一個人生活在森林裏，人們都說，他把狗熊當兄弟，把狼看成侄子。他和各種野獸都廝混得很熟，但他卻回避人，不願正眼看他們一眼⋯⋯他就是這樣一個人，真的，一點也不假！有時，他一瞪眼瞅著我，我就打脊樑上發毛⋯⋯不過，他確是個好人，蠻善良的，給

我吃得不錯，這是沒什麼話好講的。他給我吃蕎麥粥，裏面還放有葷油，碰著什麼時候打到一隻野鴨，也就給我吃鴨肉。真事兒就該講真的，是他養活了我，對我總歸不錯唄。

我們就這樣在一起過日子。羅曼出去到林子裏，先把我關在小屋裏，以免野獸把我吃了。後來，人家給他娶了一個媳婦兒，名叫奧克姍娜。

媳婦兒是老爺給他包辦的。老爺把他叫回村裏，跟他說：「羅曼哪，你娶個老婆吧！」而羅曼起初卻對老爺說：「要老婆不是活見鬼麼！在林子里弄個婆娘有嘛用，何況，已經有個小傢伙跟我在一起，我不想要媳婦！」原來，他不慣跟娘兒們拉拉扯扯，可老爺真夠鬼的……小夥子，我一說起這個老爺，就心裏尋思著，現在可沒有這樣的人了，——這種人絕了。……就拿你打個比方吧，聽說你也是老爺出身……興許，這是真事，可是你身上完全沒有……那種地道的威嚴派頭……你是個平常的好小夥子，沒有什麼特殊。

那個老爺可不同一般，煞是威風，是老輩子的那般老爺……我來告訴你，世上的事情可真怪：幾百個人竟然懼怕一個人，還怕得要命！……小夥子呀，你瞧瞧鷂子和小雞吧，它們都是蛋裏孵出來的，可鷂子一出來就撲棱棱地直向上飛，嘿！瞧那股勁，它在空中一聲尖叫，不用說小鳥，就連老公雞也嚇得滿地亂躥……那鷂子就好比鳥群中的老爺，母雞不過是平平常常的村夫罷了。

我記得，我正是小孩子的時候，有一次我看農夫們從林子裏往外邊搬運粗大的圓木，大約有三十來個人，老爺呢，只一個人，騎在馬上，捋著鬍子。馬啊遛來遛去，他騎在馬上東張西望。哎喲，農夫們一眼瞧見是老爺，這可慌了神，趕忙跑開讓路，把運木頭的馬兒趕緊拉到雪地裏，摘下帽子。這之後，不知費了多大力氣，才把圓木從雪地裏拽出來，而老爺騎著馬——嘚

嘚地揚長而去。你瞧，這麼寬的大路，他一個人過，還嫌窄巴
哪。老爺動動眉毛，農夫就直哆嗦，要是老爺笑一笑，──大夥
兒心裏就樂開了花；老爺眉頭一皺，大家嚇得提心吊膽、愁雲滿
面。敢跟老爺頂嘴的人，從來沒有聽說過。

至於羅曼麼，誰都知道，他是在森林荒野中長大的人，不懂
禮貌，所以老爺並不十分怪罪他。

「我要給你娶媳婦兒，」老爺說，「為什麼要這樣做，我自
己心裏有數。把奧克姍娜領去吧。」

「我不要，」羅曼答道，「管她是奧克姍娜，還是誰，我都
不需要！叫鬼去娶她吧，我就是不要……就這麼著！」

老爺叫人把鞭子拿來，人們把羅曼按倒在地，老爺便發話
道：

「羅曼，娶不娶媳婦兒？」

「不，」他說，「不要。」

「給我打，」老爺說，「朝屁股上狠揍。」

羅曼挨了不少的鞭子；雖說他身子棒，可是到後來還是吃不
住勁了。

「別再打了，」他說，「算了吧！還是讓魔鬼一齊來把這婆
娘抓走的好；免得讓我為她受這麼多苦。好吧，把她弄來吧，我
結婚就是啦！」

老爺大院裏住著一個看管獵犬的家人，名叫奧帕納斯・施維
德基，這時候他正打野地裏回來，正好碰上人們張羅著給羅曼娶
親。他一聽說羅曼遇上了倒楣事，便「噗通」一聲跪在老爺跟
前，吻他的雙腳……

「仁慈的老爺，」他說，「您何苦去打他，難為他呢，不如
讓我把奧克姍娜娶走吧，我不會反悔的……」

咳，他自己真心想娶她，嘿，他就是這麼一種人。

這下子羅曼可高興了，他快活極了，連忙從地上站起來，繫

好褲子，便說：

「好啊！我說你這個人，怎麼不早來一會兒呢？可老爺也真是的——老是這樣！……也不好好問問，到底誰想娶她。把人家抓起來，二話不說，說打就打！」他說，「難道這是基督徒該幹的嗎？呸！……」

咳，他這個人，有時候連老爺也不放過。羅曼就是這種人！他發起火來，誰也惹不起，管你是老爺還是什麼人。可是，這個老爺鬼著呢！瞧，他心裏另有謀算。他叫人把羅曼又按倒在草地上。

「我呀，」他說，「你這傻瓜，我想給你福享，你偏不識抬舉。你現在光棍一條，就像趴在洞裏的一隻熊，要想到你那兒歇歇腳就叫人煩心。……用鞭子給我狠揍這個傻瓜，直到他討饒……而你，奧帕納斯。給我滾，見你媽的鬼去吧。聽著，沒有叫你來吃飯，你就別到飯桌跟前來湊。你看見我是怎樣招待羅曼的吧？但願你別嘗到這種滋味。」

這下子，羅曼十分惱火，氣得可真不輕。嘿！人們把他打得夠狠的，你要知道，老輩子抽鞭子厲害極了，可是他躺在那裏，一直不開口討饒！他忍呀忍了好久，最後還是啐了一口，說：

「這個不得好死的，為了這個婆娘把一個基督徒打得臭死，連數數也沒有，夠啦！狗奴才，把你們的手爛掉吧！是魔鬼教給你們打人打這麼狠！我可不是打穀場上的一捆麥子，叫你們劈劈啪啪地這樣打。既然是這樣，那麼好吧，我娶她就是了。」

老爺樂了，笑了起來。

「這就對了，」他說，「你屁股打得坐不下來，等會兒成親的時候，可以多跳跳舞。」

嘿，這位老爺是個知趣的人，真會開心，你說是吧？可是後來他落了個很壞的下場，上帝保佑，基督徒可不能有那種下場。說實話，我不願任何人有那樣的下場。哪怕對猶太人，也不該這

樣咒他。這就是我的想法……

　　就這樣，羅曼成了親。他把新娘子接到守林小屋來；起初，他總是不住嘴地罵她，數落她，埋怨：為了她，自己挨了兩頓皮鞭。

　　「你呀，」他說，「根本不值得，為了你叫人家挨了這麼狠的打。」

　　常有這樣的事：他從林子裏一回來，就馬上把她從小屋裏趕出來。

　　「滾吧！我這小屋裏用不著女人！連你的魂兒也別留在這裏！」他說，「我不喜歡，我小屋裏睡個臭婆娘。氣味難聞。」

　　嘿！

　　後來，就沒什麼了，羅曼耐著性子習以為常了。奧克姍娜常常打掃小屋子，粉刷牆壁，收拾得乾乾淨淨；把碗碟餐具擺放得整整齊齊；樣樣東西鋥光發亮，叫人打心眼裏喜歡。羅曼看出來：這個女人還不錯——漸漸地和她慣熟了。不但相處慣了，小夥子，你聽啊，他還愛上了她，真的，我不扯謊！羅曼還出了這檔子事：他仔細瞅著女人，瞅了一會兒說：

　　「謝謝老爺，教我學會享福。我這個人真蠢，挨了多少鞭子，現在才明白過來，這不是壞事。而且好得很。真想不到！」

　　這樣過了不少日子，究竟過了多少時候，我就不清楚了。奧克姍娜躺在木炕上，哼哼唧唧，呻吟起來。傍晚時分，她病倒了。第二天早晨，我一醒來，便聽到有人尖著嗓門在啼哭。「咳，」我想，「看起來是生娃娃了。」果不其然，正是這樣。

　　這娃娃在人世間沒活多長時間。就從早上活到晚半晌。到了晚上，孩子不叫了，咽了氣。奧克姍娜嗚嗚咽咽哭起來，羅曼說：

　　「孩子沒了，既然死了，也用不著再去請牧師來了。我們就把他埋在松樹底下吧。」

　　羅曼就這樣說的，不僅說，還真的這樣幹了：在地裏挖了個小墓坑，把孩子就埋了。你瞧，那邊有棵老樹根，叫雷劈了的……那就是羅曼在它下邊埋死孩子的那棵老松樹。小夥子啊，我來告訴你，只要太陽一落，樹林上空開始閃爍星星和霞光，就會有一隻小鳥飛過來，不停地叫。唉，這隻小鳥吱吱喳喳叫得多淒慘啊，真叫人心酸！這是一個未曾受過洗禮的靈魂——它在為自己祈求十字架。有人說，要是有個有學問的人，懂得事理，有本事給他弄個十字架，它就不會再來回飛了……可我們一輩子老住在樹林子裏，什麼也不懂得。它飛來飛去，苦苦乞求，我們只能說：「哎呀，哎呀，可憐的靈魂啊，我們一點忙也幫不上你啊！」瞧那小鳥啼哭起來，哭著飛走了，過一會又飛回來。

　　唉，小夥子，這不幸的靈魂真叫人可憐啊！

　　奧克姍娜身子康復以後，常到小墓坑那邊去。她坐在那墓坑邊放聲大哭，常常整座老林子都聽得見她的哭聲。她是多麼心疼自己的孩子啊，但羅曼並不憐惜孩子，而是心疼奧克姍娜。常常，羅曼打林子裏一回來，便站在奧克姍娜跟前說：

　　「傻婆娘，住聲吧！有什麼好哭的！一個娃兒死了，也許，還會有第二個。說不定會更好呢。嘿！因為那一個不一定是我的，我不曉得，拿不准。人家都這麼講。下一個可該是我的了。」

　　奧克姍娜很不喜歡他這樣講。每逢這種場合，她馬上不哭了，便用極難聽的話來吼他。羅曼呢，也並不生氣。

　　「你嚷嚷什麼呀！」他說，「我壓根兒沒有說過那話兒，我只說，我不曉得。為什麼說我不曉得呢，因為先前你不是我的老婆，又不住在林子裏，而是住在上等人那裏。這叫我怎麼曉得呢？現在你在林子裏邊住，這就好了。上一次我有事去村子裏找菲多西婭大嫂，她對我說：『羅曼哪，怎麼搞的，這麼快你就有孩子了！』我對大嫂說：『我怎麼會知道快呀，還是不快？』

呃，你不要再嚷嚷啦，要不，我真格的要生氣了，備不住還要揍
你一頓。」

奧克姍娜罵罵咧咧地，把他罵了一會兒，也就不作聲了。

她有時候一邊罵他，一邊捶他的背，可是等到羅曼真格的惱
火了，她馬上靜下來──心裏害怕了。她便對他親熱起來，抱住
他，和他親嘴，凝眸盯著他的雙眼……於是，咱們的羅曼的火氣
就消了。因為……小夥子，你瞧出來沒有……你，大概不懂吧，
可我這老漢，雖然沒有成過親，我這一輩子見過的可多啦：年輕
的娘兒們親起嘴來可甜啦，男人再大的脾氣她都能穩住。哎呀
……我瞭解這些娘兒們是怎樣的人。奧克姍娜是個水靈靈的小娘
們，現在我再也看不到這樣的人兒了。小夥子呀，我跟你說，連
娘兒們和老輩子也不一樣了。

有一天，林子裏響起了號聲：嘀嘀噠噠，嘀嘀噠噠……噠
噠！號聲傳遍了林子，歡快而響亮。我那時候年紀還小，不知道
這是什麼玩藝兒；抬眼只見鳥兒撲棱棱地從巢裏飛出來，撲打著
翅膀，嘰嘰喳喳地亂叫，又看見一隻兔子直豎起耳朵，撒腿拼命
地跑。我想，大概這是一隻從來未曾見過的什麼野獸叫得那麼好
聽吧。其實那不是野獸，而是老爺騎著馬兒，吹著號角，進了森
林。還有幾個看管獵犬的家人，也騎著馬兒，牽著獵犬，跟隨在
老爺身後。看獵犬的家人中間，長得最帥的要數奧帕納斯·施維
德基了，他身穿天藍色的哥薩克外套，頭戴金絲線繡的小帽，背
著一支閃閃發亮的火槍，肩上挎著皮帶，上面繫著一隻板都拉弦
琴，他英姿瀟灑地騎在馬上，緊跟在老爺身後。老爺很喜歡奧帕
納斯，不光是奧帕納斯彈得一手好琴，還因為他又是唱歌的能
手。嘿，奧帕納斯可真是個漂亮的小夥子，英俊極了！老爺怎能
跟奧帕納斯比呢？老爺禿頂了，長著個酒糟鼻子，眼睛呢，雖然
快活水靈，但終究抵不上奧帕納斯的眼睛。常有那樣的事，只要
奧帕納斯瞧我一眼，哪怕我不是姑娘家，我這個小孩子就美滋滋

地要笑。聽說，奧帕納斯的父輩和祖先都是查波羅什那一帶的哥薩克人，在謝齊營地裏參加了哥薩克幫會，那裏的人啊，個個都是好樣的，英俊漂亮，手腳麻利。小夥子呀，你尋思尋思手拿長矛，騎在馬上，在原野上像鳥一樣飛快地奔馳，這和拿把斧頭，砍砍樹林子，到底是兩碼事啊……

且說那天我跑出守林小屋，看見老爺騎著馬來到屋前，站住了，看管獵狗的家人也停住了腳步；羅曼從小屋裏出來，扶著老爺踩住馬鐙，下了馬。羅曼向老爺深深一鞠躬。

「你好哇！」老爺對羅曼說。

「嗨，」羅曼答道，「我麼，謝了，挺壯實，我還會咋的？那您呢？」

你瞧，羅曼不懂禮貌，不會向老爺回話。僕人們聽到他說這話都笑起來，老爺也笑了。

「啊，你身體挺好，謝謝上帝了。」老爺說，「你的老婆在哪兒呢？」

「老婆能在哪里？老婆嗎，自然是在屋裏唄……」

「好，我們進屋吧，」老爺說，「小夥子們，你們趕快把地毯在草地上鋪好，把東西都準備好，讓我們招待、祝賀這對新婚夫婦吧。」

他們這就進屋了，老爺先進去，羅曼沒戴帽子跟在後面，還有鮑格丹，是看管獵犬的家人頭頭，老爺忠實的奴才。啊，像這樣的僕人現在世上是找不到了：他已經上了年紀，可是對別的僕人卻凶得很，在老爺面前，簡直是一條狗。對他來說，除了老爺之外，世界上再沒有別人了。聽說，鮑格丹的爹娘死了以後，他曾請求老太爺租給他一塊地種種，他還想娶個媳婦。可是老太爺沒有恩准，派他去伺候小少爺。老太爺說，你這一忙乎，就像有爹、有娘，有老婆的人了。這麼著，鮑格丹就從小照顧小少爺，把他帶大，教他學會騎馬，教他學會打槍。小少爺長大成人以

後，自己做了老爺，鮑格丹這老東西像一條狗似的，總是跟在老爺屁股後面跑。噢，我跟你說句實話，大家把鮑格丹恨死了，咒罵他可厲害了，又有多少人受他的害傷心流淚啊……這一切都是由老爺引起的……只消老爺發一句話，說不定鮑格丹會把他的親爹撕成碎片的……

那時候，我還是一個小孩子家，也跟著大夥兒跑進屋子，不用說，是由於好奇。老爺走到哪里，我就跟到哪里。

我看見，老爺站在屋子正中間，笑嘻嘻地，捋著鬍子。羅曼站在那裏，兩隻腳不停地挪動著，兩手擺弄著帽子，奧帕納斯一隻肩靠住牆，站在那裏活像陰雨天裏的一棵小橡樹，可憐的人喲！他愁眉苦臉，鬱鬱不樂……

他們三個都轉過身看著奧克姍娜。只有老鮑格丹獨自一人坐在角落裏木炕上，耷拉著腦袋，披散著額髮，等候老爺的吩咐。奧克姍娜站在屋子另一角的爐子旁邊，低垂兩眼，面紅耳赤，就像大麥地裏長的一株罌粟花。噢，這不幸的人顯然已經覺察出，為了她，要出禍事了。小夥子，我正要告訴你，如果三個男人直盯盯地瞅著一個女人，那就不會有什麼好事，准會打得頭破血流，說不定更糟。這點我很清楚，因為我親眼見到了。

「喂，羅曼哪，」老爺笑道，「我給你作大媒娶的媳婦不錯吧？」

「怎麼，」羅曼說，「娘兒們，總歸是娘兒們，還不賴！」

這時候奧帕納斯聳聳肩膀，抬眼看著奧克姍娜，自言自語道：

「是啊，」他說，「這娘們不該落到這個傻瓜手裏。」

羅曼聽到這話，扭轉身對奧帕納斯說：

「奧帕納斯爺們，你憑什麼說我是傻瓜，嘿，你說呀！」

「就憑你，」奧帕納斯說，「就憑你看不住自己的老婆，所以說你就是一個大傻瓜……」

你看奧帕納斯說的是啥話！老爺甚至跺了一下腳，鮑格丹搖了搖頭，羅曼想了一會兒，舉起頭來望望老爺。

「教我怎樣才能看住她呢？」羅曼對奧帕納斯說，而自己的眼卻瞅著老爺。「這裏除了野獸，連妖魔鬼怪都難得找到一個，除非尊貴的老爺有時候來這裏轉轉。叫我看住老婆是為了防備誰呢？可恨的哥薩克，你小心點，別惹我發火，要不，我會把你的頭髮揪下來。」

如果不是老爺出來發作，他們差一點打了起來，老爺把腳一跺，他們就不吭聲了。

「別吵了，」他說，「你們這些龜孫子！我們到這裏不是來打架的。該向新婚夫婦賀喜了。天傍黑的時候，還得到沼澤地裏打獵呢。喂，跟我來！」

老爺轉身出了小屋。在一棵樹下，家人們已經擺好酒菜。鮑格丹跟隨著老爺出了屋，奧帕納斯把羅曼攔在過道裏。

「老弟啊，你別生我的氣。」那個哥薩克說，「你聽我奧帕納斯告訴你說：你可曾看見我跪在老爺跟前吻他的靴子，叫他把奧克姍娜許給我？瞧，上帝保佑你……神甫為你成了婚，看來，這是天意！可是我實在不忍心，讓那個狠心的仇人再拿她來取樂，把你來捉弄。嘿！誰也不知道我心裏是怎麼想的……我恨不得用火槍把他，還有她，都送進濕漉漉的九泉之下，不讓他們睡到被窩裏……」

羅曼瞅著那哥薩克，問道：

「哥薩克，你是不是瘋了？」

我沒有聽清，奧帕納斯在過道裏跟羅曼嘰咕了些什麼，只聽見羅曼拍了他一下肩膀，說：

「唉，奧帕納斯，奧帕納斯呀！世上的人多麼惡毒、奸詐啊！我待在樹林子裏，什麼事也不知道。嘿，老爺呀，老爺呀，你是拿自己的腦袋來玩命哪！……」

「呃，現在你去吧，」奧帕納斯對他說，「你可要不動聲色，尤其是在鮑格丹面前。你這人傻乎乎的，呆頭呆腦，而鮑格丹這條老狗可滑得很呢。當心點，老爺的燒酒可別多喝，要是老爺派你和管狗的家人一道去沼澤地裏，他自己呢，卻留在這裏不走，那你就把這些家人領到老橡樹跟前，給他們指出一條騎馬走的繞彎兒的遠路，你自己麼，就說步行穿林子抄近道……然後，你趕緊回到這兒來。」

「好吧，」羅曼應聲道，「我去準備打獵的事兒啦。火槍裏不裝鉛砂，也不裝打鳥的散彈，只裝打狗熊的有勁兒的地道子彈。」

就這麼著，他們出去了。老爺早已坐在地毯上，吩咐把酒壺和酒杯拿來，斟上一杯燒酒，遞給羅曼喝。嘿，老爺的酒壺和酒杯可真棒，燒酒就更好啦。喝上一杯，包你心裏樂滋滋的；再喝一杯，你就欣喜若狂，心跳不止；如果酒量不行，喝上第三杯，老婆要是不扶著上床，准會趴倒在炕底下。

嗨，我來告訴你，老爺可真鬼！他想用他的燒酒灌醉羅曼，可是，從來沒見過有什麼燒酒能把羅曼醉倒。他接過老爺遞過來的酒，一杯又一杯，又喝第三杯，還是不醉，只是兩眼像狼的一樣閃閃發紅光，黑鬍子一撅一撅的，這下子老爺可惱火了，說：

「這小子，喝起燒酒來得勁兒，連眼珠也不眨一下！換了別人，早就眼淚汪汪了，可他呢，好心腸的人兒你們瞧瞧，他還在那兒笑呢……」

這惡毒的老爺心裏明白，如果一個人喝了燒酒就眼淚汪汪的，不用多久，他就會趴在桌上醉倒了。可是這一回他卻弄錯了。

「我幹什麼要哭呢？」羅曼回答他，「那可不太好吧，尊敬的老爺特地來向我賀喜，我呢，像個婦道人家，號啕大哭起來，這就不像話了。謝天謝地，沒有什麼事讓我值得好哭的，叫我的

仇人去哭好啦……」

「這麼說，」老爺問道，「你很稱心啦？」

「咳，我有什麼不稱心的呢？」

「那你可還記得，我們用皮鞭子讓你娶親的事嗎？」

「怎麼能不記得呢？所以我說，我這人真傻，分不清什麼是苦，什麼是甜。挨鞭子該多苦哇，可我寧願挨鞭子，不願討女人。這就得謝謝仁慈的老爺您老人家啦，是您教會我這個傻瓜懂得蜜糖好吃啊！」

「好啦，好啦，」老爺對他說，「那你就為我效勞吧：你帶著家人到沼澤地裏，多打一些野味，還一定給我打一隻大野雞回來。」

「老爺您什麼時候讓我們去沼澤地呢？」羅曼問道。

「喝一會兒酒再說吧。叫奧帕納斯給我們唱一支曲兒，然後，請上帝保佑你們去吧。」

羅曼用眼睛瞟著老爺，對他說：

「這就不好辦了，時候不早啦，這兒離沼澤地很遠，況且，林子裏的風刮得嗚嗚直叫，傍黑會有暴風雨。這種時候哪能打到那機靈小心的鳥兒呢？」

可是老爺已經喝得醉醺醺的了，老爺這人一喝酒就大動肝火。他看見家人們交頭接耳低聲商量：「羅曼說得對，眼看暴風雨就要來了。」他聽見這話，火冒三丈。把酒杯乓地一放，眼珠一瞪，大家都不敢出聲了。

只有奧帕納斯一個人不害怕；他照著老爺的吩咐，撥弄著板都拉弦琴，邊彈邊唱，他冷眼覷著老爺，說：

「仁慈的老爺，你清醒清醒吧：誰家聽說過，半夜三更．下著暴風雨，把人家趕到黑糊糊的老林裏去打鳥兒呢？」

你看他膽子多麼大！這是明擺著的事：別人都是老爺的「家奴」，當然害怕啦，他是個自由人，哥薩克的後代。當他還是小

孩子的時候，一個老哥薩克——彈板都拉琴的歌手，把他從烏克蘭領到這裏來。小夥子啊，那年月，在烏曼城人民起來鬧過事。這個老哥薩克因此被剜了雙眼，割去了耳朵，留下他一條活命任他在世上漂泊。他四處流浪，走遍城鎮和鄉村，最後跟著他的領路人——奧帕納斯這小傢伙，來到我們這塊地方。老太爺愛聽動聽的小曲兒，便把奧帕納斯留下來。後來，那瞎老頭兒死了，奧帕納斯就在莊子裏長大成人。現時這個老爺也挺喜歡他，時不時地他講些不禮貌的話，老爺也容忍他；要是別人這樣說，說不定要被剝去三層皮。

這一回也是這樣：起初老爺是有點想發脾氣，大家以為，他要揍這個哥薩克一頓了，可是，過了一會兒，他卻對奧帕納斯這樣說：

「噢，奧帕納斯，奧帕納斯啊，你是個聰明的小夥子，可是，看來你還不太懂事，要是把鼻子伸到別人門縫裏，可得當心人家砰地一聲把門關上……」

你瞧，他說這話多像打啞謎！哥薩克人一下子就明白過來了。這個哥薩克唱一支歌又一支歌來回答老爺。啊，要是老爺聽懂了哥薩克歌曲的含意，那麼，太太後來也就不會痛哭流涕了。

「老爺，謝謝您的開導，」奧帕納斯說，「讓我唱歌來答謝你，你聽啊。」

他撥動了板都拉琴弦。

然後，他抬起頭來，望望天空——只見一隻雄鷹在空中振翅盤旋，風兒追趕著烏雲在翻滾。側耳細聽，高大的松樹林嗚嗚號叫。

他又撥動了琴弦。

嘿，可惜你沒有機會聽到奧帕納斯‧施維德基的彈奏，現在世上可再聽不到了！別看這個不起眼的玩藝兒——板都拉琴，可一到行家手裏，他真格會說話，還說得很動聽。常有這樣的事

兒，只要用手指在琴弦上一抹，這琴兒就會說出一切：黑黝黝的
松樹林在風雨交加的天氣呼呼吼叫，狂風掠過曠野吹得雜草沙沙
作響，乾枯的草莖在壘得高高的哥薩克墳頭喃喃低語。

　　小夥子，是啊，你現在再也聽不到這地道的板都拉琴聲了。
現在，什麼樣的人都到這兒來過，他們不僅到過波列斯地區，還
到過別的許多地方，他們走遍了整個烏克蘭：奇吉陵、波爾塔
瓦、基輔、契爾卡塞全都到過。他們說，板都拉琴手已經見不到
了，集市上已經聽不到他們彈奏了。我小屋裏牆上還掛著一把舊
板都拉琴。是奧帕納斯教會我彈的。可是從來沒人跟我學過。等
我死了——這不會有多久了——只怕在這廣大的世界上再也聽不
到板都拉的聲音了。瞧，事情竟會這樣！

　　且說，奧帕納斯低聲唱起歌來。奧帕納斯的嗓音並不洪亮，
但是聽起來深沉而悲涼——常常，這歌聲會淌進你的心靈深處。
小夥子啊，歌詞兒，看來是這哥薩克故意為老爺編的。從此，我
再也沒聽到過他唱這支歌。後來，我有幾次纏住奧帕納斯，要他
再唱，可他總是不肯。他說：

　　「這支歌專為那人唱的，他已經不在人世了。」

　　這哥薩克在那支歌裏給老爺道出了實情，講出了老爺未來的
遭遇。可老爺聽了只是流淚，淚水淌到鬍子上，至於歌詞的含義
麼，看來他一點也沒聽懂。

　　唉，全部歌詞我記不清了，我只記得不多的幾句。

　　這哥薩克唱的是老爺伊凡：

　　　　唉，老爺呀，唉，老爺伊凡！……
　　　　聰明的老爺博學多聞……
　　　　他曉得，老鷹展翅高空，
　　　　對烏鴉窮追猛攻……
　　　　唉，老爺呀，唉，老爺伊凡！……

> 可有一點老爺認不清；
> 世上常常會有這種情形——
> 烏鴉在巢邊也會打殺老鷹……

小夥子呀，現在我耳邊仿佛還聽見那支歌，我眼前還看見那些人：哥薩克抱著板都拉琴站在那裏，老爺坐在地毯上垂頭哭泣；家人們圍在一起，互相頂頂胳膊肘；老鮑格丹在那裏不停地搖頭……那森林，和現在一樣，嗚嗚直叫，板都拉琴聲低沉而憂傷，哥薩克唱著歌，唱的是太太哭老爺，哭伊凡的語句：

> 太太哭啊，哭啊，泣不成聲，
> 那支黑老鴰在伊凡老爺頭頂，
> 呱呱地叫個不停。

唔，老爺沒有聽懂歌詞的含義，擦擦眼淚說：

「呃，羅曼，準備走吧！小夥子們，大家都上馬吧！你呀，奧帕納斯，同他們一塊兒去！你的歌聽夠了，不再聽了！這是一首好歌，只不過歌裏唱的事，世上是不曾有過的。」

這哥薩克唱歌唱得心軟下來了，淚眼模糊了。

「唉，老爺呀，老爺呀，」奧帕納斯說，「我們那裏上年紀的人常說：故事講的是真事，歌兒唱的是實情。不過，故事裏講的真事好比是塊鐵，手裏傳來傳去，在世上流傳久了，是會生銹的……而歌曲裏唱的真理，好比是黃金，到什麼時候永遠不會生銹的……你看，老輩子上年紀人說得該多好！」

老爺擺了擺手。

「嗯，或許，你們那邊是這樣，我們這裏可不這樣。去吧，去吧，奧帕納斯——你絮叨得叫我聽煩了。」

這個哥薩克停了一會兒，然後，突然跪在老爺面前：

「老爺啊，你聽我說，騎上馬，回到太太那兒去吧：我的心裏覺得有一種不祥的兆頭。」

這麼一來老爺可真的發怒了，他抬起腳像踢狗似的，踢了哥薩克一腳。

「你給我滾開！看樣子，你不是哥薩克，倒像個婦道人家！你走開，要不然，沒有你好受的……還有你們，狗雜種，還站在這裏幹嗎？難道我不再是你們的老爺了嗎？我要給你們點顏色看看，這種苦頭只怕你們的老子還沒有從我老子那裏嘗到過呢！……」

奧帕納斯從地上站起來，臉陰沉得像烏雲一般，同羅曼交換了一下眼色。羅曼胳膊肘支著火槍，像個沒事人似的。

這哥薩克把板都拉琴砸到樹上！——琴被砸得粉碎，碎片四散，只聽見「嗡」的一聲，琴音嗚咽，飄落在森林中。

「那麼，」他說，「讓魔鬼在陰間去教訓那些不聽忠告的人吧……你呀，老爺，看來是不需要忠實的僕人的。」

老爺還沒來得及答話，奧帕納斯立即跨上馬鞍，「嘚嘚」而去。看管獵犬的家人也上了馬。羅曼扛上火槍，逕自走了，只是經過林間小屋的時候，喊了一聲奧克姍娜。

「安排孩子睡覺吧，奧克姍娜，他該睡啦。給老爺也鋪好床吧。」

沒有多大工夫，所有的人全都到森林裏去了，瞧，走的就是那條路，老爺也進了森林小屋，只有老爺的馬還待在樹下，拴在那兒。這時，天已擦黑了，森林裏傳來沙沙的喧囂聲，小雨點稀稀拉拉地下起來了，當時的情景啊，和現在一模一樣……奧克姍娜把我領到乾草棚裏，照料我睡下，畫了個十字祝我晚安……我聽見，我那奧克姍娜在哭。

唉，那時候，我還是一個小孩子，對周圍發生的事一點也不懂！我在乾草堆上蜷著身子，聽見森林裏暴風雨的聲音，像唱歌

一樣，「嘩嘩」地響，聽著，聽著，我就睡著了。嘿，突然聽見有人在小屋跟前走動……走到樹跟前，把老爺的馬解開。那馬打了一聲響鼻，蹬了一下蹄子，便颼一聲飛快地奔向樹林，很快連蹄聲也聽不見了。……後來，我又聽見大路上「嘚嘚」的馬蹄聲，是有人向小屋走來。那人騎馬到小屋跟前，跳下馬鞍，直奔窗口。

「老爺，老爺，」是老鮑格丹的喊叫聲，「哎呀，老爺，快開門吧！那個哥薩克壞蛋在使壞，看來，他把你的馬放到老林子裏去了。」

這個老頭兒話還沒有說完，就有人從背後把他按住。我嚇壞了，只聽見「噗通」一聲，有什麼倒在地上……

老爺打開門，拿著火槍跳出來，羅曼在過道裏就一把把他抓住，揪著頭髮，把他按倒在地上……

老爺看出來，大事不好，趕忙說：

「哎喲，羅曼，放了我吧！難道你不記得我待你的好處嗎？」

可是，羅曼對他說：

「狠毒的老爺啊，我記得很清楚，你對我的好處，還有對我老婆的好處。我現在就來報答你的恩德……」

老爺又說：

「奧帕納斯，我忠實的僕人，你替我講個情吧！我是像疼我親生兒子那樣疼你的呀。」

可是奧帕納斯這樣回答他：

「是你，像攆狗一樣，把你的忠實僕人趕走了。你以前疼我，就像棍子戀脊樑似的，可現在呢，你疼我，卻是脊樑愛棍子……我當初怎樣懇求你啊——可你就是聽不進去。」

於是，老爺轉向奧克姍娜哀求：

「奧克姍娜，你替我說說情吧，你的心好，善良。」

　　奧克姍娜從屋裏跑出來，兩手拍巴掌說：

　　「老爺呀，我不是下跪求過你呀：可憐可憐我吧，保全我女人的貞操吧，別再玷污我這個有夫之婦吧。可你一點也不憐惜我，這會兒你倒來求我了……噢，我是外人，我有什麼辦法？」

　　「你們放了我吧，」老爺又說，「你們害了我，你們都要死在西伯利亞的。」

　　「老爺，別為我們擔心啦，」奧帕納斯說，「羅曼會比你的管看獵犬的家人早一步趕到沼澤地；我呢，承你厚愛，一個人無牽無掛地活在世上，對自己的腦袋沒有多想過。扛上自己的獵槍，我就鑽進大森林……我召集一些矯捷的英雄好漢，到處闖蕩……夜裏，我們走出森林，到大路上攔截，時不時地闖進村莊，直奔老爺的大院。呢，羅曼，把老爺攙起來，讓他老人家在外面淋點雨。」

　　這時，老爺掙扎著，大聲喊叫，羅曼呢，像隻狗熊似的，嗷嗷地自言自語；哥薩克呢，嘻嘻地嘲笑。他們就這樣著，出去了。

　　我嚇壞了，連忙衝進小屋，奔到奧克姍娜身邊。我那奧克姍娜坐在木炕上——臉色蒼白，像牆上的石灰一樣……

　　這時候，一場真正的狂風暴雨在森林裏鋪開了，松林間的呼嘯聲紛至遝來，狂風怒吼，雷聲轟隆。我同奧克姍娜坐在木炕上，忽然聽見有人在森林裏呻吟。咳，那聲音是多麼的淒慘啊，現在，我一回想起來，我心裏就沉甸甸的，雖然那已經是許多年以前的事了……

　　「奧克姍娜，」我說，「親愛的，那是誰在森林裏哼唧啊？」

　　可她卻把我抱起來，搖著我。

　　「睡吧，」她說，「小傢伙，沒什麼呀，那是……林子在嗚嗚地叫……」

森林真的在呼嘯，嘿，嗚嗚直叫啊！

我們又坐了一小會兒，忽然，我聽見，林子裏好像有一聲槍響。

「奧克姍娜，」我說，「親愛的，是誰在放槍啊？」

可她，這個不幸的人啊，不停地搖著我，不住地說：

「不要出聲，不要出聲，小傢伙，那是森林裏打天雷呢。」

可她自己呢，總是哭個不停，把我緊緊摟在懷裏，拍著我，哼著曲兒：「森林嘩嘩嘩，森林嘩嘩嘩，小傢伙呀，森林在喧嘩呀……」

就這樣，我躺在她懷裏，睡著了。

小夥子啊，第二天早晨，我醒來睜眼一看，太陽照得明晃晃的，奧克姍娜獨自一個兒，穿著衣服睡在小屋裏。我想起了昨天的事兒，我尋思著，這別是我做了個夢吧。

可是，這並非做夢，唉‧不是夢呀，而是千真萬確的真事。我從小屋裏跑出來，跑進樹林子。林子裏小鳥吱吱喳喳地亂叫，樹葉上露珠晶瑩閃光。我跑到灌木叢旁邊，看見老爺和他的家僕並排躺在地上。老爺表情安詳，面色蒼白，那個家僕——白髮蒼蒼，像隻鴿子似的；臉色嚴峻，仿佛他還活著。老爺和家僕的胸口，都有一大攤血。

「那麼，別人後來結果怎樣呢？」我看見老爺子低下頭默默不語，就問道。

「咳！一切都像哥薩克人奧帕納斯所說的那樣啊。他自己在林子裏待了很久，和幾條好漢結伴出沒在大路上，常到老爺莊院裏去走走。這哥薩克人命裏註定有這樣的身世：他的祖上當反叛的哥薩克，他也是這種命。小夥子啊，他常常到我們這屋子裏來，不過總是趁羅曼不在家的時候。他來了，便坐上一陣子，唱會兒歌，彈彈班都拉琴。有時候也帶夥伴們一道來，奧克姍娜和羅曼總是蠻招待他們的。咳，小夥子啊，我實話跟你說吧：這件

事裏可是有罪孽的。呃，一會兒梅可馨和紮哈爾就要從樹林裏回來了，你好好瞧瞧他們兩個。我什麼也沒有跟他們說過，可是只要是認識羅曼和奧帕納斯的人，一看就看得出誰像哪一個，雖然他們不是那兩位的兒子，而已經是孫子了。……小夥子，你瞧，在我的記憶中，這林子裏發生過什麼樣的事啊！

啊，這會兒樹林嘩嘩叫得這麼凶，眼看暴風雨就要來了！

三

老爺子講到這故事末尾，說話顯得很累。顯然，他那激動的情緒已經過去，現在露出困乏的神色：他說起話來舌頭不聽使喚，腦袋直打哆嗦，眼裏淌滿淚水。

夜幕已經籠罩大地，林子黑暗下來，小屋四周一大片松樹像海水一般波濤滾滾；黑黝黝的樹梢像狂風暴雨中的浪峰似地洶湧澎湃。

一陣歡欣的犬吠聲傳來，主人回來了。兩位守林人急匆匆走近屋子來，後面跟著氣喘吁吁的莫特麗婭，她趕著差點兒走失了的母牛。到此時，這一夥人才算聚齊了。

幾分鐘以後，我們已經在小屋子裏坐好。爐子裏的柴火發出「劈劈啪啪」的歡叫聲。莫特麗婭做晚飯。

雖然我以前不止一次地見過紮哈爾和梅可馨，但這一回我特別注意地端詳著他們。紮哈爾的臉色黧黑，低低的額角向前隆起，雙眉緊鎖，眼神憂鬱，但是臉上可以看出力大無窮，性情憨厚。梅可馨眼神豁達開朗，一雙灰色眼睛顯得溫柔可親。他時不時抖動著自己的鬃髮，他的笑聲仿佛有特殊的魅力。

「這老爺子是不是給你講了我們爺爺的老古話？」梅可馨問。

「是的，講了。」我回答。

「嗯，他總是這樣！只要林子嘩嘩呼嘯起來，他就想起往事來。這下子他要通宵睡不著了。」

「跟小孩子似的。」莫特麗婭一邊給老頭兒盛湯，一邊補充說。

老爺子好像不知道大夥兒在議論他。他，全身癱軟地坐在那兒，時而無意識地笑了，搖搖頭。只有當樹林裏怒吼的狂風從外邊向我們這屋子襲來的時候，他才驚慌起來，神色倉皇地側耳傾聽著。

不久，這所林間小屋裏一切都悄然無聲了。一盞殘燈半明半滅，蟋蟀唱著它單調聒耳的曲子。……樹林裏好像有成千上萬低沉強勁的嗓音在談論著什麼，在黑暗中威嚴地互相呼應。仿佛有某種權威的力量在這一片黑暗中召開喧嘩嘈雜的會議，準備從四面八方襲擊這可憐巴巴的湮沒在林中的小屋。有時隱約的隆隆聲加劇起來，由遠漸近，這時候屋子的門震動了，就像有人一邊嘶啞著嗓子發怒，一邊在頂撞著門。夜間的風暴在煙囪裏奏著淒厲嚇人、驚心動魄的曲調。後來那陣陣暴風暫停，不祥的寂靜折磨著怯懦的心靈，繼而又響起轟隆之聲，好似株株老松一齊相約，驟然從原地連根拔起，隨同夜風的鼓翼振翅不知飛向何方去了。

我迷迷糊糊地打了一會兒盹，然而時間似乎不長。狂風在樹林裏發出各種聲調的哀鳴。油燈忽忽閃閃，照亮了小屋。老爺子坐在木炕上，用手在自己身邊摸索，仿佛想在近處摸到一個人。可憐的老爺子臉上，露出了驚慌的神色和近乎孩子般孤立無援的表情。

「奧克姍娜，親愛的，」我聽見他的悲苦的聲音，「是誰在那邊樹林裏哼哼啊？」

他用顫巍巍的手驚慌地摸索了一陣兒，然後傾聽起來。

「咳！」他又說，「沒人哼哼，那是暴風雨在樹林裏呼號。……沒有別的聲音，是樹林嘩嘩喧叫，樹林嘩嘩在叫……」

　　又過了一小會兒，狹小窗子裏時時射進閃電的藍光，窗外高大的樹林被電光照亮，顯出幻影般的輪廓，接著又隱沒在狂風怒吼的黑夜中了。可是一瞬間一陣強烈的電光使油燈淡白色的火焰變暗，於是近處樹林裏響起了一陣隆隆雷聲。

　　老爺子又在木炕上心驚肉跳地翻起身來。

　　「奧克姍娜。親愛的，是誰在樹林裏放槍啊？」

　　「睡吧，老爺子，睡吧，」炕上傳來莫特麗婭平靜的聲音。

　　「咳，總是這樣：風暴一起，到了夜裏他總是呼喚奧克姍娜。他忘記了奧克姍娜早已去陰間了。哎喲——啊！」

　　莫特麗婭打了個哈欠，低聲祈禱幾句，不久，小屋裏便鴉雀無聲了，打破這寂靜的只有樹林的喧囂聲和老爺子的驚恐的咕噥聲：

　　「樹林嘩嘩叫，樹林嘩嘩叫……奧克姍娜，親愛的……」

　　沒多久，暴雨傾盆而下，滂沱的雨注聲淹沒了狂風的淅瀝聲和松林的呻吟聲……

國家圖書館出版品預行編目資料

盲音樂家 / 柯羅連科著；臧傳眞譯. -- 初版. --
臺北市：人間, 2011. 03
　　面；　公分.
　ISBN 978-986-6777-32-5（平裝）

880.57　　　　　　　　　　　　　100004823

外國文學珍品系列2
盲音樂家

著◎（俄）柯羅連科
譯◎臧傳眞
出版者　人間出版社
發行人　呂正惠
社長　林怡君
地址　台北市長泰街 59 巷 7 號
電話　02-2337-0566
郵撥帳號　11746473 人間出版社
排版印刷　龍虎電腦排版股份有限公司
電話　02-8221-8866
登記證　局版台業字第三六八五號
初版　2011 年 6 月
定價　新台幣 200 元